La plume écarlate

M.J. ROSE

La plume écarlate

éditions Harlequin

Titre original :
LYING IN BED

Traduction française de VÉRONIQUE GOURDON

Spicy® est une marque déposée par le groupe Harlequin

Photos de couverture
Masque : © ROYALTY FREE / FOTOLIA
Fond : © ROYALTY FREE / PHOTODISC
Plumier : © CREATAS / ROYALTY FREE / JUPITER IMAGES

83-85, boulevard Vincent-Auriol, 75646 PARIS CEDEX 13.
ISBN 978-2-2808-4611-0

A Suzanne Beecher, l'instigatrice de ce livre, et à Susie Bright, qui a ouvert les portes qui ont permis à ce livre de naître.

PREMIÈRE PARTIE

Tant de mots parce que je ne peux te toucher. Si je pouvais dormir les bras autour de toi, l'encre resterait dans la bouteille.

D.H. Lawrence, *L'Amant de lady Chatterley*

Chapitre 1

28 août 2004

— Raconte-moi…, murmura-t-il.

Nous étions allongés sur le lit, nous faisions l'amour. Je fis comme si je ne l'avais pas entendu, et je respirai la douce odeur de ses cheveux mélangée à celle, plus âpre, de sa peau baignée de sueur. Je léchai son cou salé, tout près de ma bouche. Ma langue glissa le long de ses tendons, aussi durs et lisses que des cordes.

J'espérais que cela détournerait son attention, mais je me trompais, et il me demanda :

— Dis-moi… Qui est-ce ?

Les mots étaient sortis de sa bouche, mais ce fut entre mes jambes que je les entendis d'abord, là où ils avaient interrompu les sensations lointaines et presque imperceptibles qui montaient en moi, comme un bouton sur le point d'éclore que j'avais espéré voir s'épanouir.

Jusqu'à ce qu'il prononce ces cinq petits mots, j'étais entièrement concentrée sur les sensations qui me parcouraient, ces sensations qui ne s'apparentent pas à une douleur identifiable mais plutôt à un souffle de plaisir déferlant au plus profond de soi. Mais quand il prononça ces cinq petits mots, ce fut sa question que je sentis résonner en moi, si intrusive qu'elle semblait se répéter, encore et encore. Du moins dans mon esprit. Elle attirait mes pensées là où je ne voulais pas qu'elles s'aventurent.

Il fallait que je me concentre, que je reste focalisée sur le présent, que j'y reste, et que je ne dérive pas vers le passé. *Reste dans l'ici et maintenant.*

Je m'efforçai de m'imprégner de la vie en sourdine qui régnait dans la pièce plongée dans l'obscurité. J'écoutai la respiration haletante de l'homme qui était près de moi, et le silence de la rue à 2 heures du matin. Je sentis la douceur des draps, des oreillers froissés sous moi, la chaleur de la peau qui collait à la mienne tandis que mon ventre le retenait en moi, le serrant comme si cela allait m'attacher à lui et m'éviter de glisser vers le passé.

C'était cela que je désirais par-dessus tout : une sensation qui, en me submergeant, aurait transformé le présent en la seule chose qui comptait. Qui nous aurait transformés, nous, en tout ce qui importait. Mais elle ne vint jamais.

Jusque-là, Kenneth ne m'avait jamais interrogée à propos de mon passé.

Qu'est-ce qui avait changé ?

Cinq minutes avant que le téléphone retentisse, nous étions assis sur le lit, nous ne faisions pas encore l'amour, mais si on tient compte du vin que nous avions bu, de notre conversation, et du nombre de jours que nous avions passés éloignés l'un de l'autre, il était évident que nous étions sur le point de le faire. Quand j'avais entendu le téléphone sonner, j'avais jeté un coup d'œil et j'avais vu apparaître le numéro jadis familier sur le combiné. J'étais sortie de la pièce et j'avais décroché dans la salle à manger.

En temps normal, j'aurais laissé le répondeur se déclencher, mais à cette heure de la nuit, avec Kenneth près de moi, je n'avais pas voulu que Kenneth entende, le message, quel qu'il fût.

Nous n'avions parlé qu'une minute, deux tout au plus. De mon côté, j'étais restée silencieuse, et du sien, à l'autre bout du fil, il s'était exprimé d'une voix forte. Mais Kenneth n'avait certainement pas pu l'entendre. Malgré tout, il avait dû trouver étrange que je me lève à ce moment-là — et ça l'était —, il avait donc dû essayer d'écouter, et avait probablement entendu des bribes de conversation.

Je pressai mon corps contre celui de Kenneth pour lui donner envie de reprendre les choses là où nous les avions laissées, pour que le passé devienne inexistant, et que le présent seul importe.

Mais son corps ne répondit pas au mien. Comme s'il lui était impossible d'imaginer que ce coup de fil n'avait pas eu lieu.

Si seulement les hommes étaient capables de ne pas se soucier de notre passé, de ne pas chercher à savoir ce que nous avons vécu avant de les rencontrer !

Mais ils en sont incapables.

Certes, parfois, il en est qui parviennent à sembler indifférents pendant assez longtemps. Parfois, même, pendant si longtemps qu'on finit par croire que ce nouvel amant ne s'en inquiètera pas, ne demandera rien. Qu'il a la force, en lui, d'accepter ce qui a existé avant lui.

Mais ils finissent toujours par poser des questions.

Sauf le premier. Celui-là a eu plus de chance. Il savait que nous étions vierge et immaculée. Aucune autre trace de sperme. Pas de chair que d'autres mains auraient touchée, ni de hanches qui se seraient heurtées un peu trop fort à d'autres hanches. Pas de cœur blessé.

Mais il ne peut y en avoir qu'un seul qui soit le premier, puis il y a tous les autres qui viennent ensuite et désirent vous laver de toutes vos expériences. Pour les plus chanceuses, ils le font avec amour, sinon, par la force.

Mais le pire qui puisse arriver, c'est d'avoir la même préoccupation qu'eux. Vouloir être purifiée. Qu'ils nous purifient.

C'est un désir très dangereux, qui nous remplit d'espoir, or l'espoir rend faible. C'était une émotion que j'avais réussi à éviter pendant ces huit dernières années.

— Tu sais quoi ? fis-je, plus sarcastique qu'habile. Je ne peux pas effacer le passé, ni le changer. Même si je le souhaitais plus que tout, et même si tu le voulais plus que tout. Alors oublions ça, tu veux ?

— Je ne te jugerai pas, je te le promets. Je veux juste que tu me racontes.

Ça, je savais que c'était un mensonge, même si Kenneth, lui, ne le savait pas.

L'odeur de la bougie parfumée au santal embaumait la pièce, ainsi que la mèche brûlée qui s'était éteinte depuis déjà un moment. Je rapprochai mon visage de son torse, je ne voulais pas respirer le parfum de l'encens, je voulais sentir l'odeur de mon amant.

— Dis-moi…, chuchota-t-il.

Combien de fois allait-il pouvoir poser cette question ?

— Pas maintenant.

— Si, maintenant, dit-il en me caressant le dos comme si le contact de sa main avait le pouvoir d'attirer les mots hors de ma poitrine. Fais-moi confiance, Marlowe, parle-moi.

Kenneth attendait de moi plus que je ne pouvais donner. Il avait toujours été ainsi, mais, jusque-là, il s'était montré patient. Pourquoi ne pouvait-il se satisfaire de la façon dont mes jambes s'écartaient pour lui ? Pourquoi être ensemble n'était-il pas suffisant ? Même s'il ne partageait pas mon intimité autant qu'il l'aurait souhaité, je commençais à m'ouvrir davantage à lui.

Et, à présent, j'étais censée croire qu'il allait accepter tout ce que je lui dirais, et qu'il n'en serait pas affecté. Mais il était là, près de moi, dans mon lit. Comment aurais-je pu prendre ce risque ? Si je le lui disais, ne le regretterait-il pas ? Cela n'abîmerait-il pas notre couple ?

Cela m'avait déjà abîmée, moi.

Nous étions l'un et l'autre immobiles. Une photographie figée de notre passion, bien réelle mais interrompue. J'étais allongée dans mon lit, sur le côté. Il était face à moi, les bras autour de mon corps. Ses cheveux roux me caressaient la joue. Je pressai mes lèvres contre les siennes, essayant toujours de ramener les choses à nous.

— Dis-moi, fit-il après un baiser qui se révéla peu convaincant.

Je m'étais trop appliquée, et de son côté il avait semblé préoccupé.

— Sinon ? répondis-je en essayant de rendre ma voix aussi légère et espiègle que possible.

Il parut contrarié.

— Arrête, ça ne marche pas. Cela ne marche jamais quand tu essaies de rendre frivole un sujet sérieux. Et tu le fais trop souvent parce que tu as peur du conflit, Marlowe. En es-tu consciente ? Cela ne peut pas être bon pour toi.

— D'où sors-tu tout ça ? Depuis quand tout est-il devenu si sérieux ?

Il ne répondit pas, il m'adressa simplement un regard, déçu et blessé par ce que je venais de dire.

— Depuis quand les choses ne sont-elles pas sérieuses entre nous ? demanda-t-il en faisant une moue étrange, presque enfantine.

J'oublie toujours que les femmes sont plus fortes à ce jeu-là. Si nos positions avaient été inversées, je n'aurais pas été affectée par mes paroles, mais les hommes sont souvent plus sentimentaux — ils le cachent en général mieux que nous. Pas cette fois, cependant, et je savais que j'avais fait une erreur. Ce ne serait pas la dernière de la soirée.

— Il n'y a aucune gloire à dire la vérité à tout prix si cela doit être destructeur. Et il n'y a aucune honte à la taire si c'est pour la bonne cause, dis-je, essayant toujours de le convaincre que le fait de répondre à sa question ne serait pas dans notre intérêt.

— Dis-moi, insista-t-il en chuchotant tout près de mon visage.

Le ton de sa voix laissait entendre la promesse de ce qui allait venir après ma confession, et ce qui me serait refusé si je choisissais de rester silencieuse.

*
* *

Il m'avait caressée pendant assez longtemps pour que je sois près du but. Et il le savait. Il savait combien de temps cela pouvait me prendre, et, quand enfin le désir commençait à monter, que j'aurais fait n'importe quoi pour ne pas perdre sa trace. Même si cela se produisait presque à chaque fois.

Mes orgasmes étaient peu fréquents et ils n'avaient lieu qu'au prix de nombreux efforts. Comme des batailles que je devais remporter, celles du présent contre l'intrusion du passé. Au cours des six derniers mois, je n'avais remporté la victoire qu'une fois ou deux.

En outre, nous ne faisions sans doute pas aussi souvent l'amour que la plupart des gens de notre âge ; d'abord parce que Kenneth voyageait très souvent, ensuite parce que nous n'étions tout simplement pas aussi liés dans ce domaine que nous l'étions dans d'autres. Et, plus tristement, je pourrais dire que l'érotisme était le dernier rempart qui se dressait entre moi et les contrées vers lesquelles je ne voulais pas m'aventurer. Un espace trop chargé de souvenirs et de malaises que je n'avais pas été capable d'effacer de ma mémoire, elle-même débordant d'épisodes que j'aurais voulu pouvoir effacer.

Lorsque je pensais à la platitude de notre vie sexuelle, je me disais tantôt que cela incombait au caractère de Kenneth, tantôt au mien. J'étais obsédée par l'idée qu'à vingt-sept et vingt-neuf ans, nous pouvions passer des mois sans faire l'amour. Puis je me persuadais que ce n'était pas un problème, et que nous n'étions tout simplement pas très démonstratifs. Nous étions attentionnés l'un pour l'autre, et cela importait davantage, non ?

Mais, en réalité, je l'aimais. Parce qu'il savait si bien écouter. Parce qu'il se préoccupait de mon travail, autant que du sien. Parce qu'il était intelligent, doux et patient, qu'il semblait être satisfait de notre couple, et que j'en étais très heureuse. Et parce qu'il n'avait jamais fouillé au fond de mon âme. Il ne se demandait pas si je lui cachais une partie obscure de ma personnalité. J'étais donc en sécurité avec lui.

Ou, du moins, cela avait été ainsi jusqu'à cette nuit.

Ressaisis-toi. Concentre-toi sur la sensation de ses mains sur ton dos, de son souffle dans ton cou, sur le contact de ses bras sous tes doigts. Des muscles sous la chair, forts et bien dessinés…

Mais mon esprit était déjà ailleurs. Je pensais à notre libido en berne, au désir qui s'amenuisait. Petit à petit, j'en était presque arrivée à ne plus m'en soucier. Si je voulais du plaisir, je me le donnais moi-même, et j'avais fini par accepter de ne pas jouir à chaque fois que je faisais l'amour avec Kenneth. Je me disais qu'un jour je trouverais peut-être la voie qui me mènerait à des ébats plus épanouissants.

Dehors dans la rue, une femme se mit soudain à rire. Comme du cristal volant en éclats. Une voix aiguë, fluette et claire.

J'étais en train de perdre le fil. Je n'étais plus du tout dans la sensation, un rien me distrayait des caresses de Kenneth.

Il remarqua les efforts que je faisais pour me concentrer. Il savait que mon état de rêve semi-conscient avait été interrompu. Il allait avoir plus de difficulté à obtenir l'une ou l'autre des choses qu'il attendait de moi.

Je sentis ses mains entre mes jambes, effleurant mes cuisses, me mettant au supplice, s'approchant puis s'éloignant, montant à peine plus haut à chaque fois, et mon imagination s'emballa de nouveau. Je redécollais, vraiment.

— Dis-moi, répéta-t-il soudain.

— Merde, Kenneth !

J'y étais presque, et il le savait. J'avais envie de lui, et cette fois je savais que j'étais tout près.

Et parce que j'étais tout près, parce que je voulais aller jusqu'au bout, je lui lâchai la réponse qu'il attendait, en quelques phrases courtes et saccadées, pensant qu'aussitôt que j'aurais terminé mon explication Kenneth recommencerait à me faire l'amour, que je m'abandonnerais et que, pour quelques instants, je disparaîtrais dans un monde de sensations.

Mais les choses ne se passèrent pas ainsi.

Car tandis qu'il m'écoutait, il devina que je lui mentais. Il me le dit en s'écartant de moi. Nos peaux, collées par la sueur, firent un bruit de succion en se séparant. Mes jambes luttèrent pour le garder contre moi, mais il était plus fort et je perdis.

Aucune partie de son corps ne touchait plus le mien. Il recula, se releva, me tourna le dos et sortit de la chambre.

Je me sentis submergée par une vague de frustration mêlée de désespoir, d'avoir été trop vite abandonnée.

J'avais toujours su qu'un jour un homme me poserait cette question. Mais, malgré tout, cela était arrivé par surprise et je n'y étais pas préparée. Ni à la question de Kenneth. Ni à sa réaction en entendant ma réponse.

Ni à ce qui arriva ensuite.

Chapitre 2

Venise, 30 août 2004

Ma chère Marlowe,

Venise est la ville des amoureux, et tu n'es pas là. Mais tu es avec moi à ta façon. Où que j'aille, je regarde avec mes yeux, mais c'est ton regard qui me transporte. Partout où je vais, je trouve des présents pour toi.

Aujourd'hui, j'ai déniché ce journal dans un petit magasin de la place Saint-Marc. On descend trois marches en pierre usées, et on se retrouve dans une petite pièce bondée qui sent le cuir et la peinture à l'huile, la térébenthine et la cire à bougie. Et toutes ces odeurs réunies me ramènent à un autre temps.

Le père de Paulo était déjà propriétaire du magasin, et son père avant lui, au milieu du XVIIe siècle. Et c'est dans un atelier encore plus bondé que celui-là que cette famille de Vénitiens a fabriqué des journaux en cuir comme celui sur lequel je t'écris, et qu'elle a réalisé du papier marbré de la même façon pendant presque un demi-siècle.

Je t'envoie ce journal, ainsi que le porte-plume en verre avec lequel j'écris ces mots. Il a été soufflé à Murano. Comme tout ce qui a cours à Venise, il est ancien, et pour s'en servir, il faut le tremper dans l'encre. Ce procédé transforme la façon dont on écrit, tu le verras lorsque tu l'essaieras... il laisse le temps de penser entre les mots, quelque chose que les ordinateurs que nous affectionnons tant ne permettent pas.

J'ai trouvé le porte-plume dans un magasin d'antiquités en descendant une ruelle que je suis sûr de ne jamais pouvoir retrouver, même avec un plan. Les heureux hasards comme celui-ci n'ont rien d'exceptionnel à Venise, mais cela ne les rend pas moins magiques pour autant. La ville est, tout comme tes collages, pleine d'inconnues : siècles juxtaposés, cultures, images qui surprennent, saisissent et enchantent.

Mais ce n'est là qu'une seule des raisons pour lesquelles nous devrons revenir ici ensemble.

Je veux prendre ta main et marcher avec toi dans ces ruelles étroites au crépuscule, lorsque le coucher du soleil miroite sur le canal comme s'il se reflétait dans un miroir. Il fera briller tes cheveux blonds et te réchauffera la peau. Nous marcherons jusqu'à la tombée de la nuit, dense et obscure, comme souvent. Elle se déposera sur tes épaules comme une cape de velours. Et je t'embrasserai. Oh, Marlowe, comme je t'embrasserai !

Le temps est hors du temps ici. Il n'y a ni

présent, ni futur. Il n'y a que la beauté. C'est exactement comme toi.

Je sais que je pourrais t'appeler maintenant. Mais le téléphone ressemble à un objet de science-fiction ici, alors que je suis installé dans la chambre à haut plafond de cette villa — un magnifique palais construit il y a plus de quatre cents ans. Et, dans ma chambre, je me retrouve projeté vers ces temps anciens. Ou hors du temps. Ou à n'importe quelle époque.

Je me demande qui nous aurions été si nous avions vécu à Venise au xve siècle. Comment nous serions-nous rencontrés ? Aurions-nous porté des masques ? Aurions-nous fait l'amour dans des coins sombres, derrière d'épais rideaux de soie, à l'affût des pas venant du couloir ? Ceux de ton père ? De ton mari ? D'un autre amant ?

Je suis désolé que nous nous soyons disputés.

Me pardonneras-tu ?

Dans cette ville sereine, pleine d'intrigues et chargée de sensualité, je repense sans cesse à ce que je t'ai demandé et à la réponse que tu m'as donnée, au mensonge qui brillait dans tes yeux... un mensonge que tu as dit, je le comprends à présent, dans notre intérêt à l'un et à l'autre.

Le fait que j'aie pu être jaloux de ton passé, je ne peux pas l'effacer. J'étais obtus. Comme les rues sinueuses de Venise. Je savais d'après ta conversation au téléphone que tu parlais à un ancien amant. Je voulais savoir qui il était. Pourquoi il t'appelait encore et ce qu'il voulait. Pourquoi tu lui avais parlé pendant ce qui m'a semblé une eternité. Ce qu'il représentait pour toi. Ce qu'il signifiait toujours pour toi. Et s'il était au cœur des problèmes que nous avons quand nous faisons l'amour.

Mais à présent, après avoir tempéré mes émotions, je sais que nous devenons qui nous sommes à cause de la personne que nous étions, de ceux que nous avons connus, et de ce que nous avons fait. Et pour t'aimer, je dois aimer tous les hommes que tu as connus. Je dois être reconnaissant de chaque baiser qui s'est posé sur tes lèvres, de chaque langue qui s'est glissée en haut de tes cuisses. De chaque doigt qui a effleuré ta joue. De chaque main qui a caressé tes seins. De chaque regard qui t'a vue nue. De toutes ces choses — mon Dieu... de tous ces hommes — qui ont fait de toi la femme que j'aime.

Un jour, quand nous serons vieux et usés, je veux que nous nous regardions en souriant, toujours jeunes et vivants de tout ce que nous avons fait et de tout ce que nous avons été, tout ce que nous nous sommes donné l'un à l'autre. Pour y arriver, je dois apprendre à aimer ce que je déteste.

Il est tard. La nuit commence à s'éclairer, et le soleil se lève à peine. Je pose donc ce stylo, ce journal, et je les emballe pour te les envoyer, pour que tu puisses m'écrire dans ce journal, et que tu me dises que tu me pardonnes. Pour que ta réponse m'attende lorsque je rentrerai à la maison la semaine prochaine.

Kenneth

La lettre avait été écrite sur les trois premières pages du journal relié en cuir qu'il m'avait envoyé en courrier prioritaire de Venise. Il était arrivé cinq jours après son départ, le mardi vers 11 heures du matin. Deux jours avant la date à laquelle il devait rentrer.

J'étais en train de la lire pour la seconde fois lorsque le téléphone sonna.

C'était Grace, la sœur de Kenneth. Sa voix était calme, mais tendue. A son ton lorsqu'elle me dit bonjour, je compris que quelque chose n'allait pas.

Elle appelait pour me dire qu'il y avait eu un accident de train entre Venise et Florence et que Kenneth avait été tué.

Après avoir raccroché, je suis restée assise sans bouger pendant un long moment sur la chaise du salon. Je suis restée immobile, sans même pleurer. Pas encore. Puis je relus la lettre. Encore et encore. Mon index touchant le papier, parcourant les phrases comme si quelque chose de lui allait déteindre sur moi. Comme s'il était toujours là, dans ces mots.

J'arrivai à la fin de la lettre. Le passage où il me demandait de lui écrire. De lui pardonner.

Cela me causa un choc. Le choc dont j'eus besoin pour prendre conscience qu'il était parti. Que l'idée que je m'étais faite de mon futur était partie.

Une fois de plus, je relus la fin de la lettre.

Il me demandait de lui pardonner, de lui écrire ma réponse.

Mais je ne pouvais plus faire ni l'un ni l'autre.

Chapitre 3

Dix-huit mois plus tard
1er février 2006

— Je ne veux pas être sur la photo, dis-je en me relevant derrière mon bureau, espérant éviter que la photographe ait le temps de prendre de moi une image nette.

Mais Vivienne Chancey continua de me scruter avec son boîtier en argent aux lignes épurées.

— Cela donnerait à l'article une perspective plus intéressante : la femme qui se cache derrière les lettres !

Clic. Clic. Clic.

Je parlais à un appareil photo, mais cela ne me troublait pas le moins du monde. Ma mère était photographe. Tout comme mon beau-père et mon demi-frère. J'étais la seule dans la famille à ne pas regarder à travers un objectif pour voir le monde.

Clic. Clic. Clic.

— Les lettres et les histoires qu'elles retracent n'ont pas besoin de mon visage, elles parlent d'elles-mêmes, dis-je en riant, espérant qu'elle rie à son tour et que ma désinvolture la décourage.

Cela ne produisit pas l'effet escompté. Elle dirigeait toujours son objectif dans ma direction.

Heureusement que je portais le nom de mon père et que ma mère avait conservé son nom de jeune fille, ne pus-je m'empêcher de penser. Et que mon beau-père et mon demi-frère portaient également des noms différents. Car si Vivienne avait su qui était ma famille, elle m'aurait mitraillée de questions, ce qui aurait rendu cette séance encore plus pénible. Isabel Scofeld était très célèbre. Tout comme Cole et Tyler Ballinger.

Vivienne était ravissante, petite et menue avec des cheveux courts blond très clair qui mettaient en valeur l'ovale parfait de son visage. Ses mains étaient la partie la plus expressive de son corps. Ses doigts longs et puissants n'étaient parés d'aucun bijou ni vernis à ongle. Ils ne bougeaient pas, ils dansaient. Je connaissais ces mains, Isabel, ma mère, avait la même économie de mouvement, tout comme Cole, mon demi-frère, et son père, Tyler.

— Pourquoi ne voulez-vous pas que les gens qui liront l'article vous voient ?

— Parce que, dis-je à Vivienne, j'écris des lettres et des histoires pour les autres. Et ma personnalité, ce que j'aime ou ce que je n'aime pas, n'a rien à voir avec ce qu'il y a dans ces lettres.

Elle prenait des photos l'une après l'autre, sans jamais s'arrêter, et le cliquetis de l'appareil ponctuait mes phrases, comme un point à la fin de chacune de mes pensées.

En dix ans, je n'avais laissé personne me prendre en photo.

Sur cette dernière photo, dix ans plus tôt, j'étais allongée sur un lit. Nue. J'avais dix-neuf ans. Lorsque la photo avait été prise, cela ne m'avait pas dérangée. Je ne savais pas à quel point j'allais être exposée, à quel point j'allais paraître nue. Car il y a bien des sortes de nu, des niveaux de nudité. La nudité innocente. La nudité suggestive. Et la nudité sexuelle dans toute sa crudité. Ce jour-là, je n'avais jamais été aussi nue.

Depuis, je n'avais laissé personne me prendre en photo, à l'exception du bureau des permis de conduire de New York et du petit magasin qui se trouvait au pied du Centre Rockefeller lorsque j'avais eu besoin d'une photo d'identité pour mon passeport. Et, dans les deux cas, je portais mes lunettes. De grandes lunettes rondes avec une fine monture noire, comme une barrière entre moi et ceux qui me regardaient. J'aurais pu porter des lentilles mais j'aimais le rideau de verre — très légèrement teinté de bleu — que je portais pour me mettre à distance du regard des autres.

Je ne voulais pas qu'une étrangère me prenne en photo, même si cela pourrait être profitable pour mon entreprise. Cela n'était pas prévu. La rédactrice en chef du magazine d'art ne m'avait pas dit qu'elle voulait des photos de moi lorsqu'elle avait organisé le rendez-vous. Elle m'avait dit que la photographe prendrait des clichés de collages de lettres et de nouvelles que j'avais réalisés pour un numéro spécial consacré à la Saint-Valentin, qui devait paraître dans l'édition new-yorkaise. Mes créations devaient faire partie d'une rubrique sur le cadeau idéal pour l'homme ou la femme qui a déjà tout.

— Comment accomplissez-vous ce tour de force ? demanda Vivienne. En sortant de vous-même et en restant étrangère aux lettres que vous écrivez ?

— C'est mon travail, répondis-je.

Le travail dont nous parlions consistait à écrire des

lettres d'amour et des récits érotiques pour les autres. Des lettres d'amour tendres et sensuelles. Des histoires suggestives d'une femme pour son amant, d'un homme pour la femme qu'il aime, en m'inspirant de leurs noms pour créer les personnages. Des histoires émouvantes, ensorcelantes, provocantes. Je les mettais en scène dans des collages érotiques.

Au cours des mois qui avaient précédé la séance photo, des hommes m'avaient engagée pour écrire des contes de Saint-Valentin pour leurs petites amies et leurs maîtresses. Des femmes avaient fait appel à mes services pour que je couche leurs fantasmes sur le papier, afin de les offrir à leurs amants. Je travaillais pour des gens qui ne savaient pas s'exprimer avec talent, mais qui voulaient offrir des mots comme autant de promesses, ou qui souhaitaient immortaliser leurs désirs et leurs rêves les plus passionnés.

Parfois, je me contentais de personnaliser ou de modifier une des trois douzaines de lettres que mes prédécesseurs m'avaient confiées lorsque j'avais repris l'activité. Mais j'écrivais également des lettres originales pour un prix un peu plus élevé.

Et tout en ne sachant pas si j'étais meilleure que les autres — ni même si d'autres faisaient la même chose que moi —, je savais que j'étais suffisamment douée pour avoir une clientèle régulière, acquise par le seul bouche à oreille. Et cela me laissait le temps de travailler à mes propres collages qui, je l'espérais, seraient peut-être un jour accrochés dans une galerie d'art.

Vivienne s'approcha d'un coin de mon bureau, regarda dans le viseur, et secoua la tête en se dirigeant de l'autre côté de la pièce. L'angle devait être meilleur parce qu'elle resta là et les déclics recommencèrent.

— Je suis sérieuse, je ne veux vraiment pas être sur les photos, dis-je en sortant du champ.

J'étais contrariée, mais amusée car je savais par expérience à quel point les photographes pouvaient être obstinés.

Ma mère respectait notre volonté lorsque ma sœur Samantha et moi nous campions sur nos petits pieds pour lui signifier que nous en avions terminé et que nous voulions aller jouer ou regarder la télévision, ou tout simplement échapper à cet œil de verre, mais pas avant d'avoir pris une dernière photo. Et cela ne m'avait jamais dérangée lorsque j'avais quelques années de plus et que Cole, mon demi-frère, avait commencé à me photographier.

Jusqu'au jour où cela m'avait franchement dérangée.

Comme je venais de sortir du cadre, le cliquetis s'arrêta. Vivienne baissa son Canon et me chercha du regard. Elle vit que je me tenais presque derrière elle, face à une commode dans laquelle je rangeais du matériel et des échantillons, et elle sourit à mon jeu de cache-cache.

— Vous savez que ma rédactrice sera mécontente ?

— Oui, j'en suis sincèrement désolée, et pour me faire pardonner, je serais heureuse de me rattraper. Si un jour vous voulez que je vous écrive une lettre, je le ferai volontiers, gratuitement.

Elle fronça les sourcils, surprise.

— Vraiment ?

Je hochai la tête.

— Alors vous ne voulez vraiment pas que votre photo paraisse dans l'article.

— Vous avez deviné juste !

Nous échangeâmes un petit rire complice. Je l'aimais bien et cela ne m'aurait pas dérangée d'écrire une lettre pour elle, à titre gracieux, si jamais elle me l'avait demandé.

— Entendu. Parcourons quelques lettres dans ce cas, dit-elle. Vous me laisserez en photographier quelques-unes, n'est-ce pas ?

Je lui souris et sortis un des tiroirs.

Vivienne s'approcha, mais elle ne regarda pas dans le tiroir.

— Là, regardez cette photo, dit-elle en brandissant l'écran de son appareil sous mes yeux. Êtes-vous sûre que vous ne changerez pas d'avis ?

Moi qui pensais qu'elle avait capitulé, je n'eus pas d'autre choix que de voir la photo qu'elle me présentait.

La femme avait les cheveux raides qui descendaient sur les épaules. Des cheveux châtains avec des mèches dorées. Elle était grande, presque mince, et elle portait un chemisier blanc ajusté par-dessus un pantalon kaki. Elle avait un pull noir noué autour de la taille.

A travers mes lunettes rondes trop grandes, je me regardai portant mes lunettes rondes trop grandes.

— Je ressemble à une grande chouette sans éclat.

— Non, vous ressemblez à une chouette très futée, et très belle, d'une beauté non conventionnelle.

Il ne s'agissait pas d'un compliment, mais plutôt d'une déclaration faite par une professionnelle évaluant ce qu'elle voyait dans l'objectif.

— Merci, dis-je rapidement. A présent, seriez-vous tentée par quelques lettres d'amour ?

Elle finit par regarder le dossier que j'avais préparé à son intention.

Il y avait un peu plus d'une douzaine de lettres et d'histoires. Chaque texte se présentait sous la forme d'un collage mêlant mots, photographies, étoffes, papiers et diverses matières. De petits morceaux de papier argenté ou doré scintillaient, attirant la lumière environnante. Les encres employées étaient vertes, violettes, turquoise, et des rubans, des morceaux de dentelle, de velours, de satin ou de soie décoraient les feuilles de prose.

Vivienne en saisit une : une encre fuchsia recouvrait un somptueux papier vélin dont la trame était agrémentée de pétales de rose. Elle la lut silencieusement pour elle-même, et, par-dessus son épaule, je la lus moi aussi.

Quand je ferme les yeux, c'est à ta peau que je pense. A la façon dont elle me réchauffe lorsque je me glisse dans le lit près de toi, froid d'être resté au-dehors. Tu emportes au loin l'air glacé. Par quel sortilège me réchauffes-tu ?

Comment parviens-tu à créer ce phénomène dès que j'entre dans la pièce ?

Dans le noir, je sens tes yeux sur moi. Je les devine, luminescents, me caressant à quelques mètres de distance. Je tends les mains avant même d'être près de toi — mes mains ont une telle mémoire de toi que cela me joue des tours lorsque je suis au-dehors, perdu dans le monde sans toi.

Je touche une cravate de soie, et je sens ta peau. Je prends un verre, et je pense que c'est ton poignet. Je parcours du doigt une ligne de chiffres sur une feuille de papier et c'est comme si mon doigt dérivait le long de tes cuisses tandis que tu es allongée sur les draps, au-dessous de moi. Et cette sensation, l'espace d'une seconde, me laisse hors d'haleine.

Lorsqu'elle reposa la lettre, je distinguai une légère rougeur sur ses joues. De la même couleur que les pétales de rose.

Chapitre 4

Trois mois plus tard
16 mai 2006

— Vous êtes blessée ?

Je levai les yeux vers l'homme qui venait de prononcer ces mots. J'aperçus brièvement des cheveux bruns, des traits anguleux et une barbe de quelques jours. Puis il se baissa pour m'aider à me relever.

J'étais tombée, et je m'étais coupée. Mes réactions étaient plus lentes qu'à l'accoutumée, et au lieu de me lever, je regardai ses mains fixement pendant quelques instants. Elles portaient de nombreuses cicatrices. Les blessures les plus anciennes formaient des lignes pâles, comme des entailles, tandis que les plus récentes, rouge vif, étaient plus enflées.

A cet instant, je ressentis une douleur lancinante dans la main et je grimaçai. Quelques secondes plus tôt, je ne savais même pas que je m'étais coupée. Instinctivement, je penchai la tête en avant et je suçai la paume de ma main, ce qui me laissa un goût sucré dans la bouche.

J'inspectai alors l'origine de la blessure. J'aperçus une

entaille nette et incurvée dans ma chair, et à mesure que je l'observais, je la vis se remplir de sang.

— Vous vous êtes coupée. Laissez-moi vous aider à vous relever, dit-il d'une voix qui me fit l'effet du vent soufflant dans un canyon.

Une voix puissante, évocatrice et déterminée. Il me tendit la main. Encore un peu étourdie, je le dévisageai, incapable de faire quoi que ce soit d'autre, sans même avoir conscience de ce que je faisais.

Sur la paume de sa main gauche se dessinait un croissant de lune de chair plus épaisse, presque exactement de la même forme que la coupure que je venais de me faire.

Cette étrangeté me sembla être de mauvais augure, mais je ne croyais pas au destin. Nous n'étions pas au beau milieu d'un rêve mais à New York, à SoHo, sur l'avenue de Broadway, entre *Prince Street* et *Spring Street.* Nous étions dans le magasin où je travaillais, appelé Ephemera, qui vendait des feuilles de papier et des rubans, des autocollants, des crayons, des boîtes, des journaux intimes, des paillettes, des colles, des albums photo et du papier à lettres.

Grace — la propriétaire, mon employeuse et amie — et moi avions plusieurs fois discuté du destin, lorsque la boutique était calme. En dégustant un café à emporter de chez Dean & Deluca, le magasin gastronomique qui se trouvait de l'autre côté de la rue, elle essayait toujours de me convaincre de prêter attention aux signes de l'univers. C'était une éternelle optimiste, capable d'aimer avec une exubérance que je lui enviais, et je lui étais reconnaissante de l'affection qu'elle me portait. Grace croyait à la magie, en plusieurs religions, mais aussi à la parapsychologie, aux pouvoirs thérapeutiques du chocolat, et au bon vin rouge.

Elle croyait autant à la prédestination que j'y étais réfractaire. Nous nous disputions souvent à ce sujet, et cette joute oratoire nous ravissait. Elle alléguait que je ne voulais pas du réconfort qu'offrait son système, alors qu'en réalité je refusais d'accepter l'idée que je puisse être prisonnière d'un destin dont je n'étais pas responsable.

Mais, à présent, je me retrouvais face à un étranger qui portait une marque presque identique à la mienne. Nous étions semblables par la façon dont nous étions blessés — au moins en surface, dans notre chair.

Cet inconnu avait sans doute un jour ressenti exactement la même douleur lancinante que celle qui me transperçait la main.

J'avais passé trop de temps à écouter Grace, me raisonnai-je, et le fait que nous ayons la même marque au même endroit sur la paume de la main ne voulait rien dire. Même si les entailles étaient similaires, il était impossible que son âme fût écorchée aux mêmes endroits que la mienne, ou que la colle qui m'avait rafistolée fût la même que celle qui l'avait remis d'aplomb.

Malgré tout, j'étais toujours fascinée par sa blessure, à la fois hypnotisée et irritée par sa familiarité. J'aurais voulu l'effacer, tout comme cette coïncidence, et ainsi annuler ce qui échappait à ma compréhension.

Mais non, je le savais bien au fond de moi, ce n'était pas vrai. Je ne voulais pas l'effacer.

Au cours de ce qui me sembla être un temps si court — quelques secondes — que cela en était presque obscène, je sus que je ne voulais pas que sa cicatrice disparaisse. Elle me fascinait et j'avais envie de la toucher.

Peut-être ai-je été momentanément abasourdie par le choc causé par ma blessure. Ou peut-être étais-je simplement curieuse à cause de l'étrange similitude de nos blessures. Mais la cause n'avait aucune importance, j'étais obsédée par sa cicatrice.

Ou peut-être que Grace, à force de parler de prédestination, de symbolisme et du fait qu'il n'y avait pas de coïncidences, m'avait préparée à cet instant.

Grace annonçait des prophéties. Elle apportait des amulettes et des cristaux et elle les laissait sur mon bureau comme d'autres auraient laissé des fleurs. Je l'adorais tellement ! Elle était la sœur aînée que je n'avais jamais eue. Alors, j'acceptais ses offrandes et je la respectais. Mais jamais je n'avais cru ce qu'elle me disait lorsqu'elle partait dans ses délires New Age.

En tout cas c'était ce que je croyais.

Car en vérité, à cet instant, en regardant la cicatrice sur la main de cet homme — une image en miroir de ma propre cicatrice toute récente —, j'étais obsédée par deux questions : qu'est-ce que Grace en dirait ? Comment interpréterait-elle ma réaction ?

Peut-être que la douleur que je ressentais à la main m'avait rendue hypersensible, à moins que ce ne soit le son de la voix de l'homme ou la façon dont il m'avait semblé familier dès l'instant où j'avais posé les yeux sur lui. Je n'en savais rien, mais ma réaction était complètement inattendue et surprenante. Cela ne me plaisait pas. Je me méfiai donc aussitôt de l'homme qui l'avait inspirée.

J'aurais voulu disséquer sa cicatrice, l'explorer avec mes doigts et la lire comme si elle avait été en braille, en examiner les contours et les stries, exactement comme je l'avais fait avec ma propre coupure. J'avais besoin de prouver à quel point elle était différente de la mienne, et combien elle était cicatrisée et sèche comparée à ma blessure ouverte, humide et aux contours nets.

— Il y a du sang partout, dit-il.

Le vent dans sa voix m'inquiéta.

— La coupure est-elle profonde ? reprit-il. Vous allez peut-être avoir besoin de points de suture.

Il m'attrapa par le coude et me releva.

Une fois relevée, des débris de verre brisé tombèrent de ma chemise et se fracassèrent sur le carrelage avec un bruit strident qui résonna comme un tintement de clochettes.

D'un mouvement vif, il prit ma main et se pencha au-dessus avec une telle rapidité que je n'eus pas le temps de voir son visage, et je me retrouvai en train d'observer ses cheveux couleur terre brûlée — un marron intense que j'employais lorsque je peignais — et je me perdis dans ses boucles épaisses.

— Vous êtes médecin ?

— Non, mais je m'y connais en coupures.

Je restai calme tandis qu'il observait ma main. C'était un client du magasin qui était venu à mon aide. Un étranger que je n'avais aucune raison de remarquer. Il était bien plus grand que moi, il portait un jean et un pull noir à col montant. Il était mince, un peu dégingandé et presque débraillé.

J'avais conscience de ses doigts puissants sur ma peau. Là où nous étions en contact, je sentais mes nerfs palpiter. Similaires aux élancements provoqués par la douleur, cette sensation se manifestait avec intensité, puis s'évanouissait, pour ensuite recommencer.

Cela me mit mal à l'aise, très mal à l'aise. J'étais bien

trop consciente de sa main sur ma peau, et l'accident m'avait rendue nerveuse.

— Ce n'est pas normal, vous perdez beaucoup trop de sang pour une coupure qui paraitt si peu profonde. Vous avez dû vous blesser ailleurs.

Il releva la tête et me regarda.

— Vous êtes-vous blessée ailleurs ? demanda-t-il.

Maintenant qu'il n'était plus penché sur ma main, j'examinai son visage tout en lui expliquant que ce qu'il prenait pour du sang sur mes vêtements et sur le sol n'était en réalité que de l'encre. Je lui dis que je m'étais agenouillée à la recherche d'une boîte de feuilles de papier doré sur une étagère basse, que j'avais entendu le téléphone et que je m'étais précipitée pour répondre, mais que, dans mon élan, j'avais malencontreusement renversé une boîte de six bouteilles d'encre vermillon. Les six bouteilles s'étaient brisées, propulsant des morceaux de verre et du liquide rouge tout autour de moi.

— Mais quelque chose d'autre ne va pas. De quoi s'agit-il ? demanda-t-il.

— Pardon ?

— Quelque chose d'autre que la douleur vous tourmente.

— Comment le savez-vous ?

Il haussa les épaules.

— Je le vois dans vos yeux.

— Mais vous ne me connaissez même pas.

— C'est vrai. Mais je sais à quoi ressemble l'inquiétude. Et vous êtes inquiète.

Je ne pouvais pas lui parler de toutes les réactions que j'avais eues à son contact, alors je choisis le mensonge le plus innocent.

— C'est juste que vous ressemblez à quelqu'un, et que cela me rendait folle d'essayer de deviner de qui il s'agissait.

J'avais étudié les beaux-arts, j'avais peint pendant des années, et je regardais toujours les gens comme si j'allais les dessiner. Et j'oubliais à quel point c'était impoli, indiscret et déroutant.

— Alors, de qui s'agit-il ? Avez-vous trouvé ?

Je hochai la tête.

— Vous ressemblez à un homme représenté dans un tableau. C'est une fresque que j'ai vue au *Metropolitan Museum of Art*, une fresque romaine du IIIe siècle avant J.C.

Et c'était vrai qu'il lui ressemblait. La même chevelure brune ondulée, les mêmes grands yeux en amande — une intelligence et une expression hantée dans le regard. Et comme ce personnage, il avait les pommettes hautes, un nez aquilin et un long cou.

J'avais pris en photo ce portrait devant lequel je m'étais arrêtée une douzaine de fois en me rendant dans l'aile égyptienne parce que le regard de l'homme — même s'il ne s'agissait que de pigment sur de la pierre — l'avait exigé.

— Il ne vous manque plus que la toge et la couronne.

Il pencha la tête et me regarda comme s'il essayait de comprendre quelque chose. Puis il sourit.

— Il faudra que j'aille le voir, alors. J'aimerais savoir à quoi je ressemble avec une toge. Et je dois dire que l'idée de porter une couronne est très tentante. Et, de toute façon, cela fait trop longtemps que je ne suis pas allé au *Met*.

— A vrai dire, c'est une couronne mortuaire.

— Vous gonflez mon ego pour le réduire en miettes en quelques secondes, vous êtes cruelle ! plaisanta-t-il.

Je ne sais pas ce qui me donna l'impression qu'il était aussi sûr de lui, mais, à l'écouter, je ne pensais pas que quiconque aurait pu anéantir son ego. Sauf qu'il n'était ni égotiste, ni odieux, il était seulement sûr de lui, et c'était un sentiment réconfortant. C'était comme s'il portait une cape invisible qui le tenait à l'abri des dangers et des faiblesses qui pouvaient nous attaquer, nous autres mortels.

Etait-il possible que je projette ce que je ressentais de l'homme représenté dans le tableau sur son double du XXIe siècle ?

Certains visages sont ouverts. Leurs expressions sont faciles à déchiffrer et l'ensemble de leurs traits suit une certaine logique. Leurs lèvres, leurs yeux et leurs traits expriment la même expression au même moment.

Le visage de cet homme n'entrait pas dans cette catégorie. Certes, il était souriant — ses lèvres remuaient, de façon un peu plus prononcée du côté gauche que du côté droit, et son sourire exprimait de l'ironie et de l'humour. Mais ses yeux gardaient quelque chose de plus sérieux, ainsi qu'une grande curiosité. Et en même temps, ils avaient quelque chose de rebelle. Comme s'il ne se contentait pas d'accepter ce qu'il voyait et qu'il éprouvait le besoin de le mettre à l'épreuve.

Tandis qu'il continuait de tenir ma main dans les siennes, j'étais particulièrement consciente de chaque point de contact entre nous, et je ne savais pas pourquoi cela me faisait un tel effet.

C'était inexpliqué.

Et l'inexpliqué me troublait.

Soudain, il me vint à l'esprit, tandis que je me tenais là, debout dans le magasin avec un homme que je ne connaissais pas du tout en ayant l'impression d'être face à quelqu'un de familier, qu'il aurait été préférable que je retire ma main, que je recule de quelques pas, que je m'excuse, et que je demande à Grace de l'aider.

Mais je ne le fis pas. Je ne m'écartai pas de lui. Je ne m'enfuis pas.

Au lieu de cela, je le laissai me tenir la main, tandis qu'un frisson — de reconnaissance ? de plaisir ? de peur ? — me parcourait le bras, jusqu'à la nuque, et que mon pouls se mettait à battre la chamade.

Combien de temps cela avait-il duré ? Trente secondes ? Dix minutes ? Une journée ? Deux jours ? C'était comme si je n'étais plus du tout capable de penser clairement.

— Avez-vous une trousse de premiers soins ici ?

Je lui dis qu'il y en avait une, et que j'allais nettoyer la coupure.

— Vous n'y arriverez pas avec une seule main valide. Montrez-moi où est la trousse.

Ce n'était pas une question, mais plutôt un ordre.

— Non, ça ira, merci.

J'avais supposé qu'il me lâcherait la main, et qu'il s'en irait. Mais il ne le fit pas. Il resta là, et, par sa seule présence, il s'exprimait aussi clairement que s'il avait parlé.

— D'accord, finis-je par dire, c'est par ici.

Je le conduisis vers la salle de bains, je pris la trousse de premiers soins qui se trouvait sous le lavabo et je la lui tendis. Après avoir rincé la plaie avec douceur, il l'inspecta pendant un bon moment pour vérifier qu'il n'y restait pas d'éclats de verre, puis versa de l'eau oxygénée dessus. Cela piquait et je fis la grimace en retirant involontairement ma main, mais il avait anticipé ma réaction et il la tint fermement.

— Je sais, ça fait un mal de chien. J'aurai fini dans une minute.

Il avait raison, mais lorsqu'il finit de panser la blessure, cela ne piquait plus.

Une fois qu'il eut terminé, il passa doucement son doigt sur les contours du pansement pour s'assurer qu'il adhérait bien.

— La coupure vous fait-elle toujours mal ?

— Un peu.

— Mais ça ne pique plus, si ?

— Non.

Nous nous tenions toujours dans la petite pièce blanche carrelée, près du lavabo. Je rangeai la trousse et il me suivit dans le couloir.

— Vous aviez raison, dis-je.

— J'adore avoir raison, dit-il en souriant, mais à propos de quoi avais-je raison ?

— J'aurais eu du mal à faire un bandage avec la main gauche. A présent, que puis-je faire pour vous aider ? J'imagine que vous n'êtes pas entré dans le magasin pour jouer au docteur.

J'eus aussitôt envie de rentrer sous terre en m'apercevant du double sens de ma phrase, et j'espérai qu'il ne l'avait pas remarqué.

— Quoi qu'il en soit, je vous en remercie. Alors… En quoi puis-je vous aider ?

— Je cherche Marlowe Wyatt. Est-elle ici ?

Il ne plaisantait pas.

— C'est moi.

Ses traits se figèrent, et j'eus la même impression que s'il avait été lâché de très haut et qu'il se trouvait en chute libre.

J'eus soudain envie de lui demander pourquoi il était si déçu que je sois la personne qu'il était venu voir, mais je me retins. Sans doute parce que son visage s'était si rapidement détendu que je n'étais plus très sûre de savoir interpréter les expressions de son visage.

— Marlowe, répéta-t-il, comme s'il essayait de s'habituer à mon prénom. J'ai téléphoné un peu plus tôt. Une personne du nom de Grace m'a dit que vous seriez ici et que je n'avais pas besoin de prendre rendez-vous.

— Non, c'est inutile. Hormis les huit semaines qui précèdent la Saint-Valentin.

— Oui, j'ai lu un article sur vos présents pour la Saint-Valentin il y a quelques mois. C'est pour ça que je suis là.

Depuis la parution de cet article, j'avais eu énormément de travail. Envoyer à son amant, son mari ou sa femme des lettres d'amour ou des récits érotiques était devenu un cadeau très en vogue. Grâce à cet article, j'avais eu plus de trente nouveaux clients. Y compris la femme qui avait pris les photos pour l'article, Vivienne Chancey. Dans un premier temps, elle avait accepté mon offre, puis elle m'avait engagée pour écrire trois lettres supplémentaires pour elle. Elle était perpétuellement sur les routes, travaillant à un récit de voyage et essayant d'entretenir une nouvelle relation à distance. Distance qui, selon elle, n'était pas à son avantage.

J'avais été surprise qu'elle dût faire tant d'efforts. Elle était brillante, talentueuse, et jamais je n'aurais imaginé qu'elle puisse avoir besoin de l'aide de lettres érotiques pour séduire qui que ce soit.

Lorsque j'avais dit à Grace ce que je pensais, elle m'avait répondu que l'âme de Vivienne nageait dans des eaux peu profondes et que cela l'empêcherait de réussir dans le genre de relations dont elle avait envie.

Qu'en savait-elle ? lui avais-je demandé, et elle m'avait fait un clin d'œil, signe des esprits, des étoiles et de la magie.

— Grace m'a dit que quelqu'un avait appelé, repris-je en levant les yeux vers l'inconnu. Monsieur Brown, je crois. C'est vous ?

— Gideon, dit-il en tendant la main, avant de la reprendre aussitôt. Excusez-moi, j'avais oublié votre blessure.

— Merci encore de m'avoir aidée. Et d'être arrivé au bon moment.

J'ouvris la porte de mon studio et il me suivit à l'intérieur.

— Alors, dis-je, en quoi puis-je vous aider ?

Chapitre 5

— Combien en avez-vous écrites ? me demanda-t-il après que je lui eus tendu le volumineux album contenant mon travail.

Sur la couverture on lisait en lettres dorées l'inscription « les Lettres de lady Chatterley ».

— Je ne sais pas, peut-être quelques dizaines d'originaux… et une centaine de textes personnalisés à partir de lettres existantes.

Examinant la couverture, Gideon promena ses longs doigts sur les lettres, traçant leur contour. Je réagis comme s'il les avait dessinées sur ma peau nue. Le L glissa le long de ma colonne vertébrale, tourna et avança jusqu'au milieu de ma taille. Le C décrivit un voluptueux demi-cercle sous mes seins.

Lorsqu'il caressa la couverture de cuir, je sentis ses mains glisser entre mes cuisses.

— Vous n'en êtes pas sûre ?

— Je n'ai jamais compté.

J'eus soudain le désir insensé de lui dire que le nombre

était immatériel, que la seule chose qui comptait était la lettre que jamais je ne pourrais écrire parce qu'il n'y avait aucune adresse où l'envoyer. Bien sûr je ne dis rien. Jamais je n'avais parlé de la dernière lettre de Kenneth, celle dans laquelle il me demandait de lui répondre et de lui pardonner. Ni avec Grace, ni avec aucun de mes amis. Et je n'allais certainement pas en révéler l'existence à un parfait inconnu. Mais le seul fait d'y avoir pensé me stupéfia.

Il ouvrit l'album.

Je n'aurais pas eu plus de papillons dans le ventre s'il avait littéralement écarté mes jambes avec ses genoux.

Essayant de reprendre mes esprits, je me concentrai sur le bureau, l'album, mon travail et la boutique, et j'essayai d'ignorer l'intensité avec laquelle mon corps avait réagi.

Que se passait-il ? Et pourquoi ? Cela ne me ressemblait pas d'être ainsi attirée par quelqu'un que je ne connaissais pas.

Les hommes liés à d'autres femmes, et qui parviennent malgré tout à vous émouvoir, sont aussi dangereux qu'une fuite de mercure. Le métal scintille et captive, il attire par sa brillance lisse, mais il ne faut pas s'y laisser prendre.

— Lisez-la, dis-je en sortant la première lettre de sa chemise en plastique transparent, lisez-la comme si vous étiez la personne qui la reçoit. Les lettres tournent autant autour des sensations, des émotions et des odeurs que des mots.

Je me penchai sur mon bureau, employant ma main gauche avec maladresse à cause de ma main droite blessée.

Ses yeux suivirent chacun de mes mouvements, et je sentis une brûlure sur ma peau partout où son regard se posa.

S'il levait les yeux sur moi maintenant, ne pus-je m'emêcher de songer aussitôt, je lui parlerais de cette combustion entre nous, je lui demanderais si lui aussi la ressentait. S'il savait pourquoi elle se produisait. Mais il avait déjà baissé les yeux sur la lettre que je lui avais tendue.

Les mots étaient écrits avec une encre d'un vert éclatant sur un papier-parchemin que j'avais décoré de fleurs pressées, d'aiguilles de pin et d'un liséré de ruban de mousse colorée. Une vignette victorienne originale, représentant une voiture rouge, était perchée sur la barre transversale du H majuscule qui commençait le premier mot.

— Vous êtes une artiste, dit-il, semblant surpris — et aussi autre chose, déçu ? contrarié ? Quelque chose que je ne parvenais pas à identifier.

Je haussai les épaules.

— C'est une façon comme une autre de gagner ma vie. En dehors de cela, je crée des collages, dis-je en désignant le mur sur lequel certains de mes travaux personnels étaient accrochés. Mais il n'est pas facile de gagner sa vie dans les beaux-arts, repris-je, et vivre dans une mansarde ne me dit rien. D'ailleurs, il n'y a plus de mansardes à New York.

— J'imagine en effet qu'il n'y en a plus, dit-il en riant.

Il observa attentivement chaque recoin de mon petit bureau, et il embrassa du regard les esquisses et les trois collages qui étaient accrochés au mur. En général, quand des gens les remarquaient, ils se contentaient de leur jeter un rapide coup d'œil, mais Gideon posa la lettre sur le bureau, se leva et s'approcha du mur pour voir mes travaux de plus près. En silence, il regarda le premier pendant un long moment, puis il accorda au second la même attention.

— Vous avez une imagination formidable et un sacré coup d'œil, finit-il par dire, avant de se rasseoir et de reprendre la lettre. Donc, vous concevez les lettres dans leur ensemble, le texte et le visuel ?

— Oui, à moins que quelqu'un m'engage uniquement pour en être l'auteur. Dans ce cas, ils la recopient de leur main sur leur propre papier à lettres ou sur des cartes qu'ils peuvent trouver ici.

Il promena ses doigts sur la face lisse du papier translucide, puis sur le liséré de satin. Je remarquai qu'il touchait tout ce qui l'entourait. Ma main, le pansement, la couverture du livre. Comme si, en touchant chaque chose, il parvenait à mieux la connaître. Puis, relevant la tête, il respira la lettre.

J'avais employé de véritables aiguilles de pin, je les avais froissées et frottées au dos du papier, puis je les avais embaumées avec la fraîcheur du parfum de la menthe. Et il s'en imprégnait.

Je m'attendais à ce qu'il la lise, bien sûr, mais ce que je n'avais pas prévu — ce qui n'était jamais arrivé depuis que j'avais commencé à écrire *les Lettres de lady Chatterley*, cela faisait plusieurs mois déjà — était qu'il lise ce que j'avais écrit à haute voix.

Mais il le fit. L'histoire avait une profusion de mots ; il les lut avec douceur à la différence de sa façon de parler, que l'on aurait pu qualifier de *staccato* et, à ma grande surprise, avec harmonie. D'une voix sombre.

Il se tenait la tête baissée, je ne voyais donc pas les

expressions de son visage, et il ne pouvait pas voir les miennes. J'en fus soulagée.

« Ecoutant la musique, je pensais que c'était le son d'un ruisseau courant à travers la forêt. Respirant le parfum, je pensais que c'était celui des fleurs poussant dans les sous-bois. La saveur était celle des arbres.

Je ne m'attendais pas à ce que tu sois la source des sons, des parfums et des saveurs.

Le tronc de l'arbre était aussi large que deux hommes et il me cachait si bien que je restais là, m'agrippant à l'écorce, la laissant me mordre les doigts pendant que je regardais.

Je devrais être désolé d'avoir volé du temps pendant lequel nous aurions pu être dans les bras l'un de l'autre, mais il fallait que je te voie, je devais te voir comme ça, seule, inconsciente de ma présence, mais là, à m'attendre.

Le baldaquin de feuilles entrelacées qui surmontait le lit que tu avais trouvé pour nous ne laissait passer que quelques rais de lumière, qui tombaient sur tes seins. La tête de lit était faite de pierres couvertes de mousse épaisse et moelleuse. »

Je n'avais jamais entendu quiconque lire à haute voix ce que j'avais écrit. Même si j'avais eu des entretiens avec mes clients pour pouvoir adapter le contenu du texte à leurs goûts, je composais les lettres et les histoires seule, dans mon appartement, après être rentrée du travail, d'un dîner avec des amis ou d'un de mes nombreux premiers ou seconds rendez-vous amoureux qui m'inspiraient rarement assez pour en accepter un suivant.

Par conséquent, le fait d'entendre Gideon lire l'histoire que j'avais écrite me désorienta. Ecouter des phrases qui, jusqu'à cet après-midi, n'avaient existé que dans ma tête ou calligraphiées sur le papier, les entendre filtrées par sa voix me donnait l'impression qu'il forçait mon intimité, sans y avoir été invité.

Qui était cet homme qui était entré dans le magasin de Grace pour acheter une chose et qui, à la place, en avait volé une autre ?

J'aurais voulu attraper les lettres qui se trouvaient sur le bureau et lui dire de s'en aller, comme je l'aurais fait si un homme que je ne connaissais pas était accidentellement entré dans une pièce pendant que je me déshabillais.

Je me retins. Je croisai les bras sur ma poitrine, je déplaçai mon siège pour ne pas avoir à le regarder et je me mordis les lèvres en attendant qu'il ait terminé. Je ne lui demandai pas d'arrêter de lire même si c'était ce que j'aurais voulu faire. Au lieu de cela, je tentai de me convaincre que je réagissais de manière excessive, et j'attendis qu'il en finisse.

Grace m'avait appris à bien traiter les clients, à être polie et respectueuse, même lorsque je n'avais pas l'impression qu'ils le méritaient. Je ravalai donc mon indignation et j'essayai de penser à autre chose — n'importe quoi — pour ne pas l'entendre articuler mes secrets.

Mais j'en fus incapable.

***

« Tu étais nue, la peau mouchetée par la lumière jaune qui passait à travers les arbres. Un unique rai de lumière brilla sur la flûte que tu portas à tes lèvres pour y déposer comme un baiser.

C'était comme si je t'avais regardée prendre un autre homme dans ta main, dans ta bouche. Et je fus jaloux de te voir traiter un objet inanimé de façon aussi intime : tirant une mélodie de sa hampe comme tu tirais du plaisir de la mienne.

Il y avait des feuilles entrelacées dans tes cheveux, mêlées à tes boucles, et des traces de terre sur ton dos nu et tes jambes. De larges bracelets faits de petites branches de saule tressées ornaient tes poignets et tes chevilles.

Dans cette faible lumière verte, je ne parvenais plus à savoir où tu commençais, et où finissait la forêt.

J'essayai de rester silencieux et immobile mais un gémissement m'échappa. Et lorsque tu l'entendis par-dessus la musique et que tu te retournas, quand je vis combien tu étais heureuse de me voir, je ne regrettai plus d'avoir volé ces cinq minutes pour te regarder quand j'aurais pu être avec toi, sur toi ou en toi. J'aurais manqué l'expression sur ton visage. Et cela aurait été vraiment dommage. »

Chapitre 6

Il s'arrêta enfin de lire, remit la lettre dans la chemise transparente, et tourna la page suivante. Mais je ne pus rester là à attendre qu'il en lise une autre. Je me levai.

— Je ne me sens pas bien, marmonnai-je en sortant de mon bureau.

J'avais appris, par le passé, ce qu'on ressentait à être totalement nue devant un homme, et je n'avais aucune envie de revivre quoi que ce soit de tel.

Ce fut seulement une fois sortie de la pièce que je sus que c'était Grace que je cherchais. Pour lui demander de prendre le relais avec Gideon Brown. Pour espérer qu'elle décèlerait quelque chose dans mon humeur, dans l'inflexion de ma voix ou dans mes yeux qui l'encouragerait à me prendre dans ses bras et à me dire que tout irait bien. Pour bénéficier, pendant quelques minutes, de la grâce maternelle qui émanait naturellement d'elle.

Jusque-là, je n'avais jamais tourné les talons devant un client. Mais Grace et moi avions évoqué cette possibilité lorsque j'avais commencé à travailler pour elle. Elle m'avait prévenue qu'il était possible qu'un homme, ou même une femme, semble apparemment sur le point de m'engager mais profite du fait que nous soyons seuls dans une pièce. De plus, le fait que j'écrive des lettres et des récits érotiques aurait pu amener certaines personnes à penser que je pouvais accomplir d'autres prestations érotiques. Grace et moi avions donc mis en place un protocole pour ce genre de cas : un bouton placé sous le bureau sur lequel je pouvais appuyer sans que personne s'en aperçoive, qui l'alerterait, ainsi que les autres membres du personnel. Mais je n'avais jamais eu à l'utiliser, car je ne m'étais jamais sentie en danger avec un client jusque-là.

Et voilà qu'aujourd'hui j'avais oublié d'utiliser le bouton, tant j'avais eu violemment besoin de m'éloigner de Gideon. Mais le genre de danger que je pressentais face à cet homme n'était pas de cette nature. Le danger était dans ma tête.

Je me retrouvai face à l'allée centrale du magasin, qui conduisait aux différents rayons. Grace pouvait être en train de travailler dans n'importe lequel d'entre eux. Je traversai d'abord le rayon des rubans, où Debra, une vendeuse, était occupée avec un client face à un mur de rubans, alignés par couleurs, formant une espèce de kaléidoscope.

Debra sortait des bobines de bleus différents, les présentait contre une feuille de papier d'emballage en aluminium, attendait un oui ou un non du client, avant de les ranger. Les stocks d'Ephemera comportaient plus de cinq cents rubans différents, qui étaient vendus au centimètre ou au mètre. Le plus cher, qui était vendu cinquante dollars le mètre, était orné de fleurs de lavande entourées de feuilles cousues à la main.

Certains rubans étaient bordés de fils d'or, d'autres comportaient un fil métallique, de sorte que les nœuds, une fois faits, conservaient leur forme. Il y avait d'épais satins et de la soie dans chaque teinte et en plusieurs épaisseurs différentes. On trouvait du gros-grain, de la tapisserie, des motifs et des couleurs unies. Nous avions même en stock un ruban en argent véritable qui était si fin qu'il pouvait être cousu.

Grace n'était pas non plus dans le rayon des papiers décoratifs, où se trouvait une sélection de plus de cent modèles différents venus des quatre coins du monde. De grandes feuilles étaient disposées sur un support en bois, comme on faisait parfois avec les journaux dans les bibliothèques.

Nous avions plus de deux douzaines de papiers marbrés florentins, sur lesquels resplendissaient des flammes dorées, orange, rouges, ou des tourbillons de turquoise, d'azur et de violet. D'autres venaient de Chine et du Japon, certains étaient des papiers de riz dans les fibres desquels étaient entremêlées de véritables fleurs, d'autres étaient imprimés de couleurs vives et agrémentés de motifs d'éventails, de papillons ou de fleurs de glycine.

On trouvait également des papiers de différentes tailles, dans toutes les couleurs unies, du marron rustique au vert d'eau scintillant. La plupart étaient accompagnés d'enveloppes assorties.

Poursuivant mon chemin, je jetai un coup d'œil aux vitrines en verre et en bois qui présentaient un large éventail d'instruments d'écriture — des coûteux stylos Mont Blanc aux plus originaux stylos à encre à l'ancienne que l'on devait tremper dans un encrier. Mais elle n'était pas là. Et elle n'était pas non plus près de la vitrine de cachets anciens, ni près des étagères qui portaient diverses cires à cacheter aux couleurs éclatantes.

Sillonnant les allées des articles d'art et d'artisanat, des cartes de vœux, du papier à lettres et des journaux intimes, je continuai de la chercher. Habituellement, le seul fait de traverser cette merveilleuse cave d'Ali Baba aiguisait mes sens. En temps normal, je m'arrêtais pour regarder les rubans, les papiers, l'imagerie des autocollants, pour fouiner parmi les centaines de tampons et trouver l'inspiration pour décorer la lettre sur laquelle je travaillais.

Mais cet après-midi-là, la seule chose que je voyais était l'image obsédante de Gideon Brown assis à mon bureau, lisant mon travail, et moi aussi mal à l'aise que s'il avait fouillé dans mon tiroir de lingerie.

Personne n'avait jamais demandé une lettre que je ne puisse pas écrire. Mais j'étais sûre que, quoi qu'il voulût, cela serait au-dessus de mes compétences. Je voulais donc que Grace intervienne, qu'elle aille lui dire que j'avais reçu un appel téléphonique, ou que j'étais sortie dans la rue pour fumer une cigarette et que j'avais été renversée par une voiture, ou arrêtée, ou emmenée dans une ambulance. N'importe quoi.

Je trouvai enfin Grace au rayon du papier à lettres personnalisé, en compagnie d'une dame âgée vêtue d'un tailleur de lin gris.

A en juger au nombre d'échantillons disposés sur la table devant elles, le rendez-vous devait durer depuis un certain temps. Une telle situation m'aurait épuisée, mais Grace, elle, redoublait d'énergie. Dès qu'elle était entourée de caractères, de couleurs, de papiers, elle devenait une véritable artiste, et elle était si patiente avec les gens qu'elle ne se souciait jamais du temps qu'elle passait pour qu'une création corresponde parfaitement à une occasion.

Lorsque je m'approchai d'elle, elle leva la tête, et il ne lui fallut qu'un instant pour lire sur mon visage comme dans un livre ouvert.

Grace Greene avait trente-huit ans, et elle avait un corps aux formes voluptueuses qui auraient ravi les peintres de la Renaissance. Sa chevelure d'un blond vénitien, épaisse et indomptable, mettait en valeur son visage en forme de cœur comme un cadre baroque autour d'un tableau de maître. Elle portait des vêtements vintage des années quarante et cinquante, ainsi que des bijoux anciens en strass, rubis, émeraudes et saphirs. Elle était à elle seule une œuvre d'art en mouvement, quelqu'un que vous remarquiez, qui vous faisait sourire, juste parce qu'il était évident qu'elle aimait la vie. Eternelle optimiste, Grace était toujours à mes côtés, prête à me soutenir, et elle était toujours de très bon conseil. Et sauf lorsqu'elle me disait qu'elle avait eu un présage, je l'écoutais.

Lorsque ses parents avaient ouvert Ephemera, au début des années soixante-dix, il s'agissait d'un magasin de fournitures de beaux-arts du nom de Greene's Arts. C'était l'époque où les artistes s'installaient à SoHo, attirés par les maisons anciennes et décrépies qui offraient un grand espace pour un faible loyer et beaucoup de lumière, et les parents de Grace y avaient à la fois vécu et travaillé.

Au début des années quatre-vingt-dix, avec l'aide de leurs deux enfants, Grace et Kenneth, les Greene avaient transformé le magasin et lui avaient donné sa forme actuelle. Ils avaient également ouvert deux succursales au nord de la ville.

Dès qu'elle était sortie de la Wharton Business School Grace avait géré le magasin de SoHo et le site internet d'Ephemera — qui remportait un incroyable succès. Et jusqu'à sa mort, Kenneth avait travaillé pour elle comme acheteur, voyageant aux quatre coins du monde à la recherche de papiers, de rubans, de journaux intimes, d'albums, de crayons et autres articles uniques en leur genre.

— Est-ce que ça va ?

Grace sourit en levant les yeux sur moi, ôtant ses cheveux de ses yeux.

— Je ne savais pas que tu étais occupée.

Se tournant vers sa cliente, Grace lui demanda si elle pouvait lui accorder un instant et elle m'entraîna dans un petit bureau contigu au showroom.

— Qu'est-ce qui ne va pas ? Tu dégages une telle énergie négative que je l'ai tout de suite ressentie.

Je secouai la tête. Une fois devant elle, je ne savais plus ce que j'allais pouvoir dire ou ne pas dire sans passer pour une idiote.

Il y a un homme dans mon bureau qui me fait peur parce que je suis attirée par lui comme cela ne m'est pas arrivé depuis longtemps. Peut-être jamais. Je voudrais que tu… Non, j'ai besoin que tu t'en débarrasses pour moi.

— C'est idiot… Il y a un homme…, balbutiai-je, puis je secouai la tête. Ce n'est rien.

— Ce n'est pas rien. Dis-moi ce qui se passe, Marlowe.

Alors, elle remarqua le bandage sur ma main droite et, le désignant, elle demanda :

— T'a-t-il blessée ?

— Non, je me suis coupée. J'ai cassé des bouteilles d'encre. Ça va. Ma main, ça va. Retourne t'occuper de ta cliente. Je…

Elle mit son bras autour de mes épaules et me serra contre elle. Je fermai les yeux, juste pour sentir son étreinte et le réconfort qu'elle m'offrait.

La sonnerie d'un téléphone retentit. Ce n'était pas celui du bureau mais son portable.

— Réponds, on se verra quand ce sera plus calme.

Elle leva la main pour me faire signe d'attendre. Un rubis fantaisie entouré de strass étincela sur son petit doigt.

— Non, attends, je prends juste le message, je veux que tu me dises ce qui ne va pas.

Mais je n'attendis pas. Mon attitude était puérile, mais j'avais besoin d'affronter la situation par moi-même.

Chapitre 7

En me dirigeant en traînant les pieds vers mon bureau, je regardai les stylos, les rubans, laissant l'arc-en-ciel de couleurs me remplir les yeux, et je réussis à me convaincre que Gideon Brown était parti. Il avait sans doute lu quelques lettres, il avait compris qu'il n'aimait pas mon style et il était sorti du magasin.

En arrivant, je fus soulagée de découvrir que j'avais vu juste. Il était parti. Mon livre de présentation était de nouveau sur mon bureau. La chaise sur laquelle il était assis un moment plus tôt était vide, et rien dans la pièce n'indiquait qu'il y soit jamais entré.

Je poussai un soupir de soulagement. Puis je compris que je m'étais trompée. Il avait laissé une trace de son passage.

Lorsqu'il m'avait aidée, qu'il avait plié ma main pour l'inspecter et qu'il avait ensuite nettoyé la coupure, j'avais respiré son parfum : boisé, une odeur de cuir, mélangée à autre chose, une épice. Etait-ce la cannelle ?

Et à présent je le sentais de nouveau, dans mon propre bureau. Comme un intrus, indésirable.

J'allumai la bougie à la vanille qui se trouvait sur le

coin de ma table, et la laissai brûler un moment, avant de respirer l'air ainsi renouvelé.

C'était mieux.

Cette fois, il était parti pour de bon. Ses yeux ne me regardaient plus. Son parfum s'était évaporé.

Le bureau était de nouveau mien.

Les lettres et les récits — mes mots — étaient redevenus miens.

Chapitre 8

Rien n'allait comme je le voulais. J'avais déjà utilisé un mètre de tissu sans réussir à obtenir l'effet désiré. Essayant une fois de plus, je pris les ciseaux pour cranter le tissu de soie bleu cobalt, puis je tirai dessus et le déchirai en plein milieu.

Mais le bord n'était toujours pas effiloché comme je le souhaitais. Je jetai le tissu et m'éloignai de ma table à dessin. Je devais rendre le collage le jour suivant et je ne voyais pas comment j'allais pouvoir respecter ce délai. Cela faisait trois semaines que je travaillais sur la couverture, mais je n'y arrivais pas. J'y étais presque, mais quelque chose manquait.

Tous les deux ou trois mois Jeff Harding, le directeur artistique d'une maison d'édition new-yorkaise, me demandait d'illustrer la couverture d'un livre. Cette fois, il avait dit que le délai était assez court, et qu'il ne disposait que de trois semaines. Mais cela aurait dû me suffire.

Je détestais l'idée de rater mon coup, car les travaux que me donnait Jeff étaient intéressants d'un point de vue créatif, de plus ils enrichissaient mon portfolio et j'avais envie d'en faire d'autres. De plus, j'étais très amie avec Jeff et je ne voulais pas le décevoir.

Je l'avais rencontré des années auparavant, lorsque mon demi-frère et lui partageaient le même logement à l'université. A l'époque, il était venu chez nous pendant les vacances, et nous le considérions tous comme un membre de la famille. Et ce fut par l'intermédiaire de Jeff, des années plus tard, que j'avais rencontré Kenneth et que notre relation avait commencé.

Je revins à ma table et coupai un nouveau carré de soie bleue dans le rouleau que j'avais acheté aux puces quelques mois plus tôt et que j'avais gardé, sachant qu'un jour je l'utiliserais dans un collage.

Cette couverture était destinée à un roman intitulé *Eau douce*, qui racontait l'histoire d'une femme qui s'était installée à Venise, où son amant l'avait attirée afin qu'elle l'aide à restaurer un tableau célèbre qui lui appartenait. Ensemble, ils découvraient que c'était un faux.

Mi-histoire d'amour, mi-polar, le roman m'avait tenue en haleine et, en même temps, je l'avais trouvé si bien écrit qu'au fil des pages j'avais vu le soleil miroiter sur la flèche de la cathédrale Saint Marc, j'avais entendu la musique de la ville, et goûté son vin.

Il était plus de 2 heures du matin et j'avais besoin de me reposer. Mais je ne m'y autoriserais qu'une fois que j'aurais trouvé ce qui n'allait pas dans mon illustration. Je me levai, puis je m'étirai, me penchant en avant pour toucher le sol du bout des doigts. Les revers des manches de ma chemise d'homme trop grande pour moi tombèrent et je les remontai. C'était une vieille chemise de Kenneth que je m'étais appropriée peu de temps après que nous ayons commencé à dormir l'un chez l'autre. Elle avait des taches de colle, des paillettes sur les manches, des traces de peinture dans le dos et un trou à la place du quatrième bouton.

Je me mis à tourner en rond dans le loft, essayant de trouver ce qui ne collait pas dans mon illustration. Pour m'occuper, je commençai par allumer les lumières dans la partie chambre, puis j'allai les éteindre depuis la cuisine. Ensuite, je poussai d'un coup de pied une vieille pile de magazines sous le vieux canapé en cuir, et j'enlevai une boîte de peintures du siège sur lequel elle était posée – au cas où j'aurais voulu m'y asseoir.

Je vivais dans un espace de quatre cent cinquante mètres carrés qui avait été, cent ans plus tôt, une partie du cinquième étage d'un entrepôt de perles de verre. Parfois, je trouvais encore des éclats de verre dans les interstices du plancher en chêne. L'espace était divisé en plusieurs coins qui incluaient une cuisine et une chambre séparée par des rayonnages de bibliothèque.

Lorsque je l'avais loué, j'avais imaginé que l'endroit serait un véritable lieu de vie. Peu de temps avant sa mort, Kenneth et moi avions décidé qu'il viendrait s'y installer et nous avions commencé à le transformer pour que ce soit de moins en moins un lieu de travail. Malgré tout, nous n'avions pas beaucoup avancé dans notre projet. Cela ressemblait toujours à un grand atelier d'artiste qui satisfaisait mon besoin occasionnel de manger et de dormir. Trois tables à dessin trônaient dans ce qui aurait pu être une salle à manger. L'une d'entre elles était une table que Kenneth et moi avions achetée en imaginant les délicieux dîners que nous allions y déguster, et à présent je m'en servais pour étaler des vignettes et des illustrations que je découpais dans des magazines. Ce soir-là, la table était couverte de coupures de jeunes femmes, qui tournaient toutes le dos à l'objectif. Presque une centaine d'angles, de tailles et de formes différentes. L'une d'elles irait sur la couverture du livre.

Il y avait des boîtes vides empilées dans les coins, certaines en bois, d'autres en plastique, prêtes à être remplies de collages. Des classeurs à tiroirs tapissaient les murs, débordants d'illustrations et d'objets que j'avais accumulés pour mon travail.

Sous la fenêtre du coin chambre s'entassaient des projets terminés, des livres de recherche et des volumes de poésie dans lesquels je cherchais des citations. Des romans non lus étaient empilés du côté du lit où je ne dormais jamais.

Il y avait du désordre partout.

Le seul endroit où on pouvait respirer était près des grandes fenêtres qui couvraient toute la longueur du loft. Elles étaient orientées au nord-est, et pendant la journée elles me permettaient non seulement de voir les rues qui se trouvaient cinq étages plus bas, mais aussi des kilomètres de ciel au-dessus de moi.

Cette nuit-là, je vis un mince quartier de lune caché derrière un nuage gris perle. Mais les étoiles avaient du mal à percer, comme toujours à Manhattan ; il y avait trop de lumière ambiante.

Le front contre la vitre, je regardai en bas, et je vis un taxi passer lentement dans *Spring Street*.

Qu'est-ce qui clochait avec le concept de la couverture ?

Je fermai les yeux et, quand je les rouvris, j'aperçus un couple qui se tenait par la main, marchant l'un près de l'autre, flânant en se dirigeant vers Broadway.

Lorsqu'ils arrivèrent au coin de la rue, le feu changea de couleur et ils s'arrêtèrent. Baignée d'une lueur rouge, la femme pencha le visage vers l'homme. De façon parfaitement synchronisée, l'homme pencha son visage vers elle. Ils s'embrassèrent et, de là où j'étais perchée, c'était comme si la musique qui passait sur ma chaîne stéréo, du jazz des années 30 inspiré du blues, accompagnait leurs mouvements.

Je n'avais aucune raison de rester là et de regarder, ni aucune raison de m'en aller non plus.

Les mains de l'homme caressaient le dos de la femme avec langueur, passant sur ses omoplates puis le long de sa colonne vertébrale. Soudain, il lui empoigna les fesses, l'attirant à lui d'un geste moins émouvant et plus désespéré que la façon dont il l'avait touchée jusque-là.

Je retins ma respiration, me demandant comment elle allait réagir.

Elle se laissa aller plus intensément dans ses bras.

Le feu changea et déversa sa lumière verte sur eux. Ils s'en moquaient bien. Aucune lumière, aucun son n'aurait pu les déranger. Ils étaient entourés d'une bulle invisible qui les isolait du reste du monde. Il n'y avait aucune odeur, excepté celle de la peau de l'autre, aucun air excepté celui que l'autre expulsait après chaque baiser, aucun son excepté le sang de l'autre battant dans ses veines et ses soupirs entrecoupés. Le moindre mot aurait semblé faible et creux sorti du contexte des bras, des jambes et des lèvres entremêlés.

Encore.

S'il te plaît.

Tes lèvres.

Tu es fou.

Touche-moi.

Oh…

Ce n'était que mon imagination. Je superposais déjà mon histoire à leurs gestes. Je ne savais pas ce qu'ils disaient, ce qu'ils entendaient. Ce qu'ils ressentaient. En dehors de leur passion.

Toujours enlacés, ils restèrent quelques secondes encore au coin de la rue, jusqu'à ce que la femme prenne l'initiative de se diriger vers l'angle de l'immeuble, où ils disparurent dans un petit renfoncement.

Pour tous les passants, ils seraient dissimulés dans l'ombre, mais, pour moi, ils étaient toujours visibles.

D'ailleurs, une voiture passa, illuminant le reste du trottoir, mais ils furent épargnés par la lumière des phares. Je trouvai très excitante l'idée qu'ils aient un lieu où se cacher.

L'homme se tenait adossé au mur de brique et la femme était penchée sur lui. Il mit ses bras autour de son cou et ses bras lui caressèrent le dos, tandis que ses mains se glissaient sous la ceinture de sa courte jupe en jean.

Comme si elle se moquait bien que quelqu'un puisse les surprendre, la femme remonta sa jupe, révélant un peu plus ses cuisses. Elle se rapprocha de lui, et l'homme se mit à s'agiter. Je n'en étais pas sûre, mais d'après le mouvement de ses épaules, je pensai qu'il était peut-être en train d'ouvrir sa braguette et de la pénétrer.

Leurs lents va-et-vient étaient les mouvements d'une danse sexuelle. Têtes penchées, mains agrippées aux bras, hanches ondulant de plus en plus vite, jusqu'à ce qu'ils ralentissent et se lancent dans une longue séquence de baisers et de mouvements plus saccadés.

Je retins mon souffle, serrai mes bras avec mes doigts,

et je pressai mon bassin contre le rebord de la fenêtre en les regardant, vivant leur plaisir en imagination.

J'avais fait l'amour avec peu d'hommes depuis la mort de Kenneth. J'avais eu un certain plaisir avec deux d'entre eux, mais je n'avais rencontré personne que j'avais réellement désiré, et encore moins quelqu'un qui m'aurait attirée au point que j'aurais pu lui faire l'amour à un coin de rue au milieu de la nuit. Même avec Kenneth, je n'avais jamais été aussi aventureuse sexuellement.

La passion — avide, ardente, irrésistible — trouvait sa place dans les récits que j'écrivais pour mes clients. Mais ce n'étaient que des fantasmes, et je ne pouvais imaginer vivre de tels désirs.

Pour les ressentir, il fallait les vivre. Cela demandait un exhibitionnisme du corps et de l'âme, et exigeait de mettre à nu plus que sa chair. Pour ressentir la passion, il fallait s'ouvrir à quelqu'un et lui montrer ce qu'on avait au fond de soi. Et c'était quelque chose dont j'avais appris à avoir peur, longtemps avant de rencontrer Kenneth.

En dehors de ma première véritable relation avec un homme, jamais je n'avais réussi à faire coïncider ma vie fantasmatique avec la réalité. A l'époque de mon premier amant, je vivais mon érotisme avec beaucoup de liberté. Mais depuis que j'avais rompu cette relation, à l'âge de dix-neuf ans, un profond fossé s'était creusé entre ce que j'imaginais et ce que je vivais. Mes rêves éveillés et mes rêves nocturnes étaient lourds de désirs et humides de plaisir. Mais lorsque j'étais avec un homme de chair et de sang, je devenais sèche et coincée. Tendue. Egoïste. Préoccupée.

Les lettres et les récits que j'écrivais, le travail artistique que je faisais, me comblaient. Et cela me convenait. Tout le monde n'arrivait pas à faire coïncider ses désirs avec ses actes, et ses rêves avec la réalité.

Je m'éloignai de la fenêtre, laissant le couple se rhabiller. Et en retournant dans la salle à manger, je compris soudain très exactement quel était le problème avec la couverture de roman sur laquelle je travaillais. J'avais eu besoin de voir les amants pour comprendre. Deux ombres s'étreignant dans la nuit.

Je ne pensais plus à Kenneth trop souvent. Il pouvait maintenant se passer plusieurs semaines sans qu'il me manque, consciemment du moins. Je ne pleurais plus, je ne me demandais plus ce que nous serions devenus. Mais l'illustration de la couverture du roman qui se passait à Venise m'avait plongée dans mes souvenirs de lui et de sa mort atroce et inattendue. Et là, dans la nuit, seule et incapable de chasser les souvenirs comme je le faisais pendant la journée, j'étais devenue mélancolique.

La couverture m'avait fait penser à ce que j'avais perdu avec Kenneth.

Ou, du moins, c'était ce que je pensais.

Chapitre 9

Tous les matins, j'étais libre. Je n'allais jamais au magasin avant midi, et je n'y allais que quatre jours par semaine — du mercredi au samedi. Alors, ce samedi-là, j'aurais dû pouvoir faire la grasse matinée. Mais même si j'étais fatiguée d'avoir travaillé toute la nuit, je devais me lever de bonne heure et me rendre au bureau de Jeff pour notre rendez-vous de 10 h 30.

Sa secrétaire m'accompagna jusqu'à son bureau. Il sourit, m'embrassa et me donna une accolade chaleureuse dont il avait le secret. Jeff portait toujours des vêtements élégants et démodés : des vestes en tweed, des nœuds papillon et des costumes trois pièces. Il était légèrement maniéré — mais de façon charmante — avec ses lunettes rondes, ses pochettes et sa coupe de petit garçon hollandais.

Il m'offrit un verre d'eau, que j'acceptai, et nous parlâmes de sa femme et de leur enfant âgé de deux ans tandis qu'il sortait une bouteille verte du réfrigérateur, l'ouvrait et servait de l'eau gazeuse dans deux verres.

Les bulles froides furent les bienvenues et je bus quelques gorgées. Ensuite, je sortis de mon carton à dessin l'illustration que j'avais faite pour sa couverture et la posai sur son bureau, face à lui.

Il la parcourut rapidement du regard.

— Magnifique, dit-il aussitôt.

— Merci.

Il l'examinait toujours.

— Cela convient parfaitement. Le titre sera parfait ici, fit-il en montrant le ciel. Très bon boulot, Marlowe.

— Celui-là n'a pas été facile.

— Vraiment ? dit-il en levant les yeux vers moi, un peu déconcerté.

— Oui, moi aussi cela m'a surprise, je n'arrivais pas à comprendre pourquoi. C'était le lien avec Venise… Ça m'a déconcertée.

Il était au courant pour Kenneth, et il comprit aussitôt ce que je voulais dire.

— Oh, Marlowe, je suis désolé, ma chérie, je ne m'en suis pas rendu compte. Je n'aurais pas dû…

Je l'interrompis.

— Non, moi non plus je n'en avais pas pris conscience. Ça va maintenant.

— Je suis vraiment ennuyé.

— Tu peux te rattraper en me donnant un autre verre d'eau.

Je lui tendis mon verre, et je bousculai accidentellement des papiers qui se trouvaient sur le bureau de Jeff, laissant apparaître une photographie. Je la reconnus immédiatement.

C'était une photographie en noir et blanc, avec de subtils dégradés de gris. Provocante, elle attirait irrésistiblement le regard et on se sentait en quelque sorte forcé de regarder la bouche ouverte de la femme aux lèvres humides et gonflées. L'expression même de la passion. Et une seule petite marque sur sa joue. Cela aurait pu être n'importe quoi. L'empreinte du doigt d'un homme. Sombre et tachée d'encre. Etalée. Une marque sombre, suggestive et troublante. Pourtant, en tant qu'œuvre d'art, la photographie était magnifique. J'étais capable de le voir, indépendamment des autres sentiments que le photographe m'inspirait.

Il était inutile que je pose la question. Je savais qui avait pris cette photographie aussi sûrement que je reconnaissais mon propre corps dans un miroir. Je me demandais juste ce qu'elle faisait sur le bureau de Jeff. Il me tournait le dos, occupé à remettre la bouteille verte dans son mini-réfrigérateur, alors, me moquant d'être indiscrète ou non, je poussai les autres papiers pour découvrir que la photographie faisait partie d'une invitation.

En bas, en petites lettres calligraphiées avec goût, on lisait :

« Muses nues : Photographies de Cole Ballinger »

Je la saisis et regardai au dos.

Vous êtes invité à la première exposition
de Cole Ballinger
Le 2 juin à 18 heures
Galerie Kulick
34 West 26th Street, New York
RSVP : 212-222-3333

*
* *

Cole Ballinger. Je fixai ce nom comme si je ne l'avais jamais vu, parce que, dans ce contexte, il était étranger. Pire que cela, il était dérangeant. Une inquiétude sourde commença à bourdonner au creux de mon estomac, et ma main se mit à trembler.

J'aurais voulu prendre l'invitation et la déchirer en mille morceaux. Dans le même temps, je me sentis submergée par une vague de lassitude et de léthargie. La sensation que jamais je ne pourrais bouger de cette chaise, que jamais je ne serais capable de boire le verre d'eau que Jeff avait posé devant moi, que jamais je ne pourrais poser cette photographie, et que je serais condamnée pour l'éternité à rester assise là et à regarder fixement la plaie à l'intérieur de ma main.

Quelle que soit la façon dont j'aurais entendu parler de l'exposition de Cole, cela m'aurait bouleversée. Mais comme ça, par accident, c'était encore pire.

En levant les yeux, je ne fus pas surprise de voir que Jeff m'observait attentivement.

— Je ne savais pas que Cole organisait une exposition, finis-je par articuler.

— Oui, une exposition pour lui tout seul, dit-il en soulignant l'importance de l'événement.

— Tu sais quelque chose à propos de cette photographie ? lui demandai-je en retenant mon souffle et en regardant Jeff avec attention.

— Rien, à part qu'il m'a dit qu'elle attirait beaucoup l'attention.

Il était sincère. Je savais que Jeff ne me cachait rien. Il n'y avait aucune duplicité dans ses yeux. Il n'avait pas détourné le regard, il n'avait pas paru gêné, ce qui aurait été le signe qu'il savait.

— Je pensais que ta mère te l'avait dit, fit Jeff.

— Je crois qu'elle a essayé. Il y a environ deux mois, elle a commencé à me dire qu'il arrivait quelque chose de formidable à Cole, mais je n'ai pas demandé de quoi il s'agissait et elle n'a pas insisté.

Jeff secoua la tête.

— Aucun de vous deux ne m'a jamais demandé de m'en mêler, mais je trouve que c'est une sale affaire. Nous étions tous si proches, et vous comptiez tellement l'un pour l'autre, que je ne comprends pas que vous ne puissiez pas résoudre vos différends.

— Cole ne t'a jamais rien demandé parce qu'il sait qu'il est un salaud et qu'il s'en fout. Et moi je prends tout cela suffisamment à cœur pour ne pas avoir quoi que ce soit à faire avec lui ou pour ne pas te mettre au milieu de tout ça.

— Ça le ronge de l'intérieur, tu sais.

— Vraiment ? fis-je d'une voix haut perchée.

— Vraiment. Cela te surprend ?

— Presque tout ce que fait Cole me surprend.

— N'y a-t-il aucun moyen pour que les choses s'arrangent entre vous ?

— Il y a longtemps, cela aurait peut-être été possible…

Je devais me forcer à ne pas regarder l'invitation de nouveau et à maintenir mes yeux posés sur Jeff.

— … Mais plus maintenant, repris-je, alors oublions ça, tu veux ?

Je bus une longue gorgée d'eau gazeuse.

— Quand lui as-tu parlé pour la dernière fois ? demanda-t-il.

Je haussai les épaules.

— Un peu avant la mort de Kenneth. Il a rappelé depuis, mais j'ai effacé tous ses messages sans les écouter.

— Pourquoi ne veux-tu pas entendre ce qu'il a à dire ?

— Parce que la seule chose qui m'importe, je sais qu'il ne la fera jamais. Car cela contrarierait ses projets.

— Je ne comprends pas.

A présent, Jeff était visiblement déconcerté.

— Je sais, mais je ne peux pas te l'expliquer. Je n'en ai vraiment pas envie. C'est du passé maintenant, ou en tout cas ça l'était…

Je n'avais pas pu m'en empêcher : je jetai un nouveau coup d'œil à l'invitation, puis je me forçai à regarder ailleurs. Je ne voulais pas revenir en arrière. Je ne voulais pas avoir affaire à mon demi-frère, nos relations étaient trop compliquées. Trop embarrassantes. Cela avait trop compté pour moi. Mais manifestement pas pour lui. Jamais pour lui.

Tout ce qui comptait pour Cole, c'était le succès, et rien n'aurait pu se mettre en travers de son chemin. Depuis que je le connaissais, il s'était consacré corps et âme à sa carrière, et il avait exclu de sa vie tout le reste. Et je ne pouvais pas imaginer que quoi que ce soit puisse changer la ténacité de sa détermination. Je savais à quel point le succès pouvait compter, mais je ne comprenais pas comment il pouvait être plus important que les gens qu'on aimait. Il avait essayé de m'expliquer son énergie, sa philosophie, il y avait longtemps de cela, de différentes manières. Mais aucune d'elles n'avait réussi à expliquer comment il pouvait être si insensible. Tout ça, c'était du vent. Il savait que ce qu'il avait fait était mal, et il savait comment le réparer — mais, pour ce faire, il aurait dû abandonner ses projets. Et Cole avait toujours eu des projets en tête.

Cole avait maintenant trente et un ans, et il était l'un des enfants terribles de la photographie. Il était sexy, intelligent, talentueux et il allait toujours trop loin. Ses héros étaient Robert Mapplethorpe et Helmut Newton. Ses clichés étaient sexuels et progressistes. Furieux et magnifiques. Ils mettaient mal à l'aise ceux qui les voyaient, ce qui leur faisait penser que son œuvre était importante. L'était-elle ? J'étais trop impliquée pour le dire. Mais Cole attirait l'attention du public et de la presse à un moment où la plupart des gens pensaient que tout avait été déjà fait. Il s'était spécialisé dans la photographie d'instants intimes, d'une manière qui donnait au spectateur l'impression de s'immiscer dans la vie de quelqu'un — comme s'il entrait dans une pièce sans y avoir été invité et était le témoin d'une scène qui n'était pas destinée à tous les regards. Et c'était exactement ce que Cole faisait. Il prenait vos émotions, vos désirs, vos besoins, vos passions, et, d'un clic de son appareil photo, il les exposait. Il enregistrait des fragments de votre âme. Et alors qu'il le faisait, vous n'étiez pas consciente de ce que vous donniez.

Dans plusieurs cultures, il est interdit de photographier les gens, de peur que l'appareil photo ne leur vole leur essence, leur âme, qu'elle leur dérobe une part d'eux-mêmes.

Cole et ses travaux étaient la preuve, dans une certaine mesure, que cette superstition était fondée. Que l'appareil photo pouvait capturer une partie de soi. Et quand on avait perdu une part de soi, et, pire encore, quand elle était livrée au public, lui permettant de regarder une émotion que vous n'avez jamais vue sur votre propre visage, on était vraiment en danger.

Dans d'autres temps, dans d'autres cultures, Cole aurait pu être pris pour le diable en personne.

— Marlowe, ne peux-tu pas lui laisser une autre chance ? Votre séparation le rend malheureux.

— Je ne te crois pas. Il sait… Il savait exactement ce qu'il aurait pu faire pour que les choses s'arrangent entre nous. Il a choisi de faire le contraire. Je suis désolée d'être aussi énigmatique, Jeff, mais je ne veux plus parler de cela. Et, s'il te plaît, ne lui dis pas que j'ai vu cette invitation. Si tu le fais, je ne te parlerai plus jamais à toi non plus.

— C'est un peu mélodramatique, non ?

— Non, compte tenu de l'abus de confiance dont il est question, c'est tout sauf mélodramatique.

Chapitre 10

Je ne pouvais pas rentrer chez moi. Pas encore. Si je l'avais fait, j'aurais pensé à Cole, à ses photographies, à notre séparation et à l'exposition. Alors j'allai à Ephemera. Et même si on ne m'y attendait pas ce jour-là, Gracc fut heureuse de me voir.

— Qu'est-ce qui nous vaut ce plaisir ? demanda-t-elle.

Je haussai les épaules.

— Dis-le-moi.

Pendant une seconde, j'entendis Kenneth prononcer les mêmes mots, et cela me rendit encore plus triste.

— Ce n'est rien… Enfin, non, ce n'est pas rien. Il s'agit de Cole.

— Pourquoi ne me dis-tu pas…

— Grace, je t'aime, mais tu pourras me poser cette question autant de fois que tu voudras, je ne te parlerai pas de notre relation. C'est entre Cole et moi. Je viens juste d'avoir cette conversation avec Jeff, et j'en ai assez. Je t'aime, mais je n'ai pas envie d'entendre parler de pardon et de famille, là maintenant.

Elle me regarda avec cette expression douce et inquiète

qu'elle avait quand elle sentait que j'étais contrariée, puis elle mit son bras autour de moi et me laissa entrer dans son bureau. A son contact, comme par magie, mon anxiété commença à se dissiper.

Dès que nous fûmes assises sur son canapé, elle poussa une boîte de chocolats dans ma direction. Grace était une connaisseuse en matière de chocolat. Au moins une fois par semaine, elle venait m'arracher à mon travail, et nous partions pour une longue promenade vers la City Bakery, la meilleure boulangerie de la ville, sur la 18e Avenue, pour boire un de leurs chocolats chauds faits à la française — non pas avec de la poudre de cacao, mais avec du chocolat doux-amer fondu mélangé à du lait, une recette dont ils avaient le secret. Les chocolats qu'elle m'offrait, noirs et brillants, au goût intense et parsemés d'amandes venaient d'une boutique plus somptueuse encore, La Maison du Chocolat, qui se trouvait dans la 49e Rue, où tout coûtait si cher que c'était un véritable luxe. Incapable de résister, je portai un chocolat à ma bouche et le laissai fondre doucement. Ensuite, je le mâchai. En quelques secondes, ce fut terminé, et j'en fus désolée. Je jetai un coup d'œil vers la boîte, faillis en prendre un autre, mais je réussis à me contrôler. C'était vraiment irrésistible.

— Ça va mieux ? demanda-t-elle.

— Oui. Si seulement cela pouvait être un véritable remède et non une distraction passagère !

— Que s'est-il passé ?

— Puis-je laisser les détails pour plus tard et en rester au fait que j'ai eu de nouvelles preuves que mon demi-frère est un photographe de talent et un connard d'un égoïsme monstrueux ?

Elle accepta à contrecœur, et nous passâmes une demiheure à discuter et à essayer de ne pas terminer la boîte de chocolats, mais ce fut un échec total.

Lorsque son client arriva, je retournai dans mon bureau et je m'assis pour me mettre au travail, pleine d'entrain après tous les chocolats au café que j'avais mangés. J'essayai surtout de ne pas laisser ma colère remonter à la surface maintenant que la présence apaisante de Grace n'était plus là pour me protéger.

Le projet sur lequel je comptais travailler ce jour-là nécessitait un papier de riz spécial que j'avais commandé, aussi me rendis-je dans la réserve, là où on ouvrait les colis qui venaient d'être livrés.

Ouvrir des paquets et déchirer des emballages était une forme de thérapie comme une autre. Aussi, je rompis un carton avec les doigts, sans me préoccuper de savoir si je risquais de me casser un ongle ou de m'écorcher les mains. J'enlevai des agrafes avec le bout des doigts et tirai sur un ruban adhésif qui semblait indécollable. Je continuai, colis après colis.

L'un d'eux était rempli de rubans violets, assortis de trois douzaines d'autres rouleaux aux couleurs pastel. Interrompant ma recherche du papier de riz, je sortis tous les rubans pour les mettre sur la table sur laquelle on déballait les colis, au milieu de la pièce, et je les disposai en tas par couleurs et par tons. Les bleus layette, de la couleur des œufs de rouge-gorge, et les roses, de la couleur des tutus des petites danseuses de ballet. Les verts et les jaunes qui ressemblaient aux bonbons à la menthe au chocolat blanc que ma mère achetait pour Pâques et qu'elle mettait dans une coupe qu'elle présentait aux invités après le dîner.

Les couleurs étaient comme des berceuses, et elles achevèrent ce que Grace avait commencé : elles m'apaisèrent.

Je coupai des bandes de huit d'entre eux et les étalai à part sur la table, avant de reprendre mes recherches du papier de riz, que je finis par trouver. Le papier et les bandes de ruban en main, je retournai dans mon bureau, plus calme que je ne l'avais été en quittant le bureau de Grace. Et beaucoup plus détendue qu'en sortant du bureau de Jeff.

J'ouvris la porte de mon bureau. La pièce sans fenêtre m'attendait. Petite. Exiguë. Débordant de projets à moitié finis et de fournitures en tous genres. Cela n'avait aucune importance. C'était un espace qui n'avait absolument aucun lien émotionnel avec les gens ou les choses de ma vie personnelle et j'étais libre d'y travailler sans être bombardée par aucun de mes fantômes. Que ce soit ceux qui étaient morts ou ceux qui étaient encore vivants.

Chapitre 11

A 4 heures de l'après-midi, je me rendis compte que je n'avais rien mangé de la journée à l'exception des chocolats de Grace. Alors je pris de l'argent dans mon sac et je me rendis de l'autre côté de la rue, chez Dean & Deluca, pour acheter un café et une pomme.

Le magasin ressemblait à un musée de la nourriture, et chaque article était présenté comme s'il s'agissait d'un trésor. Les fruits et les légumes étaient disposés en immenses piles brillantes, tout était plus gros, mieux et bien plus coloré que dans un supermarché ordinaire. Il y avait des fraises délicatement veloutées, des carottes régulières et robustes avec des fanes d'un vert si beau qu'on aurait pu en faire un bouquet. Mais aussi des artichauts géants d'Israël qui semblaient sculptés dans le jade, et des citrons Meyer qu'on trouvait toute l'année. Sans oublier des framboises et des myrtilles qui suppliaient d'être mangées dans leurs petits paniers en bois. On y trouvait des herbes fraîches et un choix de salades si varié qu'il aurait été impossible de les goûter toutes en une seule semaine, et toutes scintillaient de gouttes d'eau provenant d'un petit arroseur automatique qui les aspergeait à intervalles réguliers.

Les vitrines en verre débordaient d'une extravagante panoplie de fromages, de chocolats et de pâtes fraîches, comme s'il s'agissait de bijoux de grande valeur. La boulangerie offrait plus de cinquante sortes de scones, de muffins, de croissants et de pains ; et lorsqu'on se tenait devant les comptoirs, l'odeur était si irrésistible qu'il fallait se retenir de voler le croûton d'une des délicieuses baguettes ou un morceau de pain au levain.

Il y avait toujours quelque chose qui attirait l'attention, que ce soit le caviar brillant, les sushis ou l'opulence des trente sortes de miel différentes, des trois douzaines de sels, des quatre douzaines de confitures et de gelées, et de la centaine de variétés d'huile d'olive et de vinaigre.

En général, je me promenais dans les allées en m'accordant le droit de succomber à la tentation d'un petit plaisir : une portion de raviolis au homard et au safran pour le dîner, une bouteille d'huile d'olive extra-vierge aromatisée à l'ail avec un cœur de laitue ou un petit sac de fleur de sel ficelé avec un ruban noir.

Mais pas ce jour-là.

Je pris une pomme verte, je me dirigeai directement vers la caisse et me mis dans la file d'attente pour commander un café.

— Suivant ! fit la vendeuse derrière le comptoir.

Ignorant les pâtisseries, les paninis, les soupes, les pavés de gâteau aux carottes et aux courgettes, et les parts de tartes et de cheesecake, je commandai un café noir. Je n'étais pas d'humeur à boire un cappuccino crémeux ou un moka sucré. Tout ce que je voulais, c'était une tasse de café, chaud et amer.

Après avoir payé, je me dirigeai vers la fenêtre et je m'assis au comptoir recouvert de marbre entouré de hauts tabourets en bois.

Dean & Deluca était presque toujours bondé, mais cet après-midi-là, il n'y avait qu'une autre personne au bar : une jeune femme portant une chemise tachée de peinture, qui sirotait un grand thé glacé en mangeant un brownie par petites bouchées, comme si elle essayait de le faire durer éternellement. J'ôtai le couvercle du gobelet en carton, la vapeur s'en échappa, et je bus une première gorgée de café, inhalant l'arôme du liquide noir.

La femme me sourit. Elle avait de la peinture sur les ongles, et encore davantage sur les mains. Cela me fit plaisir de la voir là. SoHo était devenu un quartier si bourgeois que les artistes y étaient maintenant beaucoup moins nombreux que les hommes d'affaires et les touristes.

Cole — ma colère contre lui, ma déception, ma honte de m'être laissé abuser par lui — était comme une écharde. Je le sentais là, en permanence.

Depuis des années, j'avais essayé mille fois de me débarrasser de l'éclat de lui logé à tout jamais sous ma peau, mais je n'avais pas réussi. Je devais trouver une façon de l'extirper de ma chair. Une fois pour toutes.

— Vous avez été franchement malpolie l'autre jour, de me fausser compagnie comme ça alors que j'avais fait tout ce que j'avais pu pour que votre main guérisse plus vite — à part l'embrasser.

Une fois encore, je ne vis d'abord pas son visage, je vis ses mains tandis qu'il posait des cookies et un espresso sur la table à côté de la mienne.

Puis, tirant un tabouret, il s'assit.

Je n'avais pas envie d'être dérangée. Je ne voulais pas

que quelqu'un vienne interrompre ma colère contre mon demi-frère. Je n'avais pas envie d'être polie avec un client potentiel et je ne savais pas comment me débarrasser d'un étranger qui m'avait donné l'impression de me sentir nue dans mon propre bureau.

— Pourquoi avez-vous réagi de cette façon ? demanda-t-il. Est-ce ainsi que vous traitez tous vos clients potentiels ?

Je cherchai une raison, quelque chose qui n'aurait rien de personnel mais qui l'empêcherait de me poser d'autres questions.

— Je ne vous ai pas abandonné.

— Comment appelleriez-vous cela ?

Il était passé du sarcasme, de la plaisanterie, à une vraie pointe de colère. Si je regardais les choses de son point de vue, ce n'était pas immérité. Je l'avais bel et bien planté au milieu de mon bureau.

Il but une gorgée de café, et il attendit que je dise quelque chose. Ce que je ne fis pas. Pas tout de suite.

Gideon portait toujours un jean, et un pull à fines rayures bleues, indigo, vertes et blanches. Il avait l'air aussi ébouriffé que la première fois, et lorsqu'il se passa la main dans les cheveux, je compris pourquoi. Son habitude de se passer les doigts dans ses boucles brunes, repoussant la mèche qui tombait sur son front, lui donnait l'air d'être perpétuellement les cheveux au vent. Cela, ainsi que quelque chose de légèrement insolent dans ses pommettes, et ses yeux pétillants et difficiles à déchiffrer à la fois — des yeux étranges qui étaient comme un beau marbre italien, verts avec des lignes noires tourbillonnant tout autour — éveillèrent ma curiosité. Malgré moi.

— Je n'avais pas l'intention d'être incorrecte, dis-je avec sincérité.

— Que s'est-il passé ?

Je savais que je lui devais sans doute une explication, mais qu'aurais-je pu dire qui ait eu un sens ?

Essaie toujours de donner une version de la vérité, m'avait appris mon beau-père. *Tu ne sais vraiment pas mentir,* me disait-il. *Ton visage te trahit toujours.*

— Je n'avais jamais entendu quelqu'un lire mes lettres à voix haute avant, expliquai-je. C'était comme rester plantée là et se faire déshabiller par un parfait inconnu.

Il ne répondit rien à cela, il poussa juste son assiette de cookies vers moi.

— Prenez-en un, dit-il, laissant entendre à quel point ils étaient bons.

Comment avait-il réussi ce tour de force ? Je n'avais jamais rencontré quelqu'un qui pouvait exprimer tant de choses en si peu de mots.

Les gâteaux sentaient délicieusement bon, et je me dis qu'il serait sans doute préférable de manger plutôt que d'avoir l'air encore plus idiote en lui donnant des explications plus abracadabrantes, alors je coupai un morceau de cookie, et j'en pris une bouchée. Il était moelleux et sucré, et il commença à fondre aussitôt que je l'eus porté à ma bouche. Tout d'abord les chocolats de Grace, et maintenant les cookies ! J'allais être dopée au sucre pour le reste de la journée.

Il était étrange d'être assise à côté de cet homme à faire des choses aussi anodines que siroter un café et manger des cookies. C'était tout aussi étrange que de l'entendre me lire mes propres mots dans mon bureau. J'étais bien trop consciente des goûts, des odeurs, de la façon dont il bougeait et de ce qu'il disait. J'avais l'impression de ne pas être moi-même en présence de Gideon, et je ne savais pas pourquoi. A vrai dire, ce n'était pas tout à fait exact. Je me sentais comme une version de moi-même que je n'avais pas été pendant des années. Ouverte. Vulnérable. Tendue. Réceptive. En colère. Consciente de chaque sensation fugace.

— Alors… J'aimerais vous parler d'un travail que j'aurais à vous confier, dit Gideon en se frottant les mains pour en ôter les miettes, et en se tournant pour être face à moi et non plus face à la fenêtre. Depuis combien de temps écrivez-vous ces récits ?

— Six mois environ.

— Comment avez-vous commencé ?

Je bus une gorgée de café avant de lui répondre :

— La femme qui occupait mon poste avant moi est partie, et, en attendant de trouver quelqu'un d'autre, Grace m'a demandé de la remplacer. C'était relativement facile. Il y avait une douzaine de lettres et de récits qui étaient déjà rédigés, et je n'avais plus qu'à ajouter les noms, les lieux et quelques éléments pour les rendre plus personnels et à les décorer. Je n'ai jamais eu l'intention de rester. Et je n'ai jamais pensé que je commencerais à écrire des lettres originales ou des récits. Je n'ai jamais écrit sérieusement mais…

Je m'interrompis un instant, me demandant pourquoi je lui racontais ma vie, avant de reprendre :

— Les lettres paient bien, contrairement aux collages.

— Ce n'est pas toute l'histoire, n'est-ce pas ?

D'habitude, les clients passaient la plupart de leur temps à regarder mon book. En général, soit ils avaient le vertige, soit ils se mettaient à rire, soit ils étaient un peu gênés. Le plus souvent, ils étaient contents et excités. Ils ne me demandaient presque jamais rien sur moi.

Je me mis à jouer avec les miettes sur le marbre, les faisant rouler sous mes doigts, essayant de gagner du temps, et me demandant si je devais lui répondre, pour enfin décider que je n'y étais pas obligée.

Lorsqu'il comprit que je n'allais pas lui répondre, il changea de sujet.

— A qui appartiennent les lettres et les récits originaux ?

— Au client.

— Ils ne peuvent pas apparaître dans votre book ?

— Pas si le client ne le veut pas. Mais, en général, cela ne les dérange pas et ils me laissent les montrer en changeant les noms.

— Et votre petit ami — ou votre mari —, que pense-t-il du fait que vous écriviez des lettres d'amour pour des inconnus ?

— Ce n'est pas ce que je fais — les lettres ne sont pas de moi. J'aide les clients à trouver ce qu'ils veulent écrire, et le genre de fantasme qu'ils veulent que je crée. Ils doivent également remplir un long questionnaire qui me donne un certain nombre d'informations et qui m'aide à mieux les comprendre.

— Mais les idées sont les vôtres.

— Non, je ne fais que traduire les émotions des gens.

— Ce sont vos pensées et elles sont portées par votre voix.

— Ce ne sont ni mes pensées, ni ma voix répliquai-je sêchement.

— C'est forcément votre voix. A moins que vous ne demandiez à chaque client ce qu'il ressent en caressant quelqu'un, en l'embrassant, en lui faisant l'amour. Vous ne le faites pas, si ?

Il n'attendit pas ma réponse ; il savait cela aussi.

— Lorsque vous écrivez, reprit-il, ne ressentez-vous pas votre propre flamme ? N'est-ce pas cela que vous couchez sur le papier ?

Je sentis une nouvelle fois un fourmillement sous la peau. Je levai la main et je touchai mes lunettes. C'était presque comme si je m'assurais que l'écran qui tenait les gens à distance était toujours là.

— La séductrice, reprit-il, c'est vous. Même si vous vous cachez derrière la signature de quelqu'un d'autre.

Je n'aurais pas su dire s'il m'avait insultée ou s'il m'avait fait un compliment. Et je savais encore moins pourquoi cela avait la moindre importance. Tout ce que je savais, c'était que l'écouter était comme être secoué par une tempête : on n'était jamais sûr de savoir jusqu'où on avait été propulsé — loin de sa trajectoire ? — avant que le vent finisse par se calmer. Et que l'on comprenne qu'on s'était perdu.

— Ecoutez, ces lettres n'ont rien de personnel. Je ne leur prête pas la moitié de l'attention que vous leur accordez. Je ne décris pas ce que je ressens quand j'embrasse quelqu'un, quand je caresse quelqu'un ou quand je fais l'amour. Vous faites des tas de suppositions erronées.

— Vous êtes en colère ?

— Bien sûr que je le suis !

— Mais capturer une émotion, qu'elle soit violente ou passionnée, n'est-ce pas l'objectif de tout artiste ?

Je bus une autre gorgée de ce qu'il me restait de mon

café. Il m'avait complètement désorientée. Il s'agissait donc bien d'un compliment.

— Je n'écris pas une œuvre d'art. Les récits ne sont qu'un travail.

— Bien, dit-il d'une façon qui indiquait clairement qu'il ne détestait pas l'idée de m'avoir mise en colère. Pendant que je vous attendais l'autre jour, une fois que vous avez quitté le bureau, j'ai lu quelques lettres de plus.

Je sentis le rouge me monter aux joues, me demandant quelles lettres il avait pu lire. Du bout de l'index, je pressai sur un copeau de chocolat restant sur l'assiette et le portai à ma bouche, et je le laissai fondre, savourant son goût intense.

Avant que j'aie eu le temps de trouver quoi lui répondre, il ajouta :

— Comme ce qui est dans vos lettres n'est pas ce que vous ressentez mais ce que vos clients ressentent, vos clients sont tous extraordinairement sensibles et sensuels, et ils s'expriment avec une facilité étonnante.

Il avait une voix complexe, un peu comme le chocolat est doux et un peu amer à la fois. Mais j'y entendis aussi une pointe de sarcasme, dans lequel je décelai son scepticisme et son intérêt à mon égard.

Je ne m'étais jamais demandé avant si les gens qui lisaient mon book pensaient que les fantasmes, les émotions et les sentiments que j'y décrivais étaient les miens. J'avais supposé que tout le monde savait qu'il s'agissait de rêves fictifs destinés à satisfaire les besoins de mes clients, à exprimer leurs émotions et leurs désirs. Pourquoi Gideon ne comprenait-il pas cela ? Pourquoi me jugeait-il en fonction de mes écrits, essayant de les faire coïncider avec moi ?

— D'accord, dit-il, mettant ainsi un terme à notre conversation. Vous êtes une sorte de Cyrano moderne. Le nez en moins ! Suis-je tombé plus juste cette fois ?

Je finis par en rire.

— Quels sont vos honoraires ?

Il semblait résigné, comme s'il n'avait pas été très sûr jusque-là et qu'une fois qu'il avait fait le lien entre ce que je faisais et la littérature libertine française, il s'était décidé.

— C'est cinquante dollars pour personnaliser une lettre existante ou un récit…

— Pour des originaux, m'interrompit-il.

— Quatre cents cinquante dollars. Et cent dollars de moins si le client ne veut que le texte et pas de collage.

— Y a-t-il des remises pour plus d'une lettre ?

— Non, désolée.

— Vous êtes très conciliante, je vois.

— Cela me prend autant de temps, quel que soit le nombre de lettres. Chacune est unique.

Ce n'était pas mon meilleur argument de vente. A vrai dire, j'étais très partagée à l'idée qu'il me donne du travail. Sa présence était trop intense. De plus, j'avais du mal à croire qu'il veuille que j'écrive des lettres pour lui. Il était trop maître de lui pour demander à quiconque d'écrire le moindre mot à sa place.

Il se leva.

— Merci d'avoir répondu à toutes mes questions. Tout cela est très intéressant.

— Je vous en prie.

— J'ai un rendez-vous et je vais être en retard, alors je suis désolé mais je vais devoir filer.

— Merci pour le cookie.

Il sourit et secoua la tête, m'indiquant ainsi que je n'avais pas besoin de le remercier.

— Il est possible que je veuille vous engager, ajouta-t-il.

Je hochai la tête en signe d'assentiment, mais quelque chose dans son comportement me faisait douter de sa motivation.

Comme s'il avait lu dans mes pensées, il ajouta :

— Je connais mes talents, et je n'ai pas celui d'écrire avec autant de grâce que vous le faites.

Tandis que je regardais Gideon sortir de la boutique, remarquant ses épaules tombantes et sa démarche nonchalante pour quelqu'un qui était pressé, les questions commencèrent à se bousculer dans mon esprit.

Comment s'était-il retrouvé ici exactement en même temps que moi ? Travaillait-il dans le quartier et était-il simplement venu ici pour boire un café, avant de me voir ? Ou peut-être qu'il s'était rendu chez Ephemera, avait demandé à me parler et quelqu'un lui avait dit où je me trouvais. Mais qui aurait pu faire cela ? Je n'avais dit à personne où j'allais.

Cela aurait pu être une autre coïncidence. Comme nos cicatrices en image inversée. Grace n'accepterait jamais l'idée qu'il s'agissait d'un pur hasard. Mais c'était pourtant le cas, et c'était tout aussi insignifiant.

Des centaines de gens s'arrêtaient chez Dean & Deluca parce qu'ils avaient faim, soif, ou par simple curiosité. Pourquoi les motivations de Gideon Brown n'auraient-elles pas pu être tout aussi innocentes ?

Un peu plus tard ce jour-là, Grace me dit que je niais tous les signes manifestes parce que ce qui m'arrivait dépassait mon interprétation rationnelle des choses.

— Ce n'est pas parce que tu ne peux pas toucher quelque chose du doigt que cette chose n'existe pas, dit-elle. Mais la notion de destin est pourtant bien réelle.

— Tu ne t'attends quand même pas à ce que je croie à ces sornettes ?

— Non, je ne m'y attends pas. Mais je veux que tu y croies. Il y a des raisons derrière les choses que nous ne comprenons pas, qu'elles soient inattendues ou inexpliquées. Elles ont leur propre logique, Marlowe. Et simplement parce que tu n'en connais pas la signification, cela ne veut pas dire qu'elles n'existent pas.

Chapitre 12

A 10 heures ce soir-là, je me déshabillai et enfilai le peignoir de soie de couleur rubis que Grace avait trouvé pour moi dans une boutique vintage de West Broadway. Je ne l'avais même pas remarqué, mais Grace l'avait repéré, suspendu à une patère, à côté d'un tableau devant lequel je m'étais extasiée. D'ordinaire, je n'aimais pas les vêtements vintage. Alors que je pouvais en apprécier le style, l'idée de porter ce que quelqu'un d'autre avait porté avant moi ne me plaisait pas outre mesure. Me demander à qui avait appartenu un vêtement, quand il avait été porté et comment il avait fini par être mis en vente cinquante ans plus tard m'était désagréable. Je ne voulais pas que mes vêtements soient liés à l'histoire d'une autre femme.

Mais le peignoir portait toujours son étiquette d'origine. Comment avait-il échappé à la vente pendant toutes ces années ? C'était en soi un mystère. S'agissait-il d'un cadeau qui était resté dans sa boîte et aurait glissé sous un lit ? Avait-il été acheté par une femme pour un voyage qu'elle n'avait jamais fait ?

Je le possédais depuis que j'avais commencé à travailler

pour Grace, et il était devenu mon peignoir d'écriture. Je n'étais pas superstitieuse, je n'avais pas de talisman, mais lorsque j'étais sur le point d'écrire l'histoire de quelqu'un d'autre, je l'enfilais, je sentais la douceur de la soie contre ma peau, je frissonnais, et je m'installais à mon bureau, prête à consacrer les heures pendant lesquelles j'avais l'habitude de dormir, de regarder la télévision ou de lire près de Kenneth à de parfaits inconnus.

J'avais deux rituels : j'écrivais toujours les lettres et les récits dans mon peignoir rouge rubis, et toujours à la lueur de la bougie que je gardais sur ma table de nuit. La même bougie parfumée au santal qui avait éclairé mes ébats avortés avec Kenneth.

Cela n'avait rien de sentimental, c'était partie intégrante du processus d'écriture. A la faveur de la lumière tamisée, il me semblait plus facile de me glisser dans les mots.

Je n'avais jamais l'impression de travailler. J'avais de la chance, car d'autres artistes que je connaissais occupaient des emplois fastidieux dans des bureaux ou, encore plus fatigants, dans des magasins ou des salles de restaurants. Et moi j'étais chargée de fantasmer la vie des autres. Mais cela demandait malgré tout des efforts et de l'énergie, que j'avais jusque-là consacrés à Kenneth — d'abord à l'aimer, et ensuite à le pleurer. C'était un soulagement en fin de compte de pouvoir offrir tout cela aux lettres et aux récits. Je faisais don aux mots des heures qui avaient été les nôtres. Et même si ces lettres étaient écrites pour des étrangers qui me payaient pour transformer en prose leurs rêves érotiques à demi réalisés, leurs élans passionnés ou leur amour, elles étaient malgré tout d'une certaine façon extrêmement personnelles.

Jusqu'à cette nuit-là, je n'y avais jamais pensé en ces

termes, mais Gideon m'avait amenée à voir les choses différemment. Et je n'étais pas sûre de lui en être reconnaissante. Si je devenais trop consciente de ce que j'écrivais, je n'aboutirais à rien. Et, plus important encore que d'échouer, je ne voulais pas perdre ce qui était devenu pour moi un moyen d'évasion, et qui avait fini par représenter quelque chose de bien plus complexe à mes yeux.

Le rituel commençait avec le choix du stylo. Chacun était différent, et en choisir un était comme la décision qu'une femme prend lorsqu'elle choisit ce qu'elle va porter pour séduire un homme. De la lingerie en dentelle noire ? Un déshabillé de soie rose ? Une nuisette jaune paille sans rien en dessous ?

Ce qu'elle finissait par choisir donnait le ton au reste du cérémonial. Et c'était la même chose pour moi quand je choisissais stylo.

Cette nuit-là, j'hésitais entre un élégant Mont Blanc laqué marron, un exotique Waterman Serenissima, incurvé comme le sexe d'un homme, et un stylo ancien en or qui n'avait pas de cartouche et qu'on devait tremper dans l'encre après quelques phrases, et ce fut celui-là que je choisis. La réflexion qu'il exigeait correspondait à l'esprit de ce que j'allais écrire.

La décision suivante était liée à l'encre que j'allais utiliser, décision comparable à celle de laisser ses cheveux tomber en cascade ou de les relever, révélant ainsi un peu plus la peau nue et la naissance de la nuque. Pour le récit de ce soir-là, je choisis un bleu sombre tirant sur le violet, la couleur des iris ou du jus de myrtille.

Le choix du papier était comme celui des draps avec lesquels on fait un lit. Ce n'était pas seulement le désir d'avoir de nouvelles feuilles lorsqu'on s'attendait à être engagée pour un nouveau travail, c'était savoir que la couleur et le modèle seraient une forme de communication en soi. Des pages d'une blancheur immaculée qui invitaient, par contraste, à l'expression de désirs torrides ? Ou un modèle densément fleuri qui inspirait le romantisme ?

Le papier que je déposai sur mon bureau était une feuille épaisse d'un bleu extrêmement pâle.

Les choix devenaient encore plus complexes après cela. Choisir les premiers mots était comme adresser un petit regard à quelqu'un à travers la pièce. Adopter une phrase suggestive était comme embrasser quelqu'un à pleine bouche. Donner forme à une phrase qui allait provoquer une certaine excitation était comme s'ouvrir à une première pénétration. Ou prendre son amant dans sa bouche.

La pointe du stylo disparut dans l'encre comme un nageur plongeant dans un lac d'eau bleu nuit et en ressortant ruisselant. Une fois que le surplus d'encre fut retombé dans l'encrier, je commençai à écrire.

« La voiture l'attendait lorsqu'elle arriva en bas de l'immeuble.

Elle avait obéi à toutes ses instructions, elle avait mis une longue robe de velours noir qu'il avait choisie pour elle. Une robe sans manches à col montant. Une robe dos nu et fendue sur le côté, jusqu'en haut des cuisses.

Il avait été précis. Elle devait porter des bas et un

porte-jarretelles. Celui qu'il avait acheté pour elle. Et elle ne devait porter rien d'autre.

Ce jeu était ridicule, pensa-t-elle en se rendant de l'immeuble à la voiture, sentant le vent relever sa robe et lui caresser la peau. Elle frissonna. La nuit était tombée depuis longtemps et elle aurait dû porter un manteau. Mais il avait été explicite sur ce point, elle ne devait pas porter de manteau.

Le chauffeur sortit de son côté de la voiture, fit le tour et ouvrit la portière. Il portait un uniforme gris perle, un chapeau et des gants blancs et il murmura : « Bonsoir » tandis qu'il lui tenait la porte. Elle lui jeta à peine un regard en montant, légèrement anxieuse, dans la limousine où elle s'attendait à voir son amant.

Il n'était pas là, et elle fut déçue. Elle avait pensé qu'il l'avait regardée sortir de l'immeuble et monter dans la voiture. Cette idée lui avait plu.

Il ne l'avait pas regardée. Il n'était pas là.

Mais une femme y était.

Elle dévisagea la femme assise là.

Immédiatement, elle remarqua les bras nus de la femme, aussi nus que les siens. Son cou était lui aussi couvert. Mais leurs similitudes ne s'arrêtaient pas là. Leurs robes de velours noir étaient identiques. La couleur de leurs cheveux était la même. Leur coupe aussi. Les yeux de l'inconnue étaient soulignés de khôl noir, de la même façon que ceux de Gaia. Le rouge à lèvres qui couvrait les lèvres de la femme était de la même couleur rose que celui que Gaia utilisait, celle de la pointe de ses seins.

Etait-ce aussi la couleur du bout des seins de l'inconnue ?

Même le parfum que la femme portait — qui était peu commun et que l'amant de Gaia achetait pour elle à Paris, dans une boutique obscure qui faisait ses propres fragrances — était identique.

Un petit bruit sec éveilla l'attention de Gaia, lui indiquant que le chauffeur avait regagné sa place et avait fermé la portière. Une seconde plus tard, la voiture démarra.

— Savez-vous où nous allons ? demanda Gaia à la femme assise près d'elle.

Elle voulait lui poser d'autres questions. Elle voulait lui demander pourquoi elle était là, qui elle était, pourquoi elle ne semblait pas aussi surprise qu'elle ne l'était elle-même de la similitude de leur apparence.

La femme ne répondit pas ; au lieu de cela, elle lui servit une coupe de champagne Cristal qui se trouvait dans un seau à glace. Après que Gaïa l'eut pris, l'autre femme but dans son propre verre avec la même gestuelle que Gaia.

C'était fascinant. Elle était face à son double. Elles étaient presque à l'identique. Elle se demanda jusqu'où allait la ressemblance, et son regard, par inadvertance, frôla les seins de la femme. Ils étaient recouverts du somptueux velours noir, mais Gaia put constater qu'ils étaient presque de la même taille que les siens.

La femme regarda Gaia la regarder, et sourit.

— Savez-vous pourquoi nous sommes ici ? demanda Gaia avec appréhension, nervosité et excitation.

Elle sentait le satin qui doublait la robe lui caresser la peau. Et elle avait toujours la chair de poule, même si cela faisait plusieurs minutes qu'elle avait quitté l'air froid de la nuit pour se réfugier dans la chaude atmosphère de la limousine.

Pour toute réponse, la femme se pencha vers Gaia, jusqu'à ce qu'elle ne soit plus qu'à quelques centimètres de son visage, si près que Gaia sentit l'odeur de son corps enfiévré.

Elle était fascinée par ce visage qui ressemblait tant au sien. C'était comme regarder dans un miroir. Puis l'autre femme se pencha encore un peu plus, et elle l'embrassa sur la bouche. La pression exercée par ses lèvres était exquise, et leur texture pulpeuse, comme la chair d'une pêche bien mûre. C'était le baiser le plus doux que Gaia ait jamais reçu. Des lèvres somptueuses pressées contre les siennes. Une petite langue délicate qui léchait tout doucement le contour de la bouche de Gaia. Enflammant chacun de ses sens. Brûlure et douceur à la fois. Légère et pénétrante.

Gaia ne se défendit pas de ce baiser, même s'il avait été inattendu. C'était trop palpitant. C'était comme si elle s'était embrassée elle-même, pensa-t-elle. Mais c'était plus que cela, et elle le savait. C'était quelque chose qu'elle avait désiré pendant si longtemps. Quelque chose dont elle avait rêvé depuis plus longtemps encore. Elle savait maintenant pourquoi il y avait une autre femme, là, près d'elle.

Son amant lui offrait cela : la réalisation de son fantasme.

Par un chaud après-midi, tandis que son amant

et elle sirotaient des punchs au rhum sur la plage de Miami, ils s'étaient révélé l'un à l'autre l'un de leurs désirs les plus secrets. Elle lui avait dit qu'avant lui elle avait toujours préféré se faire jouir elle-même car peu d'hommes étaient capables de s'adapter à son rythme.

« Et lorsque tu te caressais, lui avait-il demandé, à quoi pensais-tu ? Quels étaient tes fantasmes ? »

« Tu veux vraiment que je te le dise ? » avait-elle demandé, parce qu'elle ne l'avait jamais dit à personne.

Il avait ri et il avait fait oui de la tête. Et elle lui avait répondu qu'elle ne pensait à personne en particulier, et qu'elle se regardait dans un miroir. Qu'elle aimait voir l'expression de son propre visage devenir plus intense à mesure qu'elle se rapprochait de l'orgasme. Qu'elle aimait regarder sa main dans le miroir, brillante de sa propre excitation. Que de la voir accentuait les vibrations en elle.

Elle lui avait dit, lorsqu'il lui avait demandé comment elle se faisait jouir, que c'était un fantasme, que c'était comme si elle se faisait l'amour à elle-même. Et à présent elle se retrouvait face à elle-même dans cette voiture.

Elle se demanda ce qu'elle ressentirait si elle tendait la main et caressait ses propres seins et si elle la glissait ensuite entre ses propres jambes ?

Elle se demanda aussi si elle aurait le courage de le faire. De profiter du cadeau qu'il lui avait fait, et d'en profiter jusqu'au bout.

Mais elle n'eut pas besoin de décider. Parce que la femme qui était face à elle prit la main de Gaia et la pressa contre ses seins, puis elle la promena le long de son corps, et entre ses jambes. La femme commença à la caresser, doucement, promenant délicatement ses ongles sur la peau de Gaia, la faisant frissonner.

En même temps, la femme l'embrassa de nouveau. De sa bouche, elle descendit le long de son cou. Gaia sentit l'humidité de ses lèvres, elle sentit ses mains s'agiter entre ses jambes, et sur ses doigts, elle sentit une chaude humidité tandis qu'elle explorait à son tour sa jumelle.

La langue de la femme glissa le long du cou de Gaia avec la légèreté d'un papillon se posant avant de s'envoler, puis revenant, en quête d'un peu plus de nectar.

Soudain, elle entendit le bruit d'une fermeture Eclair.

Puis elle sentit de l'air frais sur sa peau.

La femme avait fait glisser la robe de Gaia, et elle promenait sa chevelure contre ses seins, se gardant de les toucher avec ses doigts ou ses lèvres. Subitement, Gaia pensa au chauffeur.

Il lui était presque impossible de lever la tête, de se forcer à prêter attention à quoi que ce soit d'autre que les sensations des cheveux soyeux contre sa peau nue, de la chair palpitante sous ses doigts. Malgré tout, cela l'inquiétait. Elle était prête à faire n'importe quoi avec l'inconnue, mais elle ne pouvait pas le faire en présence du chauffeur. Elle ne voulait pas être vue par un homme. Alors, elle regarda dans le rétroviseur pour voir s'il regardait.

Les yeux du chauffeur n'attendaient qu'elle, souriants. Mais ce qu'elle n'avait pas remarqué, c'était que ce n'était pas un chauffeur que Philippe avait engagé pour cette excursion.

C'était Philippe.

Aussi, quand les lèvres de la femme descendirent, Gaia ouvrit les jambes et regarda le dessus de sa tête, se voyant elle-même, ayant l'impression d'être une autre, et quand elle fut submergée par une vague de plaisir, au lieu de le garder en elle et d'étouffer ses gémissements, elle les laissa s'exprimer. Elle savait qu'ils allaient grandir en cercles concentriques, comme l'orgasme grandissait en elle, et que le cercle engloberait l'homme qui conduisait dans la nuit.

Chapitre 13

Gideon revint me voir à l'Ephemera au début de la semaine suivante. Je n'avais pas pensé à lui depuis que nous avions bu un café ensemble et partagé des cookies aux pépites de chocolat. J'avais travaillé dur entre-temps, finissant une nouvelle originale pour Vivienne Chancey et une lettre pour Robert Rosenthal, ainsi que quelques petits travaux sans difficulté particulière, comme personnaliser des récits déjà existants. Entre deux, j'avais bien avancé sur un de mes collages, je m'étais levée tôt chaque matin pour aller courir et j'étais sortie dîner avec des amis tous les soirs jusque tard dans la nuit. Je surchargeais mes journées comme on remplit une conversation de trop nombreux détails pour éviter d'aborder un sujet important. Et j'étais fatiguée. Non seulement à cause des longues heures d'activité constante, mais aussi parce que cela représentait un effort considérable d'effacer mon demi-frère de mon esprit. Ce ne fut qu'au prix d'un effort intense pour remplir mes journées que je réussis à repousser Cole au second plan, là où je n'avais pas besoin de penser à lui, à son exposition ou à ses photographies. Là où j'étais parvenue à le reléguer pendant presque deux ans, jusqu'à ce que je voie l'invitation sur le bureau de Jeff.

— Vous avez l'air occupée, fit Gideon depuis le pas de la porte.

Il portait un jean noir et un pull noir et il avait un portfolio sous le bras.

— Bonjour.

J'avais dû sursauter parce qu'il s'excusa de m'avoir surprise.

— Non, ça va. Je ne savais même pas que vous étiez là, ajoutai-je. Je ne vous avais pas entendu, c'est comme si vous étiez apparu tout à coup.

— Je vous regardais. Je n'ai pas pu m'en empêcher. Vous sembliez perdue dans vos pensées, totalement absorbée par votre imagination. Je suppose que cela arrive souvent aux artistes.

Je me sentis envahie par un sentiment de connivence, comme si nous étions liés par un lien profond et que nous nous comprenions de façon presque viscérale.

Mais comment cela aurait-il pu être possible ? Je ne connaissais rien de lui. Et ce qu'il savait de moi était superficiel. Mais rien — dans la façon que ses yeux avaient de parcourir mon corps avec avidité, dans les intonations de sa voix qui donnaient l'impression qu'il révélait les secrets les plus intimes — ne semblait superficiel ou trivial.

Je ne savais que répondre.

— Entrez, fut finalement la réponse profonde que je réussis à articuler.

J'étais contrariée et prise au dépourvu.

Et troublée.

Il avança jusqu'à mon bureau et s'assit, apportant

avec lui le bruit du vent, les parfums mêlés de son eau de Cologne et de l'air du printemps, et je me réjouis d'imaginer qu'il revenait sans doute parce qu'il voulait m'engager. J'avais besoin de travailler, car j'avais terminé toutes mes commandes en cours. Je vivais de l'argent que je gagnais à travailler pour Grace, et le loyer que je payais pour mon loft était trop élevé — comme tous les loyers à New York —, sans parler du prix affolant des fournitures que j'utilisais pour mon propre travail artistique.

Mais, plus important, j'avais besoin de faire quelque chose pour éviter de penser à mon demi-frère.

— J'étais en train de finir un travail. Voulez-vous un verre d'eau ? Ou un thé ? J'ai bien peur que le café ne soit pas très bon ici, il est difficile de rivaliser avec celui de Dean & Deluca.

— Non, merci. Ça va, dit-il, souriant, tout en se penchant en avant sur sa chaise. En revanche, j'aimerais bien voir ce sur quoi vous travaillez.

— Je suis désolée, mais ça ne va pas être possible, dis-je en déplaçant le collage sur l'étagère qui se trouvait derrière moi. C'est confidentiel tant que le client ne me donne pas la permission de le montrer.

— Oh…, je pensais qu'il s'agissait d'un de vos collages. C'est cela que je voulais voir.

— Je ne travaille pas sur mes collages ici.

Il y eut un moment de silence. Il continua de me regarder, comme s'il essayait de comprendre quelque chose. Ensuite, il dit :

— Qu'est-ce qui ne va pas ?

— Je n'ai pas dit que quelque chose n'allait pas.

— Non, dit-il, l'air perplexe pendant un instant, comme s'il essayait de comprendre pourquoi il m'avait posé cette question. Vous n'avez rien dit, ajouta-t-il enfin, mais j'ai eu l'impression pendant que vous parliez que, d'une certaine façon, vous étiez mécontente de votre propre travail.

Je l'étais. Le collage sur lequel je travaillais avançait bien, mais il était très personnel et douloureux. Mais je n'allais pas dire cela à Gideon Brown.

Ignorant son invitation à commenter sa réponse, je dis :

— C'est très gentil à vous de vous préoccuper de mon travail, mais je suis sûre que ce n'est pas ce pourquoi vous êtes là. En quoi puis-je vous aider ?

Il fit une moue complice, comme s'il avait très bien compris pourquoi j'avais changé de sujet et qu'il voulait bien se plier à mes exigences, mais il semblait également m'avertir qu'il ne serait peut-être pas toujours aussi obligeant. Etre capable de deviner quelles étaient ses pensées alors qu'il était un parfait inconnu me déconcerta. Deviner les pensées de quiconque était inhabituel pour moi.

— Avez-vous lu beaucoup de livres érotiques ? demanda-t-il d'une voix un peu plus grave.

Je ne m'étais pas attendue à cette question.

— Non, dis-je après quelques instants de réflexion.

— Non ? Vous n'avez pas lu Anaïs Nin ? Henry Miller ? Pas même Pauline Réage ?

Je fis non d'un hochement de tête.

— Et D.H. Lawrence ?

— Si, mais pour moi c'est surtout de la littérature.

— Et *Lolita* de Nabokov ?

— Oui. Mais c'est la même chose…

Il m'interrompit.

— Certains ont qualifié leurs écrits de pornographiques,

et à cause de cela leurs livres ont été interdits pendant des années. J'aurais pensé que vous aviez au moins lu Nin. N'avez-vous pas eu besoin d'étudier des maîtres en la matière ?

— A cause des récits que j'écris ? demandai-je, en pensant que cette question était vraiment stupide. Monsieur Brown, je ne suis pas une étudiante en littérature érotique. Je ne peux même pas vous dire si c'est ce que je crée. Et je ne pense même pas être un véritable écrivain. Je suis une artiste, et je fais cela en attendant de trouver une galerie pour exposer mes collages. Ou jusqu'à ce que Grace trouve quelqu'un qui soit meilleur ou plus rapide que moi. Tout ce que je fais se limite à écouter mes clients et à écrire ce qu'ils écriraient eux mêmes s'ils le pouvaient.

— Gideon, dit-il.

Je ne compris pas tout de suite ce qu'il voulait dire, et cela dut se lire sur mon visage.

— Appelez-moi Gideon. Monsieur Brown est beaucoup trop formel pour ce dont je suis venu vous parler.

Il me regardait toujours droit dans les yeux. Tout le temps où il avait été assis là, il n'avait jamais détourné les yeux. J'essayai de croiser son regard, même si c'était troublant. En général, les gens se fixaient, non ? A vrai dire, je n'y avais jamais pensé auparavant. Manifestement, la façon dont il posait les yeux sur moi avait quelque chose de différent.

— Seriez-vous prête à travailler en étroite relation avec un client ?

Il plissa un peu les yeux en posant cette question, comme le font les hommes lorsqu'ils s'approchent pour vous embrasser. Il était penché assez près de moi pour que je puisse sentir son parfum vert et boisé. Il parlait plus bas encore, comme s'il me demandait comment je voulais qu'il me caresse et où. Mais ce n'était pas de cela qu'il parlait. J'avais dû me laisser emporter par mon imagination. Et je ne savais pas pourquoi.

Je ne comprenais pas ce qui pouvait m'intéresser ou m'attirer chez lui. Je ne savais pas quel était son métier, ce n'était donc pas ce qui avait aiguisé ma curiosité. Son physique m'était familier à cause du tableau du *Metropolitan*, mais ce n'était qu'une coïncidence insignifiante. Il n'avait rien révélé de lui qui ait pu créer des affinités entre nous et me donner l'impression que nous étions en étroite communion, comme dans une danse secrète.

Mais c'était exactement ce que je ressentais.

— Un client, ou une cliente, peut être aussi impliqué qu'il le souhaite, dis-je, me demandant combien de sous-entendus s'étaient glissés dans cette conversation.

— Est-il envisageable qu'il oriente le sujet de chaque lettre ?

— Vous voulez dire qu'il me donne des idées et des indications ?

Il hocha la tête.

— Oui, bien sûr que c'est possible. A vrai dire, lorsque quelqu'un a des idées, cela me facilite la tâche.

Il se passa les doigts dans les cheveux qui étaient retombés sur son front, et ce mouvement me fit prendre conscience que j'étais en train de jouer avec un stylo. Je le reposai et un bruit métallique résonna lorsqu'il heurta le bureau, un bruit qui combla le silence qui venait de s'installer.

— J'aimerais envoyer quelques récits à la femme que je vois en ce moment. Elle voyage beaucoup, et elle ne s'attend pas à cela de ma part, alors je pense que cela lui fera plaisir.

Bien sûr, il était avec quelqu'un. Pourquoi autrement se serait-il intéressé aux *Lettres de lady Chatterley* ? Mais pourquoi avais-je eu la certitude qu'il était, tout comme moi, profondément seul ?

L'intuition n'était décidément pas mon fort.

Ce n'était pas la première fois que je me trompais sur quelqu'un. En général, cela n'avait pas de conséquences dramatiques. Sauf une fois. J'avais sans doute intérêt à ne pas jouer aux devinettes.

Je n'avais pas la même faculté que Grace à être très intuitive vis-à-vis des gens. J'étais subtile, mais la subtilité des autres m'échappait. On ne comprend les autres qu'en fonction de qui on est. Et, manifestement, mieux valait que j'emploie mes perceptions comme un baromètre inversé : si je pressentais quelque chose, je devais automatiquement croire l'inverse.

Chassant ces pensées, je me forçai à revenir au présent et à ne pas laisser paraître mon trouble. Mais quand je vis qu'il avait les mains posées sur mon bureau, les doigts écartés sur la surface polie, mon trouble revint de plus belle. Ce simple fait, sa chair sur le bloc de bois sur lequel je travaillais chaque jour, me fit l'impression d'une intrusion. J'eus envie d'écarter ses mains, de reprendre possession de ce qui m'appartenait.

J'entendais encore sa voix lire les phrases que j'avais écrites, dire mes mots. C'était comme si on avait radiographié mon esprit.

Pourquoi cet homme avait-il provoqué une réaction aussi intense en moi ?

Les films avaient cet effet sur moi. Les tableaux

accrochés dans les musées aussi, tout comme la musique ou les catastrophes qu'on annonçait à la télévision. La bêtise avait le don de me mettre hors de moi, mais aussi les extrêmes : la grande beauté et la créativité alliées à l'horreur, l'irrationnel et la cruauté.

Mais les hommes que j'avais rencontrés — sans les connaître — n'avaient jamais eu cet effet sur moi.

Sauf lui.

DEUXIÈME PARTIE

Une lettre ne rougit pas.

Cicéron, 106-43 av. J.-C.

Chapitre 14

L'océan mugit.

— Pourquoi commencer avec le son ? demandai-je à Gideon alors que nous marchions l'un à côté de l'autre sur la plage.

— Parce que c'est a priori le sens le plus difficile à intégrer à un récit érotique, dit-il en riant.

— Avez-vous une fascination perverse pour les défis ?

— Et vous, une attraction perverse pour les questions ?

— Les questions entraînent les réponses. La chose la plus compliquée, quand on écrit un récit ou une lettre pour un client, est de pénétrer à l'intérieur de son cerveau, pour les rendre plus personnels.

— Dans ce cas, je ne vous ai pas beaucoup aidée.

— Non, pas beaucoup en effet.

— Nous sommes donc aussi difficiles l'un que l'autre.

Nous avions ôté nos chaussures en haut de l'escalier

de bois qui menait à la plage, et nous marchions depuis dix minutes.

Mon amie Tina et son mari, Jim, vivaient à Manhattan et n'utilisaient leur maison au bord de la plage que le week-end. Elle m'avait dit que je pouvais me garer dans l'allée de leur maison et aller à la plage quand je le souhaitais. Elle m'avait même rappelé où se trouvait la clé de la porte d'entrée au cas où nous aurions besoin d'utiliser la cuisine ou la salle de bains.

Il y avait d'autres plages plus proches de New York, mais j'avais eu envie d'aller quelque part où je me sente à l'aise, un lieu privé. J'étais suffisamment nerveuse à cause de ce travail. Je ne savais pas comment allait se passer le fait de créer un scénario pour un récit en tandem avec un client.

La plage n'avait pas été ma première idée.

Gideon m'avait officiellement proposé ce travail par téléphone, deux jours après sa visite à l'Ephemera et après que nous avions réglé les détails de ce qu'il souhaitait : cinq lettres qu'il réécrirait avec sa propre écriture, sans collage de ma part. Une par semaine, jusqu'à ce que sa maîtresse soit de retour. Chacune d'elles devait tourner autour d'un des cinq sens, en débutant par le son.

Il voulait commencer aussi tôt que possible, et il m'avait demandé si pouvais, en un jour ou deux, suggérer les lignes directrices d'une histoire et trouver des idées de lieu où pourrait se passer le premier récit.

Ce fut ainsi que je compris qu'il n'était pas de New York, autrement il aurait lui-même choisi un lieu.

Je lui avais d'abord proposé à un concert symphonique : deux amants assis dans la salle, écoutant la musique, se regardant l'un l'autre tandis que les accords les entraîneraient dans un crescendo de sensations si fortes qu'ils atteindraient l'orgasme par leurs seuls regards.

J'avais essayé de ne pas rougir en lui parlant de mon idée, même si je savais bien qu'à l'autre bout du téléphone il ne pouvait pas me voir. Et j'avais essayé de ne pas trop penser à quel point cette idée m'avait été inspirée par ce que je ressentais quand Gideon me regardait — même si je savais que ma réaction était inappropriée et qu'elle n'était que le fruit de ma propre imagination — cette imagination qui, jusque là, n'abordait pourtant jamais les rivages de ma propre sexualité.

Gideon n'avait pas été tout à fait convaincu par cette idée, il m'avait dit de la garder en réserve, au cas où, et il m'avait demandé de lui en proposer une nouvelle. Mon second choix s'était porté sur deux amants allongés sur un lit. Elle dormait, et il écoutait un disque. Lentement, suivant les rythmes de la musique, il commençait à lui faire l'amour, l'éveillant progressivement en faisant monter l'excitation en elle.

Gideon avait réagi de façon plus positive, mais il était toujours un peu sceptique.

J'avais fini par lui proposer une histoire qui se passerait à la plage. Je n'avais aucune idée de là où cela nous mènerait, ni de quel genre de fantasme cela pourrait évoquer. J'avais juste pensé que l'océan aurait pu être le son qui séduisait l'amant.

Donc, bien sûr, ce fut l'idée que Gideon préféra.

Celle qui m'inspirait le moins.

A mesure que nous marchions, je sentais le sable chaud sous mes pieds, et je songeais à quel point ce travail était différent de celui que j'avais fait pour mes autres clients. Au moins la moitié de mes contrats avaient consisté à réécrire des textes et des lettres que Grace avait conservés suite aux cinq années d'existence des *Lettres de lady Chatterley.* Et quant à ceux qui avaient demandé des originaux, jamais je ne les avais rencontrés en dehors de mon bureau. Aucun d'eux n'avait souhaité être impliqué au point d'explorer les idées et les sensations avec moi. Ce qui faisait de mon travail pour Gideon un véritable challenge.

Nous passâmes près d'un bout de bois en forme de croissant échoué sur le rivage et je m'arrêtai pour le ramasser. C'était le genre d'objet que j'aurais pu incorporer à un prochain collage. J'avais eu l'idée, tandis que j'écrivais ces récits pour Gideon, de créer un collage pour chacun d'eux pour mon usage personnel. Cinq exactement, un pour chaque sens. Sans le savoir, Gideon me paierait pour me permettre de vivre une expérience artistique très personnelle.

L'idée de se concentrer ainsi sur chacun des cinq sens d'un point de vue érotique était fascinante. Peut-être assez pour que je sois non seulement impliquée artistiquement parlant, mais aussi pour m'empêcher de penser à la prochaine exposition de Cole.

Cela ne m'était pas venu à l'idée avant que nous soyons sur cette plage, mais le travail pour Gideon Brown était tombé juste au moment où j'avais besoin d'une diversion. A mesure que l'exposition de mon demi-frère approchait, j'étais de plus en plus préoccupée à cette idée.

Je faillis en rire, car même si je ne pensais pas aux exploits de Cole, je pensais à ce que je pourrais faire pour éviter d'y penser.

Je repérai un morceau de verre de la couleur de la mer, doux, lisse et opaque. Un bijou de sable, comme je les appelais enfant. Je m'arrêtai, le ramassai puis regardai autour de moi.

L'eau était de couleur gris-vert, avec de grandes vagues bordées d'écume blanche. Loin à l'horizon, il y avait un navire, dont on entendait la sirène. Sa note sourde glissait sur le rivage, couverte par le bruit des vagues déferlantes.

Si je le demandais à Cole une dernière fois, changerait-il d'avis ? Bien sûr que non. Qu'y aurait-il de différent cette fois ? Je n'avais rien à lui offrir en échange, et c'était la seule façon d'obtenir quelque chose de Cole.

C'était fichu !

Je devais arrêter de penser à Cole pour essayer de trouver une idée. Mais n'était-il pas étrange que Gideon soit apparu pour me proposer une distraction bien réelle et lucrative, juste au moment de ma vie où j'étais confrontée à un événement si troublant, et tout aussi réel ?

C'était curieux, mais il ne s'agissait sans doute que d'une coïncidence.

Penser autrement serait revenu à défier la logique et la raison. Et mieux valait laisser à Grace le soin de considérer les circonstances ordinaires comme des manifestations de mes propres désirs. Le destin, aurait-elle dit, travaillait pour moi.

Soudain, je me dis qu'il était finalement très bien que ce travail se révélât plus difficile que de coutume. Cela n'en serait que mieux pour me changer les idées. Pendant les semaines qui allaient suivre, j'allais être le guide sensoriel de Gideon. Et — même s'il ne le savait pas — il serait le garde-fou de mon équilibre mental.

Chapitre 15

La sirène du navire retentit, et nous regardâmes tous deux dans la même direction. Le brouillard affluait. Il couvrit le bruit de la sirène et déposa de fines gouttelettes sur ma peau. Je pris une profonde inspiration, respirant l'odeur de l'eau de mer. Sous mes pieds, le sable semblait plus humide que quelques minutes plus tôt.

— Un orage approche. Et à toute vitesse, dit-il.

— On ferait peut-être mieux de rentrer ?

— Pas tout de suite. Vous n'avez pas encore été inspirée. Nous avançons vers une idée, et dès que vous serez tombée dessus, nous rentrerons.

Les vagues étaient devenues plus agitées, l'écume montait de plus en plus haut et s'échouait sur le rivage avec force, faisant rouler les coquillages et le sable.

Quelques mètres plus loin, j'aperçus un coquillage de couleur rose. Il faisait environ dix centimètres de diamètre, et il était rond avec une pointe tourbillonnante, comme un mamelon. Quand je le retournai, je vis une coquille en spirale nacrée d'un rose plus profond.

Je le ramassai et j'étais en train de l'examiner lorsque Gideon me dit qu'il en avait vu un autre un peu plus haut. Je suivis son regard, et en remarquai plusieurs autres parsemés sur la plage.

Les vagues s'approchaient de plus en plus à mesure que la marée montait, déposant sur le rivage des épaves flottantes et de nouveaux coquillages mouillés et brillants.

Une chaude moiteur aux senteurs de l'océan nous enveloppait. Mes cheveux bouclaient autour de mon visage et nous étions tous deux mouillés par l'air humide. Peu à peu, l'atmosphère devint plus dense, faisant disparaître la ligne d'horizon, ainsi que les maisons qui se trouvaient de l'autre côté de la plage, brouillant tout, comme si nous regardions au travers d'un morceau de verre presque opaque.

Quelques gouttes de pluie tombaient çà et là, mais nous n'y prêtâmes pas attention. Nous étions trop occupés à ramasser les coquillages que les vagues déposaient à nos pieds comme des présents.

Nous en ramassâmes environ deux douzaines. D'une forme parfaite, chacun était différent des autres, mais tous étaient d'un rose doré nacré, avec un mamelon érigé sur le dessus.

Gideon en porta un à mon oreille.

— Ecoutez.

J'entendis la clameur caractéristique de l'océan. De l'intérieur, c'était le même bruit que celui que j'entendais à l'extérieur. Je souris.

Je continuai d'écouter.

Puis j'entendis autre chose, murmuré par-delà le bruit de l'océan, et je me figeai imperceptiblement

Je n'étais pas sûre de la réalité de ce que j'avais

entendu, sans doute n'avais-je fait que l'imaginer. Mais l'avoir imaginé me troubla davantage que si je l'avais entendu. Un coquillage ne peut pas murmurer le nom d'un homme. Mais mon imagination, si. Et le nom qu'elle me soufflait…

Ce n'était pas juste.

— Qu'y a-t-il ? murmura Gideon en ôtant instantanément le coquillage de mon oreille.

— Il est très déconcertant que vous sembliez si bien savoir ce que je ressens. Comment faites-vous ?

— Préféreriez-vous que je l'aie remarqué et que je n'aie rien dit ?

— Ce n'est pas la question. C'est le fait que vous vous en rendiez compte. Je veux savoir comment vous faites.

— Je ne suis pas médium. Vous avez juste un visage très expressif. Quand quelque chose vous contrarie, vos yeux passent de cette incroyable couleur topaze à un marron plus éteint. Vous pincez légèrement les lèvres, et une ride apparaît sur votre front. Votre visage vous trahit, Marlowe.

Mes doigts dessinaient des cercles sur la surface lisse du coquillage que je tenais toujours. Celui qui parlait. C'était vraiment ridicule, pensai-je. Je n'avais rien entendu du tout. Je le portai de nouveau à mon oreille et écoutai. L'écho de la mer retentit de nouveau à mon oreille, et, en y prêtant attention, j'entendis de nouveau le nom de Gideon, comme un courant profond.

Je fis un effort pour que mon visage reste impassible tandis que j'écoutais, puis je mis le coquillage dans la poche de ma veste.

— Est-ce que vous les écoutiez quand vous étiez enfant ? Je les trouvais magiques, dit Gideon.

— Je pensais que mon père avait mis le son à l'intérieur.

— Mon père et moi nous les ramenions à la maison, nous les cherchions un à un dans un énorme livre sur les coquillages, et il m'aidait à apprendre leurs noms latins.

— Et ceux-là, comment s'appellent-ils ?

— Pourquoi faites-vous cela ? me lança-t-il alors. Vous n'arrêtez pas de faire ça, déjà dans la voiture, tout à l'heure. Dès que la conversation prend un tour plus personnel, qu'il s'agisse de vous ou de moi, vous changez de sujet.

— Vraiment ?

— Vous ne voulez même pas qu'on ébauche la moindre conversation à mon sujet.

— Cela n'est pas vrai.

— Mais bien sûr que si. En fait, c'est très malin de votre part, car si on parle de moi, alors on pourrait finir par parler de vous. Et c'est ce que vous voulez éviter à tout prix.

— Mais vous n'avez pas besoin de savoir quoi que ce soit à mon sujet. Je suis censée écrire des récits pour vous.

— Mais nous ne parlons pas des récits pour l'instant. Vous savez, nous avons passé une heure et demie dans une voiture, nous n'avions rien d'autre à faire que conduire et parler, et vous n'avez répondu à aucune de mes questions.

Il s'était remis à marcher et je le suivais. Cela me rassurait de me concentrer sur la façon dont mes pieds s'enfonçaient dans le sable mouillé et dont la mer léchait le bout de mes orteils. Même si l'eau de l'océan était froide, la température était supportable. L'été n'était pas loin.

— Pourquoi agissez-vous ainsi ? demanda-t-il alors que je pensais qu'il avait abandonné le sujet.

— Pourquoi avez-vous besoin de savoir quoi que ce soit sur moi ? répliquai-je.

— Parce que je suis curieux.

— Vous seriez très déçu.

— Vous ne pouvez pas sans arrêt détourner l'attention par le sarcasme, dit-il d'un ton qui était bel et bien sarcastique.

— Je le peux si j'en ai envie.

Même à mes propres oreilles, cela sembla puéril.

— Mais pourquoi en avez-vous envie ?

— Pourquoi voulez-vous savoir cela ?

— Bon sang, vous êtes trop forte à ce jeu-là, dit-il en riant.

C'était le son de son rire, allié à celui des vagues qui s'échouaient, que j'avais entendu dans le coquillage, ce qui me donna une première idée pour le scénario de la plage. Mais maintenant que j'avais l'idée, j'allais devoir la lui expliquer.

C'était une chose d'écrire une histoire, et cela en était une autre de la résumer en une phrase au téléphone. Mais en parler en personne, in situ, pour ainsi dire, était très intimidant.

— Et si…, commençai-je.

Près de moi, je sentis l'attention de Gideon s'éveiller. Il se concentra, se tourna légèrement pour me voir un peu mieux tandis que nous marchions.

— Et si, dans l'histoire, une femme marchait sur la plage et entendait le rire d'un homme ? Un homme qu'elle a déjà rencontré mais qu'elle n'a pas vu depuis longtemps et qu'elle ne connaît pas bien. Elle est même un peu surprise de se souvenir de son rire. Elle regarde autour d'elle, mais elle ne le voit nulle part.

Il acquiesça. Nous avançâmes pendant quelques mètres, durant lesquels j'essayai de visualiser la suite de l'histoire dans ma tête — comme un film défilant en accéléré.

— Elle est seule, étendue sur une serviette, dans un demi-sommeil. Il y a eu du soleil, mais à présent les nuages sont apparus et le ciel s'est assombri. Lorsqu'elle entend le rire, elle ne sait pas s'il est réel. Peut-être a-t-elle seulement été réveillée par la disparition du soleil. Peut-être a-t-elle rêvé le rire qu'elle a entendu.

Je m'arrêtai de parler pendant un moment, tandis que le mirage de la femme se précisait dans mon esprit. Elle était allongée sur une serviette bleu clair, de la couleur du ciel s'il n'était devenu orageux.

— Que se passe-t-il ensuite ? demanda-t-il.

Ses paroles firent intrusion dans mon rêve éveillé. Je perdis le fil de mon histoire.

— Je ne sais pas. Ce n'est pas ainsi que je travaille. Je ne pensais pas que vous… J'ai l'habitude de travailler seule et d'écrire chez moi.

— Je ne m'attends pas à ce que vous écriviez ici, dit Gideon. Cela serait trop stressant pour vous. Je ne pense pas que beaucoup d'artistes puissent créer tout en étant observés. Mais je veux que vous en parliez avec moi, pour que je puisse faire des suggestions et vous pousser dans la direction de ce que je pense qu'elle aimerait. Je suis sûr que si vous vous détendez, nous nous en sortirons très bien.

— Je suis détendue, protestai-je, tout en remarquant

que ma voix était teintée d'une fureur semblable aux vagues de l'océan.

Mais ce n'était pas ce que j'avais envie de dire. J'avais envie de hurler après lui, de couvrir le bruit des vagues, et de lui dire qu'on ne pouvait pas faire cela. Que je ne le pouvais pas. Que c'était trop pénible pour moi. Que je ne voulais pas relever un tel défi. Il fallait que je le lui dise. Je ne voulais pas affronter les vagues de l'océan. Je voulais juste glisser, avancer doucement sur un lac de glace bien lisse. Je m'entraînai à lui dire tout cela dans ma tête, essayant de trouver les mots les plus justes.

Pendant ce temps, nous marchions.

Et il était extrêmement calme.

Gideon était souvent calme. Il avait ces longs silences qui s'accordaient à sa démarche tranquille. Cette démarche était sûrement très étudiée, pensai-je. Par pure provocation. Pour attirer l'attention sur la longueur de ses jambes. Pour faire admirer son corps racé.

Je pris une longue inspiration, inhalant l'air chargé de l'humidité de l'océan, près de lui dire que cela n'allait pas marcher. Je savais exactement quels mots j'allais employer. Mais, soudain, j'eus une vision de mon loft. Comme un flash : la table à dessin couverte des différentes pièces du collage — celui qui avait trait à Cole, que je veuille l'admettre ou non —, là, sous mes yeux. La réalité s'imposa à mon esprit. Si j'abandonnais le travail pour Gideon, ce qui se passait avec Cole allait me ronger. Les nuits seraient plus longues que les jours, qui seraient infinis. Et ensuite l'exposition aurait lieu, de toute façon.

L'attente de ce moment serait pire si je n'avais rien à faire.

Et puis il y avait la question financière. Gideon allait me payer sept cents dollars pour les deux premiers récits — cet argent était garanti — et, s'ils lui convenaient, il y en aurait trois autres qui suivraient. Ce qui faisait plus de deux mille dollars.

Je ne pouvais pas paniquer maintenant. C'était refuser beaucoup d'argent à cause de sentiments que je n'étais même pas capable d'identifier. Je devais simplement me rappeler que j'avais fait des choses bien plus compliquées dans ma vie, et que jamais Gideon ne pourrait m'embarrasser plus que je ne l'avais déjà été.

Regardant l'océan de nouveau, je repris l'histoire là où je l'avais laissée.

— Elle cherche l'homme du regard, mais elle ne le voit pas. Il n'y a personne d'autre sur la plage, juste l'océan, le sable, et une douzaine de coquillages épars. Alors, en même temps que le rire, elle entend qu'on prononce son nom. Cela vient de loin, et son nom est presque dominé par le bruit des vagues.

Je me tus un instant. Dieu, que cela avait été dur ! Un peu comme de marcher sur des cailloux, en sachant que même si c'est très pénible, c'est le seul moyen de se rendre là où on veut aller.

Je me tournai alors vers Gideon.

— Alors, si le début vous plaît, je travaillerai dessus ce soir.

— Je ne suis pas sûr de comprendre où vous voulez en venir.

— Je trouverai bien quelque chose et je vous l'enverrai demain ou après-demain. Nous devrions y aller, je crois qu'il va pleuvoir.

— L'orage est encore loin.

— J’ai besoin de temps pour imaginer la suite.

— Improvisez, faites comme si c’était un collage. Choisissez un autre objet et intégrez-le à l’histoire.

Il jouait avec le sable, auquel il donna la forme d’un monticule rond. Les mouvements de ses doigts lissant les grains de sable étaient hypnotiques.

— Si vous ne partagez pas cette partie du processus avec moi, si je ne suis pas impliqué dans l’histoire, ça ne marchera pas.

— Mais il se trouve que ça ne marche pas. C’est trop difficile.

Il secoua la tête et ses cheveux, mouillés maintenant par l’humidité, tombèrent sur son front et il les repoussa.

— Non, ce n’est pas difficile du tout pour vous. Vous y parvenez très bien.

— Comment le savez-vous ?

— Je vous ai regardée et je vous ai écoutée. Votre voix était calme, tout comme les muscles de votre visage. Vos yeux brillaient, et votre imagination tout entière était mobilisée. Vous construisiez l’histoire, avec facilité. Puis vous avez été interrompue par quelque chose dans votre esprit qui vous disait que vous deviez reprendre vos esprits, et que vous ne pouviez pas en parler. Et toute la musculature de votre visage a changé, votre regard s’est éteint. J’ai vu tout cela se produire sous mes yeux, et je peux vous dire que vous avez tort de laisser ce qui vous est passé par la tête vous interrompre. Vous pouvez le faire, Marlowe.

Il dessina des lignes dans le sable. Ses doigts étaient si agiles, si sûrs de leur trajectoire. Il n’attendit pas ma réponse.

— Vous n’êtes pas exactement telle que vous paraissez.

C'est comme la façon dont vous me regardez, derrière vos grands cils. La première fois que je vous ai vue faire ça, j'ai pensé que vous flirtiez. Mais je m'étais trompé. Vous vous cachez. Ou, en tout cas, une part de vous se cache. Et il y a cette autre part qui s'en défend. Et tout cela se mélange à ces images scandaleuses que vous rangez dans des boîtes.

La dernière chose que je voulais faire, hormis inventer une histoire en face de lui, était l'écouter parler de moi, me laisser prendre à son jeu et y répondre. Je me levai. Il fit de même. En baissant les yeux, je vis ce qu'il avait fait — une sculpture de sable d'un des coquillages que nous avions trouvés. J'eus une forte envie de marcher dessus, et, en même temps, j'avais envie de la protéger.

— Que se passe-t-il ensuite ? demanda-t-il tandis que nous reprenions notre marche.

— Elle ramasse tous les coquillages, elle les met dans son pull et elle retourne vers sa serviette. Elle les lave dans l'eau de mer et est émerveillée par leur couleur opalescente. Elle lui fait penser au verre Tiffany. Ou quelque chose peint par Monet. Des roses, des jaunes, se fondant les uns aux autres.

Même si je ne le regardais pas, du coin de l'œil je le vis acquiescer.

— Elle en porte un à son oreille.

Je ne savais pas très bien ce qui venait ensuite. Me tournant pour faire face à l'océan, je sentis le vent salé souffler sur mon visage. Je fermai les yeux et laissai ma tête se vider. Oubliant Gideon et le travail que je faisais pour lui, je me laissai pénétrer par les sons de l'océan. Je pris le coquillage qui se trouvait dans ma poche, et je le mis à mon oreille.

Ce que j'entendis n'était que trop clair. C'était impossible. Cette fois, ce n'était pas un nom mais une suite de mots. Avec un sens.

— D'abord elle entend les vagues, dis-je, les yeux encore fermés. Puis elle entend autre chose. La voix d'un homme, au creux de son oreille. Cela vient du coquillage. C'est la voix qui riait. La voix qui a prononcé son nom. Elle est à l'intérieur du coquillage.

Le vent souffla sur l'océan et m'arrosa le visage. C'était froid et si salé que cela piqua un peu. Je pris une profonde inspiration, avide de respirer l'air marin. J'avais besoin d'avaler les fines gouttelettes, et peut-être aussi d'avaler le son, pour le sentir en moi et le traduire en récit. Pour me sentir sous l'emprise du son. Si j'avais pu aller dans l'eau, je l'aurais fait. Je voulais sentir la force des vagues m'entraîner vers l'océan, qui était comme un homme qui insiste pour se rapprocher, déterminé à obtenir ce qu'il désire.

Gideon n'eut pas à m'encourager cette fois, je repris de moi-même.

— Elle entend la voix d'un homme prononcer son nom, et c'est comme s'il lui parlait à travers les vagues. Comme s'il se trouvait dans l'eau, immergé, et qu'il pouvait cependant lui parler.

Je faillis me retourner pour regarder Gideon mais je compris soudain que je ne pouvais faire cela qu'en me concentrant sur l'océan et sur les sensations procurées par le vent. Si je parvenais à oublier qu'il était là, je pourrais inventer l'histoire.

— Il lui dit qu'il veut qu'elle s'allonge sur le sable, près du rivage. Assez près de l'océan pour qu'elle soit en contact avec l'épanchement des vagues. Il lui dit de fermer les yeux. Mais elle ne comprend pas d'où viennent ces directives. Elle regarde autour d'elle, pensant devenir folle. La voix doit être celle de quelqu'un qu'elle connaît, en train de lui jouer un tour. Mais la plage est toujours déserte. L'homme réitère ses instructions, d'une voix enjôleuse mais ferme. Il répète son nom et lui dit de le faire, il la supplie d'essayer, il lui promet qu'il ne lui fera aucun mal, qu'il sera doux, que ce sera délicieux. Il la séduit, l'attirant à lui comme on est attiré par le courant en nageant. On se dit qu'on peut aller un peu plus loin, que le courant ne nous emportera pas. Alors on nage cette distance infime, et tout à coup on se laisse surprendre. Et on est impuissant face aux tourbillons bleu-vert. Et elle sait que la seule chose à faire est de ne pas lutter, de ne pas nager à contre-courant, et de faire ce qu'il dit.

Je voyais la suite de l'histoire à présent. Je savais à quoi elle menait. Mais j'étais allée aussi loin que je le pouvais avec les mots et les phrases. J'avais atteint la limite de ce que je pouvais dire à voix haute.

— Ne vous arrêtez pas.

— Je ne trouve pas la suite, mentis-je.

Il ne répondit rien. Pourquoi présumai-je que cela voulait dire qu'il ne me croyait pas ?

— Gideon, c'est trop difficile.

— Pourquoi ?

— C'est trop érotique.

J'entendais à peine ma propre voix tant je parlais doucement.

Il se mit à rire, mais ce n'était pas le rire séducteur que j'avais entendu. C'était un rire plutôt insultant, comme l'eau salée cinglant mon visage.

— Non, Marlowe, je ne me moque pas de vous, dit-il,

lisant une fois de plus dans mes pensées. Ce que vous venez de dire est très drôle. Je vous ai engagée pour écrire des récits érotiques et maintenant vous me dites que vous êtes trop mal à l'aise pour me dire ce que vous inventez pour moi parce que cela correspond exactement à ce que je vous avais demandé.

Je compris ce qu'il voulait dire et je souris.

— Entendu. Je vais vous dire ce qui se passe ensuite. La voix qu'elle entend dans le coquillage va la séduire. Elle va l'écouter et…

— Non, pas comme ça. S'il vous plaît, continuez. Racontez l'histoire.

Il parla avec douceur, sans jamais me quitter des yeux, mais je ne savais pas ce que son intense regard noir et vert essayait de me dire. Je ne parlais pas son langage. Pas encore.

Dans d'autres circonstances, j'aurais peut-être pensé qu'il s'intéressait à moi. Mais c'était impossible. Il était avec quelqu'un. Et il m'avait engagée pour l'aider dans cette relation.

Je m'assis sur une vieille souche, je détournai mon regard de lui, et je fixai l'horizon.

— Cela va devenir plus facile, dit-il. Vous allez vous habituer.

Je fermai les yeux, et j'essayai de voir la femme sur la plage, celle de l'histoire que j'avais inventée, mais tout ce que je vis fut Gideon, et la façon dont il m'avait regardée lorsqu'il m'avait encouragée à continuer.

J'aurais voulu qu'il fût nerveux, en colère ou qu'il montrât des signes de faiblesse. J'aurais voulu qu'il ne fût pas séduisant, et qu'il ressemblât moins à cet aristocrate du *Metropolitan Museum.* Ou que ses yeux ne fussent pas si éloquents. Ou que sa voix ne retentît pas en moi.

— J'aime vous écouter, dit-il. L'histoire est très sensuelle, attirante, mais c'est autre chose... Je n'ai jamais vu quelqu'un créer ainsi. Les phrases jaillissent si naturellement. Je ne serai pas gêné. Ni vous non plus. Je vous le promets.

J'avais appris à mes dépens à ne pas croire aux promesses des hommes. Cole m'avait dit que jamais je n'aurais à avoir honte. Que rien de ce que nous faisions ne m'humilierait jamais. Kenneth m'avait dit qu'il pourrait accepter mon passé si je lui disais la vérité. Puis il m'avait dit qu'il rentrerait bientôt.

Je savais ce que valaient les promesses des hommes.

Pourtant, je crus en la promesse de Gideon.

Comment était-ce possible ?

Après tout, continuer ne serait peut-être pas si difficile. Qu'y avait-il de si terrible dans ce que je faisais ? Je ne lui montrais rien de moi. Et ce n'était pas moi qui écoutais le son des coquillages sur la plage. Ce n'étaient pas mes sentiments que je décrivais. Je pris une profonde inspiration.

— La voix de l'homme est douce et enjôleuse, alors elle l'écoute et fait ce qu'il demande. Une fois qu'elle est allongée et que l'eau commence à lui lécher les chevilles, il lui murmure d'enlever son maillot de bain. Elle n'est pas sûre qu'il l'a bien dit, tant sa voix et le bruit des vagues se confondaient. Mais elle le fait, d'un geste rapide. L'air frais la fait frissonner pendant quelques instants, mais très vite elle se réchauffe. Comme si l'air autour d'elle l'avait réchauffée, comme si quelqu'un le lui avait soufflé sur le cou, sur les joues, sur les seins, et elle s'abandonne à cette délicieuse sensation. Puis la voix lui demande d'écarter les jambes, et elle obéit sans se poser de question.

» Alors, elle entend un léger gémissement. Le bruit d'une vague effleurant le fond de l'océan. Le bruit du vent soufflant sur une forêt et agitant des milliers de branches et de feuilles à l'unisson. Le bruit d'un homme succombant quand la femme qu'il a attendue longtemps est soudain à sa portée. " Ne bouge plus maintenant ", commande la voix, alors elle attend, continuant d'écouter les vagues mêlées à la voix. L'eau monte lentement jusqu'à ses chevilles, ses jambes, ses cuisses, puis ses hanches et entre ses jambes, la laissant plus mouillée encore qu'elle n'était. L'eau salée est à bonne température et vivifiante. Tout à coup, la mer crée un tourbillon autour de son corps, tournant encore et encore, caressant chaque centimètre de sa peau nue. Il n'y a rien d'humain dans ces caresses, rien de commun avec le fait d'être avec un homme, à part les sensations que lui procure l'eau, similaires à celles d'un homme allant et venant en elle et lui faisant l'amour. " C'est moi qui suis en toi, ces sensations, elles sont créées par moi, les sens-tu ? ". Elle est trop bouleversée pour répondre avec des mots. Mais elle n'a pas à le faire. Il sait ce qu'elle pense et ce qu'elle ressent, simplement en regardant son visage, en écoutant ses soupirs étouffés, en la voyant serrer et desserrer les doigts à mesure que les vagues de plaisir montent lentement en elle. Puis il lui murmure quelque chose, une dernière phrase… celle qu'elle attendait.

— Quelle est cette phrase ? demanda-t-il.

Je ne répondis pas. C'était trop personnel. J'étais partagée en deux, une partie de moi luttant contre l'autre.

Je voyais l'histoire défiler devant mes yeux, comme si

j'avais un projecteur dans la tête, me montrant des scènes qui existaient déjà quelque part. Et, au fur et à mesure, je narrais l'histoire, tandis qu'au même moment la partie de moi qui était consciente était horrifiée et surprise que je puisse le faire.

C'était sans précédent, jamais je n'avais raconté un rêve sexuel, ni l'histoire d'une femme séduite et excitée par son amant. Cela demandait un courage que je n'avais pas.

Ou plutôt que je n'avais plus. Je l'avais eu, mais cela faisait bien longtemps, lorsque j'étais adolescente et que ce genre d'acte éhonté, cet exhibitionnisme me venait naturellement.

Mais c'était différent alors.

Cela me concernait moi, mon propre corps, la relation que je vivais, et mes propres sentiments. Ce qui n'avait rien de comparable aujourd'hui. L'homme pour qui je faisais cela n'était pas mon amant, et je n'avais aucune relation avec lui. Il n'était qu'un client.

J'entendis Gideon reprendre son souffle, s'apprêtant à m'encourager de nouveau, mais je ne voulais pas qu'il interrompe l'homme qui me parlait à l'intérieur du coquillage.

Alors, avant que Gideon ne parle, je repris la parole.

J'entendais ma voix superposée au chant de l'océan, et l'homme qui murmurait à mon oreille. J'écoutai, puis je répétai ce qu'il me dit, comme si nous récitions en chœur une prière.

— " Reste allongée, et laisse-moi te le faire, dit-il. Je veux que tu profites de chaque sensation. " Et elle se laisse faire, tandis que l'écume se déverse lentement sur elle, plus chaude que jamais, aussi chaude que son propre sang. Elle court le long de ses jambes, de ses reins, de son dos et de ses seins, à un rythme qu'elle entend battre tout autour d'elle. Les sons ne sont plus autour d'elle, ils sont maintenant en elle, comme un écho. Ils évoluent au même rythme que les vagues à l'intérieur de son corps, et au-dehors. " Reste allongée, dit-il, garde les yeux fermés et concentre-toi sur le contact de l'eau et du vent sur ta peau. Ce sont mes lèvres et mes mains, et le sable au-dessous de toi est mon corps. " Ce qui est si différent avec cet amant invisible est qu'il n'attend rien d'elle, et cette absence d'exigence est un luxe qu'elle n'a jamais connu et qui la trouble.

Je m'arrêtai. Je ne pus m'en empêcher cette fois car je savais ce qui venait ensuite, et je savais que je ne serais pas capable de le décrire. Sans le regarder, j'étais certaine que Gideon avait les yeux rivés sur moi. Pendant un instant, je fus soulagée : il s'attendait forcément à ce que je m'interrompe, et s'il s'y attendait, alors je pouvais m'arrêter. Cette torture allait bientôt prendre fin.

Mais aussitôt après ce court soulagement, je sentis la colère monter en moi. J'étais furieuse contre lui. C'était comme s'il m'avait accompagnée loin, très loin, et qu'à présent il m'abandonnait. Il avait perdu confiance en moi. Il ne m'en croyait pas capable. J'avais accepté ce travail parce qu'il avait insisté, je m'étais donné beaucoup de peine pour le satisfaire, mais cela n'avait eu aucune importance à ses yeux. Il ne pensait pas que je pouvais le faire.

Et je ne le pouvais pas.

Mais ce n'était pas pour cela que j'étais en colère.

C'était la faute de Cole.

Je me moquais que Gideon ait confiance en moi ou pas. Tout ça, c'étaient des conneries. En réalité, le problème venait de moi.

C'était presque comme si mon demi-frère m'avait envoyé Gideon pour me prouver que lui, Cole, avait raison — que je n'avais aucun droit de lui en vouloir — et que tout ce qui s'était passé pendant ces années écoulées avec lui était ma faute. Parce que j'étais trop aventureuse et effrontée, parce que je n'étais pas capable de contenir mes propres émotions. J'étais une dévergondée et Cole n'avait pas abusé de moi — pas plus qu'il ne m'avait contrainte à faire quoi que ce soit. Et tout ce qui s'était passé entre nous avait été consensuel.

A cette époque, j'étais une salope, et je n'avais pas changé.

J'étais toujours incapable d'étancher ma soif.

J'eus soudain une terrible envie de crier.

Quelque chose en moi se révoltait contre ces pensées. Je n'étais pas une salope. Et Gideon n'avait été envoyé par personne. Il ne connaissait même pas Cole. Gideon était un parfait inconnu, et il ne m'avait pas provoquée sexuellement. Cette histoire n'était pas inspirée par mon désir pour Gideon. Et elle n'avait rien à voir avec lui. Rien du tout.

Et ce n'était pas non plus l'expression d'une faiblesse en moi. Mes réactions avaient été honnêtes et pures. C'était ce que Cole en avait fait qui les avait rendues lubriques.

Un jour, je le prouverais. Je trouverais même le moyen de punir l'homme qui m'avait rendue dingue pendant si longtemps et qui avait changé ma personnalité, celui qui avait tout rendu compliqué. Comme ce moment que je passais avec Gideon, ces mots que je disais pour lui, et qui n'auraient pas dû être difficiles.

Chapitre 16

— « Je vais vous embrasser », lui dit-il au creux de l'oreille. Les vagues se sont calmées, mais en même temps que les paroles qu'il prononce, elles reviennent à l'assaut, l'embrassant entre ses jambes nues, créant de nouvelles vagues en elle, puis montant, jusqu'à son ventre, ses seins, son cou, son menton et sa bouche. L'eau lui lèche les lèvres, puis elle se retire dans l'étendue de l'océan, et en même temps il lui murmure à l'oreille, d'une voix qui ressemble maintenant plus à celle de l'océan qu'à celle d'un homme : « Ceci est pour toi. »

J'avais été face à l'océan pendant tout le temps que j'avais parlé, faisant comme si ma voix flottait sur l'océan et que Gideon ne pouvait plus m'entendre. J'avais été dans une sorte d'étourdissement, comme si le son des vagues m'avait mise en transe. Mais j'allais devoir me retourner et faire face à cet homme et j'étais inquiète à l'idée que, peut-être, il allait penser que j'étais celle qui avait prononcé ces mots.

— C'est parfait, dit-il, après être resté silencieux pendant de longues minutes.

Je fus soudain choquée par la familiarité du son de sa voix, dans laquelle j'entendis aussi son approbation. C'était comme s'il avait compris à quel point cet exercice avait été difficile pour moi et qu'il avait voulu se montrer reconnaissant. Ses paroles étaient comme deux bras puissants me serrant et me réconfortant après une longue bataille qui, bien qu'elle ne fût pas gagnée, était en soi une première victoire.

Je sentis la pluie presque en même temps que lui. Ce n'étaient pas des gouttes chaudes et douces mais une pluie battante et glacée. Le ciel tourna instantanément à l'anthracite et le vent se déchaîna. Au loin, nous vîmes un éclair.

— On ferait mieux de décamper au plus vite, dis-je en me levant.

Jamais je n'avais été si soulagée de voir un orage s'approcher. Je n'allais pas avoir à affronter Gideon juste après avoir terminé mon récit.

Lorsque nous atteignîmes la terrasse, nous étions tous les deux trempés.

— Je sais où sont les clés, dis-je en cherchant le pot de géraniums dont Tina m'avait parlé.

Il y eut un nouvel éclair, et je me mis à compter — une habitude d'enfant. Je réussis à ouvrir la porte quelques secondes avant d'entendre le grondement de tonnerre.

Une fois à l'intérieur, je commençai à m'ébrouer. La pluie ruisselait sur mon visage, mes vêtements étaient collés à ma peau et je me rendis compte à quel point j'avais froid. Gideon était aussi trempé que moi, il avait les cheveux plaqués sur la tête et son pantalon et sa chemise dégoulinaient.

Nous avançâmes jusqu'à la cuisine. On entendit la pluie marteler le toit et éclabousser les vitres, et le vent siffler avec force.

— Vous devriez prendre une douche, dit-il, et moi aussi d'ailleurs. Vous grelottez.

Il y avait plusieurs salles de bains, je lui indiquai celle qui se trouvait dans la chambre d'amis, et je lui dis que je lui laisserais des vêtements de Jim sur le lit.

— Prenez votre douche d'abord, vous m'apporterez les vêtements ensuite. Je ne veux pas que vous preniez froid.

Je ne dis rien, mais sa prévenance me toucha.

L'eau était bien chaude, et je restai sous la douche pendant un long moment, ne pensant à rien d'autre qu'à la sensation de chaleur.

Après m'être séchée, j'empruntai une chemise et un jean dans l'armoire de Jim et une chemise blanche et un short dans celle de Tina. Je m'habillai et apportai la pile de vêtements propres à Gideon.

Il était debout dans la salle de bains et il se séchait les cheveux avec une serviette, il avait laissé la porte ouverte. Il avait une épaisse serviette de bain nouée autour des hanches et il était torse nu. Je ne restai qu'un instant, juste le temps de jeter la chemise et le jean sur le lit avant de sortir en lui disant que j'allais à la cuisine pour faire du café.

Mais même si je ne l'avais pas regardé, je n'avais pu m'empêcher de le voir.

Bien qu'il fût mince et élancé, ses muscles étaient très bien dessinés. Ses épaules étaient étroites mais fortes, son cou était long mais robuste, et ses bras donnaient l'impression qu'il était un habitué des salles de musculation ou qu'il était un travailleur manuel. Il avait la peau hâlée et elle semblait très douce.

J'essayai d'effacer l'image de son torse nu de mon esprit tandis que je m'affairais avec la bouilloire.

Le café.

Il fallait que je me concentre sur le café.

Je m'attelai à la tâche que je m'étais assignée.

Gideon me rejoignit quelques minutes plus tard, portant les vêtements de Jim. Nous étions l'un et l'autre debout dans la cuisine, servant du café, versant du lait et ajoutant du sucre quand un autre coup de tonnerre retentit. Toutes les lumières s'éteignirent.

— Dites-moi, comment avez-vous commencé à faire des collages ? demanda-t-il une fois que nous fûmes installés dans le salon.

J'étais assise à un bout du canapé, et lui à l'autre. Nous regardions la mer en sirotant notre café et en observant l'orage.

— J'ai commencé par peindre. J'ai l'impression d'avoir peint pendant des lustres. Mais j'ai fini par prendre conscience que je n'étais pas très douée, même en travaillant beaucoup.

— Mais ça vous plaisait ?

J'acquiesçai.

— Qu'est-ce qui vous plaisait ?

— L'idée de capturer les couleurs. Les lignes et les tourbillons de lapis-lazuli, d'ambre, de céruléen… même les noms de couleurs me mettaient en joie. J'aimais l'idée de partir de quelque chose de beau et, par le processus de recréation, de le faire durer.

— Le simple fait de voir quelque chose de beau ne vous suffisait-il pas ?

Je secouai la tête.

— Pourquoi ?

— Je le voyais différemment si j'essayais de le peindre. C'était comme si j'étais entrée à l'intérieur de la beauté. L'art surpassait les individus, il était plus important que tout le reste. Créer et étudier l'art m'a permis de m'ouvrir et cela m'a donné un but. Et cela était important. A travers le temps, l'art compte. Contrairement au reste, la plupart du temps.

— Avez-vous l'impression d'avoir abandonné ?

Je haussai les épaules.

— Non… je suis passée à autre chose. Je ne m'y attendais pas, mais lors de ma dernière année à l'université, j'ai commencé à incorporer des images, des objets en trois dimensions et des mots à mes tableaux. C'était comme un réflexe. Et plus je m'éloignais de la peinture traditionnelle, plus mes professeurs étaient élogieux. Et plus ils étaient élogieux, plus je m'éloignais de la peinture traditionnelle.

— Vous donnez l'impression d'avoir été dupée.

— Non, ce n'est pas ce qui s'est passé.

— Vous semblez contrariée par tout ça.

— Non. Qu'est-ce qui vous fait penser ça ?

— L'expression dans vos yeux. Vous avez l'air de quelqu'un qu'on a trahi.

Je haussai les épaules.

— Je n'étais juste pas assez solide pour me battre.

D'ailleurs, c'est aussi bien ainsi parce qu'il y a trop de concurrence dans le milieu de la peinture, et ça ne m'aurait jamais menée nulle part. Et je n'aurais certainement pas pu en vivre.

— C'est une attitude très défaitiste.

— C'est une attitude de survie. Comment gagnerais-je ma vie maintenant si je n'étais pas devenue une adepte des collages ?

— Peut-être seriez-vous devenue un peintre suffisamment bon pour ne pas avoir à faire de collages.

— Vous n'avez pas la moindre idée de la difficulté de gagner sa vie en tant qu'artiste ! Même si on a la chance de trouver une galerie, si on compte le temps passé à faire un tableau… et qu'ensuite on doit enlever les cinquante ou soixante pour cent que la galerie prend…

Il me mettait mal à l'aise, à m'écouter et me regarder avec trop d'intensité, même dans l'obscurité, comme s'il entendait les choses que je ne disais pas. Et lorsqu'il me posa la question suivante, sa voix fut trop indiscrète. Ce n'était plus une brise mais un vent violent, ouvrant les portes, bousculant tout sur son passage et me désorientant.

— Avez-vous envie de vous remettre à la peinture ?

Tout chez Gideon était trop fort, trop difficile à ignorer. Et trop suggestif d'une sensibilité qu'il ne pouvait pas avoir, mais que j'imaginais qu'il avait, pour une raison qui m'échappait.

— Vous ne comprenez pas… L'art n'est pas un passe-temps ou juste un travail. Créer, travailler à trouver quelque chose à dire qui en vaille la peine, et ensuite se battre pour rendre l'expression digne de cette idée… est un véritable déchirement.

Il hocha la tête, et sourit presque. J'eus l'impression — ce qui était impensable — qu'il avait compris.

D'un autre côté, je ne devais pas oublier à quel point j'étais susceptible de doter les gens de qualités qu'ils n'avaient pas, en m'appuyant sur certaines choses que je savais d'eux. Par le passé, j'avais brûlé les étapes en supposant que, parce que quelqu'un était sensible et intelligent, il était forcément compréhensif et juste. Alors qu'il était tout aussi probable que, comme il était fort et sûr de lui, il soit arrogant et narcissique. D'après la façon dont quelqu'un se tenait ou prononçait mon nom, j'avais souvent eu la faiblesse de penser qu'il était conforme à certains critères qui m'étaient chers.

J'avais été trahie. J'avais été déçue. Alors je devais perdre cette habitude, prendre garde à mon imagination, et ne pas attribuer aux gens des qualités qu'ils ne possédaient pas.

Un homme qui me posait des questions, qui semblait s'intéresser à moi, pouvait très bien n'éprouver aucun intérêt pour moi. Il pouvait s'agir d'une ruse bien rodée, d'une technique bien huilée pour détendre ses sujets, pour séduire une femme afin qu'elle s'ouvre à lui et ensuite utiliser les informations ainsi obtenues, d'une façon ou d'une autre.

— De quoi avez-vous si peur, Marlowe ?

— Je pense que l'orage se calme, dis-je en me levant, évitant ainsi de lui répondre et de le regarder. Peut-être devrions-nous y aller pendant que nous le pouvons encore.

Dix minutes plus tard, nous étions de nouveau dans la Jeep, en route pour New York. Il alluma la radio et s'arrêta sur la station locale. Nous écoutâmes les infos, puis de la musique classique, sans presque prononcer un mot.

Mais l'air était empli de toutes les choses dont nous ne parlions pas, qui résonnaient avec d'autant plus d'intensité. Et même les phrases les plus stridentes de la symphonie ne purent en atténuer la portée.

Chapitre 17

En rentrant chez moi, je me mis aussitôt à travailler sur le récit. Ce n'était pas ce que j'avais envie de faire. N'importe quoi d'autre aurait été plus facile, n'importe quoi d'autre aurait été plus agréable. Et rien n'aurait pu me déconcentrer davantage.

Gideon m'avait déposée à 6 heures. J'avais travaillé sans m'arrêter jusqu'à 9 heures. Ensuite, je me contentai de réchauffer un bol de soupe, de couper un morceau de pain aux céréales que j'avais acheté la veille, et je me servis un verre de vin. J'aimais manger, mais pas cuisiner, et en général j'avais toujours des plats préparés par une épicerie fine de mon quartier dans mon congélateur. Mais ce soir-là, je ne voulais même pas passer de temps à décongeler quoi que ce soit.

Même si j'avais pris une douche, je sentais toujours l'odeur du sel sur ma peau, comme si j'avais nagé dans l'océan pendant des heures, au lieu d'avoir seulement marché sur le rivage. Si j'avais trouvé des algues dans mes cheveux, je n'aurais même pas été étonnée. La sensation des grains de sable sous mes pieds n'avait pas disparu non plus, je pouvais me remémorer leur douce granulosité, comme si je marchais encore dessus.

Lorsque je m'assis sur le lit, calée sur des oreillers pour travailler sur mon ordinateur portable, je perdis toute notion du présent. Je n'étais plus dans mon loft, j'étais de nouveau sur la plage, écoutant la voix à l'intérieur du coquillage me dire ce que j'avais dit à Gideon, ainsi que les paroles que j'avais gardées pour moi. Je voyais la mer, les nuages, les vagues.

Mes doigts dansaient sur le clavier. Je n'avais pas à penser aux mots, les phrases et les paragraphes affluaient, presque indépendamment de moi.

D'un seul jet, le fantasme prit forme sur l'écran en moins de trois heures. Ou en tout cas une première ébauche. Et ce fut tout ce que je réussis à faire ce soir-là.

Je me servis un autre verre de vin et je me remis au lit, tirant le portable vers moi pour relire ce que je venais d'écrire.

Quelques instants plus tard, le téléphone sonna. J'aurais sans doute répondu si je n'avais pas été si absorbée par l'histoire. Le répondeur se déclencha, et, quelques secondes plus tard, j'entendis qu'on laissait un message.

— Marlowe ?

C'était mon demi-frère. Cole. Les images rêveuses de la plage se dissipèrent. Les sensations qui m'avaient enveloppée tandis que j'étais sous le charme de l'histoire volèrent en éclats comme un miroir brisé. Je retins mon souffle, de peur qu'il ne m'entende si je respirais trop fort. *C'est impossible,* me dis-je. *Respire. Tout va bien. Il n'y a plus rien qu'il puisse te faire maintenant.*

— Je viens juste de voir Jeff. Il m'a dit que tu es passée à son bureau et que tu as vu l'invitation. Je t'en ai envoyée une, alors pourquoi avait-il l'air de penser que tu n'étais pas au courant ? N'ouvres-tu pas les lettres que je t'envoie ? Marlowe, tu ne peux pas m'en vouloir pendant si longtemps. Ça me met mal à l'aise, ma belle. Et je n'aime pas me sentir comme ça.

Je me levai, serrant le verre de vin entre mes doigts crispés. J'aurais voulu renverser le téléphone d'un coup de pied. Pour le faire taire. J'aurais voulu décrocher et dire à Cole à quel point il était égoïste. Lui demander comment il avait osé utiliser cette photographie pour l'invitation. Et surtout j'aurais voulu arrêter de l'écouter… Mais je restai immobile, les pieds rivés au sol au milieu de ma chambre, et j'entendis chaque mot.

— J'adorerais que tu voies l'exposition, ma belle. Tout le monde sera là. Papa et Isabel veulent qu'on dîne tous ensemble après. Ne peux-tu pas me pardonner ? Tu vas l'adorer. Tout le monde dit que ce sera l'exposition de l'année. La méga-exposition. Voilà ce qu'on fait pour l'art. Tu comprends ça, non ? Tant de beauté vaut bien un petit sacrifice. Et quelle beauté ! Une putain de beauté, sexy et exaltante ! Appelle-moi, poupée.

Je n'étais plus du tout capable de penser. Ça n'avait rien à voir avec la logique ou le bon sens. Le verre se fracassa sur le téléphone dès qu'il le percuta. Il y avait des morceaux partout dans la pièce envahie par l'obscurité, comme des étoiles brillant dans le ciel nocturne.

Chapitre 18

J'avais travaillé sur le récit de Gideon pendant toute la journée du samedi. J'avais fini de bonne heure ce soir-là et je l'avais envoyé par e-mail à l'adresse qu'il m'avait donnée. Je n'avais pas vérifié ma messagerie le dimanche matin. J'avais fait la grasse matinée et je m'étais préparée en vitesse pour aller rejoindre Grace aux puces, sur la 26e Rue ouest.

C'était notre rituel hebdomadaire. Je cherchais des morceaux de tissus ou de journaux pour mes collages, et elle, des bijoux fantaisie, des accessoires et des vêtements vintage. Certains jours, je ne trouvais rien. D'autres, je trouvais un ou deux articles. Elle trouvait toujours trop de choses.

Ce matin-là, partout où je regardais, tout me semblait intéressant. Sur un stand, je trouvai deux douzaines de cartes érotiques anciennes venant de France. Sur des clichés sépia, des femmes posaient dans une innocente nudité et flirtaient avec l'appareil photo, les seins nus, mais le sexe caché par du tissu de soie. Certaines portaient des bas et des porte-jarretelles, d'autres ne portaient que des talons hauts. Elles semblaient implorer le spectateur de s'approcher et de prendre du plaisir à les regarder.

Les cartes me firent penser aux nus de Cole. Les siens étaient érotiques aussi, mais ils étaient crus et tourmentés. Il n'y avait aucun charme dans ses photographies de femmes nues, plongées dans les affres de la passion. C'était un voyeur, tandis que ces photographes étaient des don Juan. Cole prenait plus que ce que ses modèles avaient à offrir, et les modèles que j'avais sous les yeux offraient plus que le photographe ne pouvait photographier.

J'achetai les cartes postales et les glissai dans mon sac. Au stand suivant, je trouvai une paire de longs gants de soie. Ils étaient de couleur crème et en parfait état ; je les imaginai rembourrés et disposés sur une de mes boîtes secrètes, les doigts faisant signe d'approcher.

Sur un autre stand, mon attention fut attirée par un rouleau de tulle violet, recouvert de petits strass brillants. J'avais trouvé une nouvelle idée pour les boîtes que j'allais faire à partir des récits sensoriels de Gideon. J'allais attiser la curiosité du spectateur avec les scènes qui seraient représentées à l'intérieur. Chacune d'elles serait recouverte d'un rideau ou d'un tissu drapé dans des matières différentes, mais toutes seraient transparentes pour qu'on puisse avoir une idée de ce qui se trouvait dans la boîte. Mais, pour réellement voir le contenu, il faudrait soulever le rideau. Je voulais que chaque boîte soit conçue comme un secret à part entière. Un secret qui mérite qu'on l'examine et qu'on y passe du temps. Un secret qui ne se donnerait pas d'emblée. Il serait composé de complexes juxtapositions d'images et d'objets qui suggéreraient l'érotisme de la même manière qu'on le percevait chez quelqu'un. Sous les vêtements, derrière les yeux, par des gestes imperceptibles et des non-dits.

Je pouvais imaginer les collages, je pouvais même me représenter la façon dont quelqu'un les examinerait — comment il écarterait le tissu de tulle violet pour regarder à l'intérieur, et son amusement en voyant la main gantée tenant une minuscule figurine représentant un homme nu que j'avais trouvée sur une des tables du marché aux puces.

— Le tissu est incroyable, dit Grace en s'approchant de moi. Sais-tu ce que tu vas en faire ?

Je lui parlai des boîtes que j'allais réaliser à partir des récits que j'écrivais pour Gideon, tandis que nous marchions en inspectant tous les articles, décrochant les robes des portants, examinant leurs vieilles marques cousues à la main, ouvrant d'anciens sacs Vuitton, touchant des foulards Hermès, essayant des bagues avec de fausses pierres et des bracelets en bakélite, posant des broches extravagantes sur nos vêtements pour voir l'effet qu'elles faisaient.

La seule chose que Grace ne regardait jamais était les chaussures. Dans la religion juive, on ne portait jamais les chaussures d'un mort, de peur de suivre ses pas, et comme il y avait de fortes chances pour que la plupart des chaussures vintage aient appartenu à quelqu'un qui était mort depuis longtemps, elle évitait de se laisser tenter.

— Que sais-tu de la femme à qui Gideon Brown envoie les lettres ? demanda-t-elle.

— Pas grand-chose. Pourquoi ?

Grace leva les yeux de la boîte de boutons Chanel qu'elle

avait trouvée sous un pull en cachemire que quelqu'un avait laissé sur la table.

— Je ne sais pas, je me posais la question, c'est tout. C'est plutôt inhabituel que tu ne saches rien, non ?

En général, j'essayais d'en savoir autant que possible sur le destinataire des lettres ou des récits. C'était une façon de s'assurer de lui faire plaisir.

— Oui, c'est inhabituel, mais il ne m'a pas dit grand-chose.

— Tu sais pourquoi ?

Je secouai la tête.

— D'habitude, tu es plus douée pour obtenir des informations sur tes clients.

— Oui, c'est vrai… mais je ne sais pas pourquoi je n'y suis pas arrivée cette fois. Il est compliqué, Grace. Je dirais qu'il me rend nerveuse, même si ce n'est pas le mot qui convient.

— Je crois en effet qu'il te rend nerveuse.

— Que veux-tu dire ?

— Tu t'intéresses à lui. Tu l'as dans la peau. C'est pour cela que tu n'as pas fait pression pour en savoir davantage sur sa petite amie.

— Non, ce n'est pas cela…

Elle me prit par le bras, de la même façon que j'avais vu ma grand-mère marcher avec ses amies.

— Allez, viens, sortons d'ici et allons prendre un brunch. L'Empire Diner, ça te dit ? Tu ne vas pas vouloir écouter ce que j'ai à te dire, et si je te le dis maintenant, tu vas me fausser compagnie au lieu de m'écouter.

— Moi ? Je ne ferais jamais ça !

— Non, mais je ne t'ai jamais poussée dans tes

derniers retranchements, comme je m'apprête à le faire maintenant.

Et elle me décocha un large sourire. Comme un bourreau médiéval sur le point de décapiter une des femmes d'Henri VIII.

Chapitre 19

— Tu n'es pas en phase avec tes propres sentiments, Marlowe. Et cela fait longtemps que ça dure, dit Grace par-dessus son assiette de saumon fumé, d'œufs et d'oignons.

— Je sais que tu penses avoir le droit de me psychanalyser, mais je ne comprends pas pourquoi tu penses avoir ce droit.

Mon omelette n'était pas assez cuite. Je la repoussai, je cherchai le serveur des yeux et, dès que je croisai son regard, étonnamment, il vint aussitôt. Grace attendit que j'aie expliqué au serveur ce qui n'allait pas avec les œufs et qu'il les ait remportés, puis elle reprit :

— Je pense que j'ai le droit de le faire parce que je tiens à toi.

— Non, si tu tenais à moi, tu ne me contrarierais pas.

— Non, c'est parce que je tiens à toi que je veux mettre le doigt sur certaines choses que tu fais et qui te rendent malheureuse.

Je soupirai.

— OK Grace, fais-moi la morale.

J'étais agacée, et elle le savait. Mais nous étions proches et honnêtes l'une envers l'autre, et elle avait autant besoin d'avoir cette conversation avec moi que j'avais besoin de lui faire savoir que je ne l'écoutais pas de gaieté de cœur.

— Tu as un œil si attentif sur les choses — les objets, les couleurs, les échantillons de tissus, les images —, sur tout, sauf sur ta propre vie. Et, en agissant ainsi, tu ne vois pas réellement ce qui t'entoure. Tu passes à côté des signes qui pourraient te faire avancer… qui pourraient t'aider à comprendre ce que tu veux vraiment, ce qui pourrait te rendre réellement heureuse, ou du moins satisfaite.

Grace se remit à manger, tandis que le serveur me rapportait mon omelette aux champignons et au fromage, désormais bien dorée.

J'en avalai une bouchée, m'attendant à ce qu'elle continue à parler, mais elle resta silencieuse.

— C'est tout ? finis-je par demander. Rien d'autre ? C'est une diatribe plutôt courte pour toi.

— C'est tout.

— Ne vas-tu pas m'expliquer pourquoi je dois t'écouter, pourquoi je dois changer ma façon de voir les choses ? Ne vas-tu pas me donner au moins sept exemples de situations dans lesquelles…

Elle m'interrompit.

— Non, je suis ton amie. Je ne suis pas ta mère, ni ton psy.

— Ma voyante, peut-être ?

Elle sourit.

— Non, je te connais trop, toi et ton scepticisme, pour m'aventurer dans cette voie. Ça n'a rien à voir avec ça.

Je ne suis pas en train de parler de la configuration des étoiles ou de ce que je vois dans les cartes de tarot.

— Je ne t'ai jamais laissée me tirer les cartes, Grace !

— Cela ne veut pas dire que je ne peux pas le faire sans toi.

— Ne me dis pas…

Son sourire la trahit. Elle était en train de me charrier.

— Non, je ne peux pas te tirer les cartes sans que tu sois impliquée.

— Bon, alors il ne s'agit pas d'une de tes pensées occultes ? Pas de sorcellerie non plus ? Ni de ton don de double vue ?

— Je n'ai pas besoin de me donner tout ce mal pour voir ce qui crève les yeux, ma cocotte. Tu passes à côté de ce qui est évident. On devine certaines choses sur les gens qu'on rencontre, et on en sait bien plus qu'on ne veut bien se l'avouer. Tu ignores tes propres intuitions, et cela n'a pas de sens. C'est comme si tu jetais un gilet de sauvetage alors que tu es en train de te noyer. Grâce à ces instants de lucidité que nous avons tous, nous pouvons trouver les moyens d'avoir une vie plus épanouissante. Mais tu fais exactement l'inverse. Tu te détournes de tous les signes et indices que tu perçois. Pour tout ce qui touche à ta propre vie, tu portes des œillères.

Elle posa sa fourchette, qu'elle avait utilisée pour donner plus de poids à chacune de ses allégations.

— J'ai fini, ajouta-t-elle.

— Avec les œufs ou la leçon ?

— Les deux, fit-elle en repoussant son assiette. A vrai dire, je n'ai pas fini.

— Pas fini avec les œufs, ou avec la leçon ?

— Ce n'est pas une conversation comme une autre que nous avons là…

— Ce n'est même pas une conversation du tout, Grace. C'est un monologue.

Elle me considéra avec méfiance, puis elle reprit :

— Il y a une chose à propos de cet homme, Gideon, à laquelle tu dois prêter attention. C'est le fait qu'il entre dans ta vie précisément maintenant. Ce n'est pas une coïncidence. Tu réagis différemment avec lui et tu dois comprendre pourquoi. Pourquoi lui ? Pourquoi maintenant ?

— Je ne comprends pas.

— Ah, non ? Cela n'a pas d'importance. Tu n'as pas besoin de comprendre. Tu dois juste en être consciente, être ouverte. C'est tout ce que je te demande de faire. De prêter attention à ce que tu ressens. Et à ce que tu ne ressens pas. D'être attentive au travail que tu fais pour lui, et à ce qui se cache sous les apparences, à ce qui se trame.

— Et voilà que tu parles encore comme une sorcière !

— Non, c'est toi qui écoutes ce que je te dis comme si c'était de la sorcellerie. Tu ne veux pas entendre ce que j'ai à te dire.

— Cela ressemble à ce qu'un médium dirait à son client ou aux paroles d'une bonne fée. Et tu crois que je vais commencer à croire à ta magie uniquement parce que tu me le demandes ?

— Eh bien, n'y a-t-il rien de magique dans la façon

dont nous nous entendons et dans ce que nous pouvons nous apporter l'une à l'autre ?

— Ce n'est pas ce que j'ai voulu dire.

— Non, mais c'est ce que, moi, j'ai voulu dire.

Chapitre 20

Deux jours plus tard, le mardi matin, je pris le métro pour aller en ville et, comme j'étais en avance à mon rendez-vous, je sortis sur la 72e Rue pour me rendre à pied au nord de la 5e Avenue.

Sur ma gauche, Central Park était verdoyant, les arbres étaient enfin en fleurs. Il y en avait tant qu'elles parfumaient l'air, en dépit des gaz d'échappement des voitures et des bus qui bloquaient la circulation.

Bien sûr, je savais que j'allais rencontrer Gideon, mais lorsque je le vis, un pâté de maisons plus loin, debout en haut de l'escalier de pierre, immobile, les cheveux au vent, j'eus l'impression d'être secouée par une onde de choc.

C'était viscéral — mon corps réagissant à sa seule vue envoyant des signaux à chacune de mes terminaisons nerveuses. Cela me troubla, ce qui me poussa à me précipiter à sa rencontre. A respirer plus vite, avec plus de plus difficulté. A prendre conscience du contact de la douceur du tissu de mon caraco sur mes seins, et de l'air frais soufflant sur mes chevilles. Je sentis le tissu de mon jean sur mes hanches, légèrement rêche et lourd comparé à mes sous-vêtements de soie. Je sentis ma nuque, et je pris conscience qu'elle était aussi chaude que si j'avais été en plein soleil. Mais je n'étais pas au soleil. Le côté de la rue sur lequel je marchais était à l'ombre des arbres qui la bordaient.

En outre, les sensations qui m'envahissaient étaient assez désagréables et surprenantes pour me faire prendre conscience que je devais arrêter de penser à l'homme qui m'attendait, et me concentrer plutôt sur le lieu où nous allions.

Le *Metropolitan Museum* était un édifice imposant. Il était plus grand et impressionnant que la plupart des musées que j'avais visités, à l'exception du Louvre à Paris. Mais je préférais le Met parce que c'était le musée de ma ville. Certains trouvaient que le bâtiment était froid et qu'il était mal agencé, mais je n'étais pas de cet avis. Je trouvais au contraire que c'était un palais rassurant et je m'y étais souvent rendue en quête d'inspiration, pour apprendre, admirer et être consolée.

Jamais je n'avais visité le Met en compagnie de quelqu'un. J'avais besoin d'être seule lorsque je regardais une œuvre d'art, et d'avancer à mon propre rythme. J'étais capable de me précipiter vers quelque chose sans âme et sans intérêt. De rester pendant un moment qui aurait pu sembler obscènement long à quelqu'un d'autre devant un tableau, un vase ou une sculpture que je trouvais émouvants.

Mais c'était à cet endroit que j'avais demandé à Gideon de me retrouver.

— C'est par ici, dis-je.

Je l'entraînai vers le hall d'entrée immense et solennel et, comme à mon habitude, je regardai les énormes bouquets de fleurs qui encadraient l'escalier. Ce jour-là, c'étaient deux gigantesques gerbes de fleurs de pommier, et je remerciai en silence le bienfaiteur qui avait laissé une dotation pour que ces deux vases géants soient toujours remplis de fleurs fraîches.

Je possédais une carte de membre, aussi n'avais-je pas besoin de payer l'entrée, il me suffisait d'aller chercher les petits badges, grâce auxquels nous pûmes entrer directement.

Ne prêtant aucune attention à l'escalier qui était devant nous, je conduisis Gideon sur la gauche. Nous traversâmes rapidement les galeries de bijoux moyen-orientaux anciens, puis nous entrâmes dans l'église médiévale — c'était en tout cas ainsi que j'avais toujours appelé les pièces sombres à haut plafond qui contenaient des douzaines de sculptures et de portails provenant d'une cathédrale espagnole.

Nous marchâmes en silence, avec le même calme révérencieux qu'on adopte dans une bibliothèque ou dans un lieu de culte.

Poursuivant notre visite, nous tournâmes à droite et nous traversâmes deux pièces remplies, elles aussi, d'objets de culte. Face à nous, intensément éclairée, se trouvait la salle d'exposition des armures des chevaliers. Cela faisait des années que je n'avais pas visité cette partie du musée, et je n'étais pas sûre que ce que je voulais montrer à Gideon se trouvait toujours à proximité. A l'entrée de la galerie où des hommes en armure étincelante se tenaient sur leur destrier, je tournai sur la gauche, vers un couloir presque caché. Bien que le musée fût bondé, cette partie-là était presque déserte.

Nous débouchâmes dans une petite antichambre. Face à nous se tenait une chambre immense, au centre de laquelle trônait un lit couvert de soie damassée rouge. La tête de lit s'élevait avec majesté, richement ornée et très raffinée, que des artisans avaient sculptée des centaines d'années plus tôt.

Le lit était réellement somptueux. On avait envie de s'y allonger et d'y rester des jours entiers. On aurait pu y vivre, s'y faire apporter de la nourriture, s'y soûler avec du vin doux, y manger des figues et des fraises, y faire la sieste, y faire l'amour, s'y réveiller et y siroter du chocolat chaud dans des tasses en or. C'était un lit dans lequel on entrait habillé d'un peignoir de soie fait à la main. Un lit qui vous invitait à y rester aussi longtemps que vous vouliez et qui vous promettait qu'il n'y avait pas de meilleur endroit au monde ; un lit dans lequel vous pouviez créer un monde à part, dans lequel les angles tranchants et les lumières crues n'avaient pas leur place. Là, seuls existaient le plaisir physique et le sommeil paisible. La tête posée sur ces oreillers, il n'existerait rien de plus important que de sentir des lèvres effleurer les vôtres.

— J'ai toujours eu envie d'aller me cacher aux toilettes des dames à l'heure de la fermeture, pour pouvoir entrer ici furtivement et passer une nuit dans ce lit, dis-je.

— Je vous imagine bien faire cela, dit-il en riant.

Cela me surprit. Cela voulait dire qu'il avait passé du temps à se faire une idée sur moi. Mais ce qui me déconcerta encore plus fut que je n'avais pas fait la même chose. Depuis la journée que nous avions passée à la plage, j'avais évité de penser à lui. Même le fait de réfléchir à son projet m'avait rendue légèrement nerveuse. J'avais eu peur, en y réfléchissant trop, ou en pensant ne serait-ce qu'un peu à Gideon, de changer d'avis et de laisser tomber ce travail.

A la droite du lit se dressait une fenêtre si bien éclairée par la lumière artificielle qu'on avait la certitude qu'en s'en approchant on aurait pu voir la rue qui se trouvait en contrebas. Non pas la *New York City Street*, mais un passage italien comme surgi d'un autre siècle.

Suspendu à la gauche du lit se trouvait un miroir avec un cadre doré tacheté — le tain étant si vieux qu'il commençait à s'écailler. De la façon dont il était positionné, je pouvais voir non seulement le reflet du lit et du reste de la pièce, mais aussi de Gideon et moi.

Qu'aurait pensé quelqu'un qui nous aurait vus là ?

J'étais soudain curieuse. Quelle image donnions-nous ? Et quelle image donnais-je ? Qui était dans l'enveloppe qui se reflétait dans le miroir ancien ? Que révélais-je de moi pour quiconque aurait regardé dans le miroir ? Quelle part de notre moi profond était exprimée dans les rides inscrites sur notre front ou dans l'éclat de nos yeux ?

J'ai toujours cru qu'on pouvait cacher qui nous sommes quand nous en éprouvons le besoin. Que quelqu'un regardant les photographies que ma mère ou Cole avaient prises de moi ne me connaîtrait pas mieux après les avoir vues. Et que je resterais inconnue à leurs yeux parce que je m'étais contenue quand ils m'avaient prise en photo.

Mais, tout à coup, je n'en étais plus aussi sûre.

Et cela m'inquiéta.

Le regard de Gideon passa du lit au miroir, et du miroir au plafond. Il laissa échapper un petit soupir de contentement.

Je tendis le cou, moi aussi. Cela faisait si longtemps que je n'étais pas venue que j'avais l'impression de voir la sculpture pour la première fois. Des douzaines et des douzaines de petits chérubins potelés volaient à travers la pièce, des angelots en trois dimensions, rebondis et joyeux, qui célébraient l'idée de l'amour aussi bien sacré que profane.

Derrière nous, une mère et sa fille entrèrent la main dans la main. La mère dit à sa fille de regarder en l'air, et la petite fille fut ébahie.

— Oh, maman, dit-elle, je n'avais jamais vu autant de bébés sans couches avant !

J'échangeai un sourire avec la mère, qui semblait très fière que sa petite chérie fût aussi observatrice. Gideon était toujours aussi captivé par le plafond et semblait l'étudier dans les moindres détails.

Après une minute ou deux, la mère et l'enfant quittèrent la pièce et nous fûmes de nouveau seuls.

Je jetai un coup d'œil dans le miroir et je nous observai, lui regardant en l'air, et moi droit devant moi. Nous étions côte à côte, ses cheveux noirs contrastant avec les miens plus clairs, et je semblais petite comparée à lui.

— Vous imaginez, faire l'amour dans cette pièce ? demanda-t-il sans se retourner, les yeux toujours fixés sur les chérubins au plafond.

Je ne répondis pas. J'avais remarqué une pancarte sur ma droite, et ce fut le moment que je choisis pour la lire. La chambre, indiquait-elle, était issue d'un palais vénitien du XVIe siècle. Venaient ensuite un bref résumé de l'histoire de la famille à qui appartenait le palais et un topo sur les coutumes de l'époque : assez d'informations en somme pour que quiconque se donnant la peine de le lire ait l'impression d'être dûment informé.

— Dans le miroir, dis-je sans avoir tout à fait pris

conscience que j'avais commencé à parler, elle se déshabillerait et il la regarderait s'admirer, tandis qu'on verrait le soleil se coucher par la fenêtre, projetant sur eux une chaude lueur orangée.

Gideon se tourna vers moi. Je sentis son regard, mais je restai là où j'étais, immobile, les yeux fixés sur le miroir tacheté. L'idée du deuxième récit — qui consistait à créer une histoire érotique autour de la vue — s'assemblait dans mon esprit en une série d'images disparates chevauchant les unes les autres.

Pour y parvenir, je devais me raccrocher à ce que j'avais appris à la plage : inventer un fantasme pour Gideon revenait plus ou moins à créer un collage. Le mécanisme était le même, il consistait à abandonner la pensée rationnelle et à laisser des images aléatoires raconter leur propre histoire, sans imposer de structure, en attendant simplement qu'une logique interne se révèle. C'était en quelque sorte une manifestation en trois dimensions de l'imagerie que je créais d'ordinaire avec du papier, des ciseaux et de la colle. Mais le processus restait le même. Et cela me donna du courage et un peu de confiance en moi.

— Elle ne se détournerait pas du miroir, même si elle en avait très envie…, dis-je avec un peu plus d'assurance qu'à la plage, en étant malgré tout plus nerveuse.

Cette fois, je savais à quoi m'attendre, et j'avais envie de le faire pour le seul plaisir de créer. J'aurais juste préféré que Gideon ne fût pas là, et que, d'une façon ou d'une autre, il ne fût pas aussi réel.

— Elle se regarderait. Jamais elle ne tournerait les yeux vers la fenêtre ou vers le lit. Son seul but est de le séduire, et elle sait comment faire. Toute son énergie et tout son désir y sont consacrés. Elle se livre entièrement à lui, c'est là sa force, son pouvoir. Il veut qu'elle se déshabille pour lui, et elle obéit. Parce qu'elle ressent de l'excitation à le faire. Savoir que ses yeux sont posés sur elle, qu'il est entièrement absorbé par les vêtements qu'elle va ôter, un à un, est tout ce dont elle a besoin.

— Pourquoi sont-ils ici ? demanda Gideon, presque dans un souffle, de peur de briser l'atmosphère qu'elle avait créée.

— Il l'a emmenée ici pour lui montrer cette chambre, qu'il a conçue et construite pour elle. C'est une chambre secrète dans laquelle elle peut entrer et sortir par une porte dérobée.

» Elle est sa maîtresse depuis plus longtemps que toute autre femme et, pour lui prouver qu'il tient à elle, il lui a offert cette chambre clandestine. Elle serait le lieu de leurs rendez-vous secrets.

» Et cela le rend follement heureux de savoir qu'il peut sortir d'un dîner ou d'une réunion dans sa résidence — là où il vit avec sa femme, ses enfants et de nombreux domestiques — et la rejoindre. Il lui suffit de passer de l'autre côté d'une bibliothèque, de gravir un petit escalier qui conduit en un lieu qui n'appartient qu'à eux. Le reste de la maisonnée peut continuer de s'agiter autour d'eux, sans que personne sache jamais où ils se trouvent.

» Mais la chambre possède une autre sortie à laquelle on accède depuis le canal. C'est une petite porte qui est contiguë à celle des domestiques, à l'arrière de la demeure. Il s'en est excusé auprès d'elle, mais cela ne la dérange pas d'arriver près de l'entrée des domestiques. C'est plus sûr pour elle, parce qu'elle est mariée aussi.

» Les mariages sont arrangés pour des raisons financières et politiques, il est donc d'usage dans la ville à cette époque que les histoires de cœur aient lieu, et même fréquemment, mais toujours dans la clandestinité.

» Lui est très fier de la chambre. C'est la plus belle chambre de Venise. Il a fait venir un sculpteur de Rome, accompagné de trois apprentis, pour créer un lieu magique et merveilleux. Et alors même qu'elle trouve que la chambre est magnifique et qu'elle apprécie tous les efforts qu'il a faits pour elle, elle est fascinée par le miroir — le plus beau miroir qu'elle ait jamais vu. Elle ne peut le quitter des yeux. Elle ne peut les quitter des yeux, eux, face à face dans le reflet du miroir. Elle n'a jamais vu son propre visage rayonnant de désir avant, et c'est comme une onde de choc qu'elle reçoit.

Je marquai une pause pour reprendre mon souffle. Je fermai les yeux, et je savais que Gideon était impatient de connaître la suite.

— Ne…

— Quoi ?

— Ne vous arrêtez pas. Vous voyez réellement la scène. Vous les voyez, eux. Vous avez disparu comme vous l'aviez fait à la plage.

— Cela devient compliqué.

— Vous voulez dire que ça devient trop érotique trop vite ?

Je haussai les épaules.

— C'était encore plus facile pour vous cette fois-ci, reprit-il.

C'était une affirmation et non une question. Je sentais ses yeux sur moi mais je ne me retournai pas. Je continuai de fixer le miroir, de nous regarder. J'observai ses doigts, le long de ses cuisses, puis ses cheveux noirs tombant sur ses yeux. Il était attentif, attendant que je continue, ou que j'explique pourquoi je ne voulais pas le faire.

— N'ai-je pas prouvé que je pouvais y arriver avec le dernier récit ? Voir la pièce et savoir dans quelle direction je m'oriente ne vous suffit-il pas ? Je voudrais rentrer et l'écrire à ma façon.

— Mais je n'en ferais pas partie. Je ne peux pas envoyer le récit comme quelque chose qui est lié à moi si je ne suis pas fondamentalement impliqué dans la création de l'histoire. J'ai besoin de savoir ce que vous allez écrire. D'ailleurs, pourquoi le fait que cela devienne érotique vous dérange-t-il ? C'est pour cela que je vous ai engagée, non ? N'est-ce pas ce que vous faites pour tout le monde ?

— Si, bien sûr…

Mais j'étais gênée. Il y avait une différence entre donner naissance à ces fantasmes seule dans ma chambre et les énoncer haut et fort devant quelqu'un. Et juste parce que je l'avais déjà fait une fois, cela ne voulait pas dire que ce serait désormais plus facile.

Comme à la plage, je me sentis comme mise à nu face à Gideon. Et je ne le supportais pas.

Nous étions dans une impasse.

— Vous savez que j'ai trois autres idées de lieux pour l'histoire autour de la vue. Maintenant que vous connaissez celui-ci, ne voudriez-vous pas voir les autres pour que vous puissiez décider ?

Il secoua la tête.

Mêlée à ma sensation de gêne, je ressentis aussi de la fierté.

— Parlez-moi de ce couple. Pourquoi sont-ils ici ?

Qui sont-ils ? demanda-t-il, me laissant la possibilité de poursuivre ma narration.

Je me tournai vers le lit au lieu de regarder le miroir tacheté, et j'essayai d'imaginer qu'il n'y avait personne dans la chambre avec moi.

— Lui est un prince vénitien et elle est sa maîtresse. Tous deux sont mariés et chacun d'eux a déjà eu des amants, souvent plus d'un à la fois. C'est la première fois qu'ils sont fidèles — à leur manière. Et parce qu'il l'aime follement, il lui a construit cette chambre, créée pour leur seul plaisir. Une chambre pleine de secrets et de surprises : des boîtes magiques qui s'ouvrent comme une énigme, et révèlent ensuite des bijoux, choisis pour elle. Des tableaux érotiques sont dissimulés derrière les rideaux damassés. Des vêtements faits spécialement pour elle sont suspendus dans la penderie. Il y a des robes avec des poches ouvertes des deux côtés pour qu'il puisse y passer les mains et la caresser sous les plis de la soie, et des corsages au décolleté très profond pour dévoiler la totalité de ses seins.

» C'est la première fois qu'il l'emmène ici, après qu'ils se fussent éclipsés du bal masqué qui avait lieu dans la partie principale de la résidence. Plus d'un millier de personnes vêtues de velours et de soie, portant des perruques, des bijoux et des masques recherchés, dansaient, mangeaient, buvaient et faisaient l'amour dans des alcôves secrètes, seulement à quelques mètres d'eux. Les deux amants avaient quitté le bal pour venir ici et personne ne s'était aperçu de leur disparition. Et même si quelqu'un les avait vus s'esquiver, leur identité était protégée par leurs masques.

Le jour présent, le musée, New York, et même l'homme

qui se tenait près de moi : tout avait disparu, et je contemplais une scène à laquelle je n'avais pas été invitée. J'étais cachée dans une alcôve et j'observais les deux amants, je les entendais, je les respirais, impressionnée par eux. J'étais une observatrice qui avait trouvé le moyen de voir ce qui se passait, mais aussi de le vivre, de ressentir leurs émotions et leurs sensations physiques.

Je savais de quelle façon le cœur de la jeune femme avait bondi lorsqu'elle avait vu son amant tendre la main pour lui caresser la joue. C'était différent de ce que je ressentais quand mon cœur s'emballait. Mais cela n'avait aucune importance. J'étais là pour témoigner de leur passion. Je continuais de parler à Gideon, mais je n'avais plus conscience des mots que je prononçais.

— Ce soir-là, deux heures plus tôt, elle est entrée dans la villa par la grande porte avec son mari — un aristocrate de vingt ans plus âgé qu'elle. Elle porte sa plus belle robe, une robe en velours bleu entrelacée de fils d'argent et agrémentée de feuilles brodées. La robe est très décolletée, comme le veut la mode de l'époque, pour mettre en valeur les seins d'une femme, comme des bijoux.

» Son amant a attendu que tous les invités soient arrivés et qu'ils aient commencé à manger et à boire. Il a attendu que tout le monde se soit soûlé avec le vin, et se soit abandonné au luxe de la nourriture et de la compagnie, et au mystère des masques.

» Un peu plus tôt dans la journée, il a envoyé son domestique à la villa de son amante avec une lettre qu'il a écrite en secret avant de la sceller de sa main. A l'intérieur, il lui a donné ses instructions, un plan et une clé. Une fois que la réception sera bien entamée, vers minuit, il attirera son attention. Elle devra alors sortir et se diriger vers l'ouest du palais. Le plan lui indique où se trouvent l'entrée des domestiques et la porte dont elle possède la clé. Elle devra monter l'escalier et, lui a-t-il promis de tout son cœur, il sera là à l'attendre.

» Elle l'a vu lui faire signe peu après minuit et elle a eu du mal à s'esquiver, tant l'endroit est bondé. Elle a mémorisé le plan et trouvé l'embrasure de la porte facilement. Elle a glissé la clé dans la serrure.

» L'entrée éclairée à la bougie est petite et intime et il n'y a nulle part où aller excepté en haut de l'escalier. En montant, elle s'est émerveillée devant la balustrade en bois sculpté qui représente un homme et une femme entremêlés de façon érotique, leurs formes se répétant à l'infini dans différentes positions sexuelles sur toute la montée, de sorte que ses doigts effleurent la taille de la femme, ses cuisses et ses seins, les bras de l'homme, ses cuisses et ses fesses.

» En haut de l'escalier, il y a une porte sculptée avec autant de finesse que la balustrade, mais elle ne représente qu'un seul couple en bas-relief qui s'embrasse sous un arbre chargé de fruits. Les bras du couple sont entremêlés aux branches de l'arbre, comme s'ils formaient un ménage à trois et que l'homme, la femme et l'arbre étaient tous amants.

» Elle a ouvert la porte et elle l'a vu debout devant la fenêtre. Eclairé à la lueur de la bougie, il porte un masque de soie noir et seulement le bas de son costume ; il donne l'impression d'être dangereux et délicieux à la fois. Il est torse nu et sa peau brille légèrement, comme s'il avait couru pour arriver à temps. Sa peau semble brûlante et elle se sent irrésistiblement attirée par lui.

» Dès qu'elle l'a aperçu, son corps a réagi avec intensité. Elle tend la main vers lui, pour sentir sa peau sous ses doigts. Pour s'assurer qu'il est bien réel. Pour sentir son cœur battre plus vite. Pour savoir qu'il est aussi impatient qu'elle. Elle a la bouche sèche, et son sexe est moite.

» Sur la table, près de la fenêtre, se trouvent une bouteille de vin et deux verres déjà remplis. Il s'empare des deux verres et se dirige vers elle. Elle aussi porte un masque — de la même couleur bleu nuit avec des fils d'argent que sa robe — et lui, comme toujours, a eu instantanément envie d'elle. L'avoir vue en public un peu plus tôt l'a rendu fou de désir pour elle. Mais maintenant qu'ils sont seuls, son désir s'est transformé en quelque chose d'autre. C'est comme si un feu intérieur le dévorait. Jamais aucune femme ne lui a fait autant d'effet. Il a eu envie de se jeter sur elle, de l'attirer à lui et de se perdre en elle. Mais il s'est rentenu.

» Rien n'est plus agréable que la douleur de l'attente. De savoir qu'elle est venue là pour lui et qu'elle a pris tant de risques pour cela. Il veut la séduire lentement pour qu'elle ait plus de plaisir. Pour pouvoir savourer cet instant. Puis il a envie de s'abandonner à sa précipitation pour qu'ensemble ils se laissent emporter.

» Il lui tend un verre couleur émeraude rempli de vin rouge. Et il lui sourit. Il lui murmure un mot : « Bienvenue ». Et il trinque avec elle.

» Il aperçoit des étincelles dans ses yeux et elle lui sourit avant de porter son verre à ses lèvres. Ensuite, pour prolonger le plaisir de l'attente, il lui fait visiter la pièce, en lui expliquant où les objets ont été conçus, d'où viennent les artistes et pourquoi il a choisi ce rose-là pour le damas qui recouvre les murs. Et pourquoi seul un certain charpentier de Milan était capable de faire la tête de lit. Cela aurait été intéressant s'ils n'avaient eu l'un et l'autre autant envie de faire l'amour. C'est comme une torture, mais c'est un jeu. Et ils sont passés maîtres à ce jeu-là, à tous les jeux. Cela fait partie de leur séduction mutuelle.

» Elle s'arrête face au miroir et elle semble hypnotisée par son propre reflet. Il s'approche, se place juste derrière elle et ils se regardent dans le reflet. Il passe son bras autour d'elle et commence à lui caresser les seins.

» D'une main, il enlève le peigne en argent qu'elle porte dans les cheveux et il est aussitôt envoûté par les émanations de son parfum capiteux, importé de France. Il inspire profondément.

» Elle sent le corps de son amant contre le sien, son torse large, son ventre plat, le renflement de son érection contre ses fesses. Elle se laisse aller en arrière de façon si furtive qu'il n'est pas sûr qu'elle en est consciente, mais il éprouve beaucoup de plaisir à la sentir tout contre lui. Elle sent à quel point il est excité et cela suffit à la rendre folle d'excitation à son tour, et elle attend avec impatience qu'il vienne en elle. Il n'est pas son premier amant depuis son mariage, mais il est le seul qui lui ait fait découvrir à quel point un homme et une femme peuvent avoir de plaisir ensemble.

» Il est transporté par sa seule présence.

» Il enfouit son visage dans la chevelure de son amante. Et elle observe cet homme, qui la surprend encore, dans le miroir, elle regarde ses yeux lourds de désir, puis sa main, qui caresse sa peau nue.

» A présent, l'exaltation qu'elle a ressentie toute la nuit devient la seule chose dont elle ait conscience. Les sensations entre ses jambes deviennent de plus en plus fortes, mais elle attend. Elle sait que plus ils font durer cet instant, plus l'orgasme sera intense. Serrant ses jambes l'une contre l'autre, elle le regarde tandis qu'il lui enlève sa robe et dénude ses seins devant le miroir. Elle ne peut détacher son regard des pointes érigées de ses seins. Ce ne sont pas réellement ses seins qu'elle regarde, mais les mains de son amant les caressant, ses doigts puissants et virils sur sa peau blanche et la façon dont les pointes rosées se dressent sous ses doigts. Ce n'est ni son corps à elle, ni son corps à lui mais la sensualité de l'image qu'elle a devant les yeux qui la mène au bord de l'orgasme. C'est le désir intense qu'elle voit — si clairement, de façon si frappante — dans le miroir. Elle est devenue une voyeuse de leur propre accouplement.

» Il n'a jamais rencontré une femme à qui il ait envie de donner tant de plaisir. Il regarde les pointes de ses seins se durcir dans le miroir et cela le fait sourire. C'est la preuve qu'elle ne fait pas semblant, comme le font certaines femmes. Il sent que le corps de son amante n'est pas indifférent à ses caresses, il le voit dans le miroir.

» Elle a les yeux mi-clos, les lèvres entrouvertes. Elle passe sa langue sur ses lèvres, de plus en plus humides, comme si elle cherchait à étancher sa soif.

» A moins, songe-t-il, qu'elle ne veuille lui faire penser à ses autres lèvres et lui suggérer qu'elles sont tout aussi ouvertes pour lui, tout aussi humides.

» Elle pose sa main sur celle de son amant, elle recouvre ses doigts qui s'attardent sur ses seins pour mieux sentir chacun de ses mouvements.

» Voyant à quel point elle est transportée par ses caresses, il dégage sa main pour lui ôter tout à fait son corsage, laissant le haut de son corps complètement nu. Ce qu'il voit dans le miroir lui coupe le souffle. Entre ses seins, une larme d'émeraude suspendue à une chaîne d'or la fait apparaître encore plus nue. Le contraste de la pierre d'un vert intense sur la peau d'une blancheur diaphane est aussi éblouissant qu'un tableau de Caravage.

Ni l'un ni l'autre n'ont jamais fait l'amour devant un miroir. Mais il lui dit qu'ils vont le faire. Chaque instant est vu et ressenti en même temps. Ils ne se regardent pas directement mais ils voient leur reflet. Ils se séduisent par la vue. La vue de lui la caressant et d'elle le regardant. Jamais elle ne sera face à lui, ni lui face à elle, et cela les excite d'autant plus.

» Il soulève le masque de son amante tandis qu'il la pénètre, éprouvant le besoin de voir son visage, de voir ses traits, son expression, lorsqu'il va et vient en elle. Elle regarde son visage à lui, et lui la regarde elle — son visage qui s'empourpre de plaisir, ses yeux qui s'éclairent — et les deux amants se regardent l'un l'autre tandis qu'ils sont terrassés par un violent orgasme.

Chapitre 21

— Marlowe ?

La voix de Gideon, comme le souffle de la brise, s'engouffra au creux de mon oreille — elle était légère, presque immatérielle, et elle me ramena au présent.

J'avais perdu toute conscience de la réalité, et j'étais désorientée.

Tout d'abord parce que j'avais apparemment été de nouveau en état de transe, plus profonde encore que celle dans laquelle j'avais sombré face à l'océan. J'avais disparu, j'avais oublié où j'étais, qu'il y avait quelqu'un d'autre avec moi, et même que j'avais parlé — créant cet autre monde — pendant au moins dix minutes.

Etais-je droguée ? victime d'illusions ? dérangée ?

Je n'en savais rien.

D'où venait l'histoire que je venais de raconter ? De quel lieu avait-elle jailli, presque comme si elle avait existé au préalable et que je l'avais simplement retransmise ?

Comment avais-je pu me plonger ainsi dans cette histoire ?

Et, plus inquiétant encore, comment avais-je pu avoir l'audace de la raconter à haute voix ?

Je ne me retournai pas pour regarder Gideon mais je savais qu'il était juste derrière moi, à ma gauche, parce que je le voyais dans le même miroir que celui que je venais de décrire. Et il me regardait lui aussi dans le miroir, exactement comme j'avais imaginé que les amants se regarderaient dans mon récit. Unis par le regard.

— Je ne sais pas ce qui s'est passé… Je…

Gideon ne sourit pas, et il ne me quitta pas du regard.

— Vous étiez totalement plongée dans l'histoire.

— Ça ne m'était jamais arrivé auparavant — pas comme ça —, je n'avais jamais perdu pied avec la réalité. Quand je suis seule, en train d'écrire, j'ai toujours l'impression de glisser vers un lieu proche du néant où les personnages sont réels et où je deviens chimère. Mais cela n'était jamais allé aussi loin. Même à la plage, j'avais toujours conscience d'être là et de votre présence, mais cette fois je n'étais même pas…

Je m'interrompis.

Il y eut un long moment pendant lequel ni l'un ni l'autre ne prononçâmes un mot, mais il continua de me regarder dans le miroir. Mon corps commença à réagir intensément, une chaleur monta dans ma poitrine, comme le rappel d'une faim dont on souffre et dont on prend soudain conscience. Deux secondes plus tôt, vous ne saviez même pas que vous sentiez ce vide en vous et maintenant vous mourez d'impatience de manger quelque chose.

— C'était une très belle histoire, dit-il enfin.

Son compliment, si dénué de malice et si sincère, me surprit.

— Merci.

— C'était parfait.

— Il y avait d'autres endroits que je voulais vous montrer pour d'autres scénarios. J'ai fait une liste. Je n'aurais jamais pensé que vous vous arrêteriez à la première idée.

— Pourquoi ?

Je m'étais retournée et, à présent, je donnais le dos au miroir et au spectre des amants que j'avais évoqués. Le charme était rompu et nous quittâmes la pièce pour revenir sur nos pas.

Je haussai les épaules.

— Je ne sais pas.

Gideon me regarda avec une lueur d'inquiétude dans les yeux.

— Y a-t-il un endroit dans le musée où nous pourrions boire un café ? Vous avez l'air un peu pâlichonne.

— Pâlichonne ?

— Oui, cela veut dire que vous êtes un peu blanche et que vous avez l'air fatigué.

— Je sais ce que cela veut dire. C'est juste un mot très vieux jeu.

— Mais je suis moi-même très vieux jeu.

— Vraiment ?

Il secoua la tête et se mit à rire.

— Non, pas vraiment. Mais ma grand-mère était institutrice et elle m'apprenait chaque jour un nouveau mot jusqu'à ce que j'aie l'âge d'aller à l'université. Après cela, elle s'était attendue à ce que je conserve cette saine habitude.

— Et l'avez-vous fait ?

Ces plaisanteries légères et un peu idiotes me permirent de décompresser après l'intensité du récit.

*
* *

Le café Petrie se trouvait au rez-de-chaussée, dans l'aile ouest du musée, récemment construite contre le bâtiment principal. Sa façade, en verre, donnait sur Central Park, verdoyant en cette matinée de mai.

Il y avait plusieurs tables libres et nous en trouvâmes une près de la fenêtre. De là où nous étions assis, je voyais l'Aiguille de Cléopâtre, des arbres en fleurs, des gens promenant leur chien, des nurses et les enfants dont elles s'occupaient, des mères et leur progéniture et quelques amoureux marchant d'un pas plus lent que tous les autres.

Gideon prit un café noir et moi un cappuccino. Il avait aussi commandé une assiette de biscuits et avait insisté pour que j'en prenne un.

— Vous êtes gênée, n'est-ce pas ? demanda-t-il.

— Oui..., laissai-je échapper pour aussitôt le regretter.

J'aurais préféré ne pas l'admettre, car c'était un client, et je n'avais aucune raison de lui faire part de mes sentiments.

— Pourquoi ? demanda-t-il.

— Vous ne le savez vraiment pas ?

— Eh bien..., je suppose que c'est à cause de ce que vous avez dit, mais c'était magnifique — aussi bien l'histoire que de vous voir ainsi, totalement absorbée par ce que vous racontiez. C'est ainsi que tous les artistes créent. Les véritables artistes, ajouta-t-il.

Une de ses mains était posée sur la table, les doigts écartés, les veines apparentes. Mon regard s'arrêta sur ses cicatrices et, de nouveau, je ressentis l'envie d'en retracer le contour avec mes doigts. Je me demandai ce qu'il avait fait pour se couper si souvent. Et avec un instrument qui n'était pas droit de surcroît. La plupart des cicatrices étaient incurvées comme de minuscules croissants de lune.

Ce n'était pas un rendez-vous amical, et il aurait été déplacé que je lui pose des questions personnelles. Il m'avait engagée, ce qui faisait de lui mon patron en quelque sorte. Il n'avait évoqué aucun sujet personnel dans la voiture, sur le chemin de la plage, la semaine précédente, et je ne m'attendais pas à ce qu'il le fasse maintenant.

— Qu'est-il arrivé à vos mains ?

Je n'avais pu m'en empêcher.

— Vous avez tellement d'imagination que je vais vous laisser le deviner.

Je vis une lueur de malice passer dans ses yeux verts.

— Ce n'est pas juste !

Il fut sans pitié et resta immobile et silencieux, le sourire aux lèvres.

— Vous vous êtes fait cela à la pêche ?

Il éclata de rire.

— Qu'est-ce qui a bien pu vous faire penser à la pêche ?

Je haussai les épaules.

— Pensez-vous vraiment que je sois pêcheur ?

— Je n'ai aucune idée de ce que vous pouvez faire, mais la forme de vos cicatrices m'a fait penser qu'elles avaient pu être provoquées par des hameçons.

— Des hameçons ? Dans ce cas, vous ne devriez pas vous arrêter aux pêcheurs. Les bouchers utilisent des crochets, ils sont un peu plus gros que les hameçons, mais ils ont la même forme. Peut-être que je suis boucher.

Je regardai de nouveau ses mains. Il y avait une certaine grâce dans la façon dont elles évoluaient. La façon révérencieuse dont il avait pris sa petite cuillère pour remuer son café tout en tenant sa tasse de l'autre main. Il était évident pour moi qu'il était très sensible aux formes qu'il touchait. Je ne parvenais pas à imaginer l'homme qui était assis en face de moi, vêtu d'une chemise bleue et d'un jean, avec une mèche de cheveux lui tombant sur les yeux, debout derrière un comptoir en train de trancher une côte de bœuf. Mais je savais qu'il travaillait avec ses mains, d'une manière ou d'une autre.

— Non, vous n'êtes pas boucher.

— Si. Et je suis mortifié parce que vous avez un a priori contre les bouchers. Je l'ai vu tout de suite à la façon dont vous avez prononcé le mot en vous reculant sur votre siège.

— Je n'ai jamais fait ça.

Il hocha la tête.

— Si, vous l'avez fait.

Je scrutai son visage. Etait-il sérieux ? Son attitude ne me donnait pas le moindre indice. Il arrêta de sourire et sembla vraiment vexé. L'avais-je insulté ? Puis il se remit à rire.

— Non, je ne suis pas boucher, ne vous inquiétez pas. Mais peut-être pouvez-vous retenter votre chance et essayer de deviner ?

— Je dirais que vous êtes musicien, mais cela n'expliquerait en rien les cicatrices.

— Non. Une autre proposition ?

Autour de nous, la salle s'était remplie, et un couple

de personnes âgées qui cherchaient une table s'approcha. L'homme avait remarqué que nos tasses étaient vides, et il demanda à Gideon si nous avions bientôt terminé.

— En fait, nous avons terminé et nous allions partir, dit-il de bonne grâce en se levant, mettant ainsi un terme à notre jeu de devinettes.

Nous sortîmes du café, il ne m'avait toujours pas dit ce qu'il faisait, et je ne voulais pas le lui demander de nouveau.

— Je n'étais pas venu ici depuis longtemps, et je vais me balader un peu, dit-il une fois que nous fûmes arrivés près de la sortie du musée.

Il me congédiait. Mais ce qui me surprit le plus, c'était l'importance que cela avait pour moi. Avant que j'aie le temps de me poser des questions sur ce que je ressentais, il dit :

— Devez-vous retourner au magasin ? Ou voulez-vous vous promener avec moi ?

J'étais réellement contente qu'il me l'ait demandé, mais je décidai de ne pas trop y penser.

Nous nous rendîmes à l'étage, celui des collections européennes, parce que Gideon voulait voir les sculptures de Rodin.

La salle tout en longueur avait été conçue pour ressembler à une galerie d'art du XIXe, avec de nombreux tableaux accrochés les uns au-dessus des autres, et un grand nombre de sculptures. Gideon s'arrêta devant chacune d'elles et les étudia d'un œil attentif.

Le premier marbre sur lequel il s'attarda fut *Le Baiser*, une étude grandeur nature sur la sensualité. Deux amants enlacés. Un tourbillon d'émotion. Il n'y avait aucune urgence, rien de débridé dans leur intimité. C'était plutôt un instant suspendu dans le temps, un interlude chantant les louanges de deux corps nus, assis, en pleine étreinte. Chaque point où leurs corps se touchaient — leurs bras, leurs jambes, leurs lèvres — était un tendre hommage à la relation qui les liait. Ce n'étaient pas de jeunes amants qui ne pouvaient pas s'enlacer assez vite, mais plutôt un homme et une femme qui avaient été ensemble depuis assez longtemps pour s'abandonner avec délices l'un à l'autre.

C'était toute la passion de Rodin qui était contenue dans cette sculpture. J'avais lu un certain nombre de choses sur l'artiste et sa sensualité effrénée — mais ce n'était pas l'émotion dominante qui transparaissait dans cette œuvre.

Le marbre rayonnait comme si la pierre renfermait une bougie, faisant briller la surface dure comme une peau fine et lumineuse. Plus que tout, je voulais tendre la main, la faire descendre dans le dos de l'homme, puis poser ma paume sur sa poitrine et sentir les battements de son cœur.

Gideon ne disait rien. Il était captivé par la sculpture et absorbé par elle d'une façon qui m'excluait sans pour autant m'insulter.

Lorsqu'il eut terminé, nous passâmes à *La Main de Dieu*, un autre marbre représentant une énorme main masculine abritant un autre couple d'amants enlacés, en train de faire l'amour.

J'avais déjà vu cette sculpture des dizaines de fois depuis que je vivais à New York, ces quatre années pendant lesquelles j'étais venue au musée au moins deux fois par mois. Et habituellement, je traversais ces galeries en m'arrêtant sur un seul tableau ou une sculpture. Mais à présent que je me tenais face à *La Main de Dieu* avec

Gideon près de moi, je la voyais différemment. Dans cette sculpture, d'une certaine manière, la sexualité s'apparentait à une agression. Comme un rappel de ce que je n'avais pas, de ce que je n'avais pas eu, et de quelque chose que j'avais cessé de rechercher — et dont j'avais même accepté l'absence avec soulagement.

— Quoi ?

Je regardai dans la direction de Gideon, de nouveau confuse, vu que je n'avais rien dit.

— Qu'est-ce qui ne va pas ? demanda-t-il cette fois.

Il s'approcha de la sculpture.

— Il y a quelque chose dans cette sculpture qui vous dérange, reprit-il. Vous ne l'aimez pas ? Certains pensent que c'est trop sentimental.

— Ce n'est pas ça…

Jamais je n'aurais pu expliquer ce que je pensais à cet instant. Ni de quelle façon la sculpture me rappelait ce que je n'avais pas. Ni comment il semblait savoir, une fois de plus, que j'étais préoccupée par quelque chose.

— Je vous aurais conduit dans cette galerie si la chambre, au rez-de-chaussée, ne vous avait pas plu.

— Quelle aurait été l'histoire ici ? Peut-être qu'elle me plairait davantage après tout.

Sa voix était pleine d'espièglerie. Et cela me prit au dépourvu.

— Ce n'est pas juste. Vous m'avez littéralement mise à l'épreuve dans la chambre vénitienne. Et je crois que je suis à court d'idées.

— A combien de lieux aviez-vous pensé ? Qu'auriez-vous fait si je n'avais aimé ni la chambre, ni les sculptures de Rodin ? Où serions-nous allés ensuite ? Montrez-moi…

Chapitre 22

Nous marchâmes jusqu'au bout de la galerie et, une fois arrivés dans l'entrée, nous prîmes l'ascenseur pour nous rendre au dernier étage. Les portes s'ouvrirent et nous sortîmes sur le jardin ensoleillé qui se trouvait sur le toit du musée.

En général, les gens s'attendent à y trouver des massifs de fleurs recherchées, des arbres exotiques ou des plantations de nature artistique, mais cet espace de six cents mètres carrés est bordé d'une simple haie de buis et d'une longue pergola en bois sur laquelle court de la glycine, à l'ombre de laquelle on peut s'abriter.

Cette absence d'ornement met en valeur la vue extraordinaire. A l'ouest, au sud, comme au nord, on voit la totalité de Central Park. Le faîte des arbres, de centaines de verts différents, s'étend jusqu'aux abords du parc, là où les gratte-ciel s'élèvent comme des sentinelles protectrices au-dessus du terrain de jeu le plus fragile de la ville. Et, au-delà des gratte-ciel, s'étendent des kilomètres de ciel bleu.

Il est difficile de tout embrasser du regard. Tant de

beauté, de force, de créativité et de fragilité à la fois que c'est presque trop.

Et, au premier plan, la première chose que l'on voyait était l'art lui-même. Ici, des sculptures.

— J'ai toujours pensé, dis-je, qu'il était injuste de la part du musée de demander à ces sculptures de rivaliser avec la vue.

— Je ne pense pas que cela dérange cette sculpture, elle est même sans doute flattée, dit Gideon en examinant une œuvre imposante de la fin du XXe siècle.

La sculpture était en aluminium si lustré que la surface brillait de mille feux, et elle rappelait la forme des buildings qui nous entouraient.

— Je ne savais pas qu'il y avait une sculpture de Nelson ici, dit Gideon comme s'il se parlait à lui-même mais suffisamment fort pour que je l'entende. Il doit s'agir d'une nouvelle acquisition.

— Vous le connaissez ?

Il fit un signe de la tête.

— Il a été mon professeur. Et mon mentor.

Voilà qui expliquait les cicatrices. Il était sculpteur. J'aurais dû le deviner à la façon dont il avait examiné les Rodin un peu plus tôt. Il ne s'y était pas intéressé comme le font habituellement les visiteurs de musées. Et ce n'était que maintenant que je comprenais l'expression que j'avais vue sur son visage : le profond respect que seul un artiste peut témoigner à un autre artiste.

Qu'ils aiment une œuvre ou non, qu'ils en admirent le style ou non, il y a un respect que la plupart des artistes se vouent les uns aux autres.

— Seriez-vous un sculpteur ?

Il hocha la tête.

— Je ne suis ni pêcheur, ni boucher. Les cicatrices viennent des outils que j'utilise, je ne suis pas aussi patient que je devrais l'être. Je suis pris par ce que je fais, et je vais trop vite.

— Vous avez un studio à New York ?

— Je n'ai pas de studio à moi. J'enseignais à Cornwell et je vivais à Ithaca, mais j'ai quitté mon job il y a peu de temps. Nelson est en Italie et j'utilise son loft en attendant d'en trouver un.

— Etiez-vous titulaire ?

Il acquiesça.

— Et vous avez démissionné ?

— C'est une longue histoire.

— Vous exposez ?

Je connaissais toutes les galeries, et j'étais soudain très curieuse.

Il mentionna le nom d'une galerie très prestigieuse de SoHo.

— J'ai donné deux expositions en solo au cours des dernières années et j'ai participé à quelques expositions collectives.

— J'aimerais voir ce que vous faites.

— Vous pouvez venir au studio un de ces jours.

— J'aimerais voir vos sculptures avant d'écrire d'autres lettres pour vous.

— Pourquoi ?

Je ne savais pas pourquoi j'avais un besoin si urgent de les voir tout à coup, ni pourquoi je le lui avais dit si spontanément. Je haussai les épaules.

— J'ai besoin de voir ce que vous créez. Je ne peux pas écrire comme si c'était vous qui écriviez… sans avoir une idée plus précise de qui vous êtes, de ce que vous pensez, et surtout de vos œuvres.

— Mais vous vous en sortiez très bien face à l'océan et dans la chambre vénitienne.

Nous fîmes le tour de l'immense sculpture de Nelson, puis celui d'un énorme bronze de Rodin appelé *les Bourgeois de Calais*. Nous restâmes silencieux devant une œuvre amusante de Claes Oldenburg qui représentait un trombone géant sur le côté, puis nous observâmes un nu couché de Maillol.

— Qu'est-ce que le fait d'en savoir plus sur moi ajoutera aux récits ? demanda Gideon tandis que nous regardions le parc, du côté de la façade ouest.

— Cela m'aidera à y inclure des détails précis qui rendront évident le fait que ces visions sont les vôtres.

Il secoua la tête.

— Non, je n'ai pas voulu remplir un questionnaire, pas plus que je ne veux que vous intégriez ce genre de choses dans les récits. Ce que vous faites ne diffère en rien de ce que fait quelqu'un qui prend une poignée d'argile pour la façonner et lui donner une forme. Il y a une sorte de plénitude. Et je ne veux pas que vous preniez votre argile et que vous y mettiez mes doigts, juste parce que je vous les aurais prêtés pour l'occasion.

— Cela veut-il dire que je ne peux pas voir vos sculptures ?

— Vous pouvez les voir, mais pas pour de mauvaises raisons.

— D'accord. Et si je vous disais que j'ai envie de les voir parce que vous avez vu ce que je fais ? Parce que je suis curieuse de voir à quel point vous avez du talent. Et parce que je suis une artiste et que je risque d'apprendre quelque chose à travers votre travail. Ces raisons vous conviennent-elles mieux ?

Il y en avait une autre, mais je n'étais pas prête à la livrer à haute voix. Je ne me laissais même pas la liberté d'y penser. En outre, je n'étais même pas sûre que ce fût une bonne raison. C'était sans doute la plus mauvaise idée que j'avais eue depuis longtemps.

Je voulais voir ses sculptures parce que je voulais savoir si elles allaient m'émouvoir. Mais une fois que je le saurais, qu'adviendrait-il de bon ? Je ne voulais pas être attirée par Gideon. C'était impossible.

Chapitre 23

Nous prîmes l'ascenseur jusqu'au rez-de-chaussée et nous nous dirigeâmes vers la sortie principale. Nous traversâmes la galerie de photographie. Je n'avais pas prévu de passer par là et j'avais complètement oublié que nous arriverions forcément ici. Même si j'avais des affinités avec la photographie et que je pensais que c'était un art au même titre que les autres, il me semblait toujours déplacé au Met. Comme si cet art était en quelque sorte arrivé sur le tard et qu'il ne faisait pas véritablement partie de la même famille. Le musée d'Art moderne, un peu plus loin du centre-ville, lui convenait beaucoup mieux, du moins ma mère et moi étions d'accord sur ce point.

Pour des raisons évidentes, la galerie de photographies du Met présente toujours les dernières expositions. On y trouvait un mélange éclectique qui comprenait des exemples datant du début du siècle dernier, époque des balbutiements de cette forme d'art, et aussi une douzaine d'œuvres expérimentales allant des dernières décennies à l'époque actuelle. L'accrochage changeait souvent : les photographies — même les meilleures — étant bien moins chères que des tableaux originaux ou des sculptures, le musée en possédait une large collection et changeait régulièrement ce qui était exposé.

Tandis que nous flânions, Gideon allait d'une photographie à l'autre, et je l'observai, curieuse de voir ce qui allait attirer son attention.

Sur l'épreuve aux nuances platines, le nu tournait le dos au photographe. Il y avait très peu de lumière dans la photo. C'étaient principalement des noirs, des gris foncé, et une douzaine de tons différents entre les deux. Aussi lourds que du velours. Une de ses marques de fabrique. Des intérieurs sombres. Des situations sombres. Des émotions sombres. Ses mains pendaient de chaque côté de son corps, comme si elle était restée là, à regarder, pendant un long moment. Elle avait la tête tournée vers la porte entrouverte : un homme était sur le point d'entrer. On le savait à la façon dont les doigts de l'homme étaient appuyés sur le bois de la porte. Et aussi à la façon dont la lumière entrait, illuminant le devant de la femme — la partie d'elle qu'on ne voyait pas.

Sa nudité n'avait rien d'artistique. Le photographe suggérait un scénario salace. Il était en position d'intrus et de voyeur. Il était certes talentueux et sensible, mais il n'en restait pas moins un intrus.

L'œil allait de la main de l'homme sur la porte à la silhouette de la femme. Elle émergeait lentement de l'ombre pour devenir le principal point d'attraction.

Ses longues jambes nues attiraient le regard du spectateur vers là où elles s'écartaient, légèrement, en haut des cuisses. Elles étaient trop loin l'une de l'autre pour que ce fût accidentel. Trop loin pour que cela ne fût pas suggestif.

Elle invitait non seulement son amant, mais aussi le spectateur.

Je jetai un coup d'œil en direction de Gideon, qui était captivé par la photographie.

— Qu'en pensez-vous ? demandai-je.

— Il y a beaucoup de puissance dans cette photo.

Dans un sursaut de culpabilité, je jetai un nouveau coup d'œil à la photo, essayant de toutes mes forces de me faire une nouvelle impression, comme si je ne l'avais jamais vue auparavant, tout en étant consciente que je n'étais pas très douée en matière de dissociation mentale.

— Elle vous plaît ? demanda-t-il.

Je haussai les épaules, sans trop savoir ce que j'avais envie de dire, ni à quel point j'avais envie d'expliquer ce que je ressentais à quelqu'un que je ne connaissais pas très bien.

J'avais attendu trop longtemps pour pouvoir répondre.

— Pensez-vous que c'est humiliant ? demanda-t-il, essayant visiblement de deviner ce qui me déplaisait.

— Non. Je connais le photographe, c'est tout. Et il m'est difficile d'être objective.

— A en juger par votre expression, vous ne l'aimez pas beaucoup.

— C'est compliqué.

— Désolé.

— Non, vous ne pouviez pas savoir. Je ne savais même pas qu'il y avait une de ses photos ici. Cela doit être une nouvelle acquisition.

Pour la première fois, je jetai un coup d'œil sur la carte qui se trouvait sous la photographie.

Embrasure de porte.
Cole Ballinger — Américain, 1975 —
Donation de la compagnie Banfield

Pendant un instant, j'oubliai tout ce que je savais du Cole que j'avais connu et aimé. Il devait être si content, pensai-je, d'avoir une de ses photos dans un musée aussi important. Et en dépit de tout ce que je ressentais, et de tout ce que j'essayais de ne pas ressentir, je ne pus m'empêcher de penser quel honneur c'était. Et je fus aussi ravie pour mon beau-père et ma mère qui, je le savais, devaient être très fiers.

Ils habitaient à Santa Fe à présent, et je ne les voyais pas aussi souvent que lorsqu'ils vivaient dans le Vermont. Mais j'appelais ma mère au moins une fois par semaine et nous échangions régulièrement des e-mails.

Nous avions traversé beaucoup d'épreuves ensemble à la mort de mon père, lorsque nous étions toutes les trois, elle, ma petite sœur — qui vivait maintenant à Los Angeles et était également photographe — et moi. Et j'avais grandi trop vite. Je suppose que je pourrais trouver un thérapeute pour m'en plaindre, mais jamais je ne l'avais regretté. J'avais eu une enfance très riche, avec une mère dévouée qui était de surcroît une artiste de talent. Et même si j'avais parfois souffert de son absence aux réunions entre parents et professeurs, elle s'était largement rattrapée en m'incluant dans sa vie sur d'autres plans. Nous étions très proches.

Alors pourquoi ne m'avait-elle pas dit que cette photo se trouvait dans le musée ? Jamais je ne lui avais avoué à quel point le désaccord entre Cole et moi était profond. Il était devenu facile de passer ce désaccord sous silence à présent que la famille ne se réunissait plus si souvent, maintenant que nous vivions tous si loin les uns des autres. Elle n'avait aucune raison d'éviter de me parler de lui, à moins qu'il ne le lui ait demandé.

— Marlowe, ce n'est pas parce que vous vous êtes ouverte à quelqu'un une fois — quoi qu'il se soit passé — que vous devez rester fermée à tout jamais. Cela vous est préjudiciable. A vous, et aussi à votre âme en tant qu'artiste.

— Je ne suis pas fermée…

Il m'interrompit.

— Si, vous l'êtes. Votre visage est fermé. Vous avez les bras croisés sur votre poitrine. Vous vous reculez si je m'approche pour vous dire quelque chose. Vous regardez ailleurs si…

— Non, non, ce n'est pas vrai.

Il hocha la tête, m'indiquant que je devrais prêter attention au langage de mon corps. Ce que je fis. Mes bras étaient exactement tels qu'il les avait décrits. Je me concentrai sur ma posture : j'étais en position de recul, à un tel point que cela était presque inconfortable.

Son regard était trop intense, et je détournai les yeux pour les poser de nouveau sur la photographie. Son message était encore plus profondément troublant. J'étais prise au piège, entre une vérité sur Cole, une autre sur moi et un défi lancé par Gideon.

— Vous avez l'air de quelqu'un qui attend un terrible verdict, dit Gideon.

Je me détournai de la photographie.

— Non, plus maintenant.

— Tant mieux, dit-il.

Mais sa voix était toujours inquiète et d'une certaine façon rassurante, et elle me fit le même effet que s'il avait mis ses bras autour de mes épaules. Cela faisait longtemps que je n'avais pas entendu un homme me parler de façon aussi affectueuse, ce qui eut pour effet de me faire me sentir reconnaissante et plus calme. Je levai les yeux sur son visage, et nos regards se croisèrent. Le contact fut d'abord doux, puis dense. Plein de sollicitude, il se transforma pour devenir pénétrant.

Le déclic sexuel qui se fit profondément en moi était inattendu. Et non désiré. Et tandis que je me tenais là, au milieu des gens qui affluaient autour de nous sans porter attention aux œuvres d'art qui étaient sur les murs, Gideon se trouvait face à moi, et il n'était plus un client. Il n'était plus un étranger non plus.

Il avait lu l'expression dans mes yeux, et il l'avait comprise.

Et je ne savais pas comment y répondre.

Chapitre 24

Je trouvai un message de Vivienne Chancey sur mon répondeur lorsque je rentrai chez moi, me disant que les lettres que j'avais écrites pour elle avaient fait des merveilles dans sa relation naissante, mais qu'elle avait un passage à vide et qu'elle avait besoin de me demander de lui rendre un service.

— Je vais vous envoyer par e-mail une photographie que j'ai prise du désert, là où je me trouve en ce moment. Si je vous l'envoie aujourd'hui, pouvez-vous écrire quelque chose en rapport avec le désert et ce que je ressens et le faire très rapidement ? Ce que je ressens lié au fait qu'il me manque, je veux dire. Je sais qu'il n'est pas juste de ma part de vous demander de le faire aussi vite, mais j'en ai vraiment besoin aussitôt que possible.

Le message se termina. Et le suivant commença. Au début, personne ne parlait, il y eut un instant de silence, un autre, puis un troisième. Et juste au moment où j'allais appuyer sur le bouton Effacer, j'entendis la voix de Cole.

— Marlowe, as-tu eu mon dernier message ? Je pense

qu'on devrait résoudre ça ensemble avant que ta mère et mon père n'arrivent et…

J'appuyai sur le bouton Stop, l'interrompant du même coup. Peu importait ce qu'il allait dire. Nous avions dépassé depuis longtemps la période des disputes ou de la recherche d'un éventuel terrain d'entente.

Je fus de nouveau en colère contre Jeff pour avoir dit à mon demi-frère que j'avais vu l'invitation. J'avais envie de l'appeler et de le lui faire savoir. Ou de sauter dans un taxi pour me rendre à son bureau et lui demander comment il avait pu oser se mêler de ce qui ne le regardait pas alors qu'on ne lui avait rien demandé.

Mais cela n'aurait rien arrangé.

Le problème n'était pas Jeff, mais Cole.

Il n'avait même pas dit son nom dans le message, il avait supposé que je reconnaîtrais sa voix. C'était tellement révélateur de sa personnalité et de la façon dont il avait l'impression d'être le centre de l'univers. Et, plus insidieux encore, Cole avait réussi à manipuler les gens de sorte que tous les regards convergent vers lui, sans même qu'ils s'en aperçoivent.

C'était exactement l'opposé de Gideon, n'attirant jamais l'attention sur lui tout en la reportant sur les autres.

Et sur moi.

Même si c'était difficile à admettre.

Gideon avait été attentif à mon égard, et je m'étais sentie importante. Comme si ce que j'avais à dire et à offrir comptait, et cela m'avait encouragée à m'ouvrir à lui.

Tremblante, je m'éloignai du téléphone, je m'assis sur le lit, pris un oreiller bleu cobalt en soie et le serrai contre ma poitrine. Je fermai les yeux.

Les boucles brunes et les yeux vert agate furent la

première chose que je vis. La peau hâlée et les pommettes saillantes. La lèvre inférieure charnue. Les longs doigts. Les cicatrices.

Mon estomac se noua.

Après avoir passé du temps avec lui ce matin-là, je n'étais pas sûre de mieux connaître Gideon, mais j'en savais un peu plus sur lui.

Il était sculpteur. Il avait enseigné à l'université de Cornwell à Ithaca, à New York, et il avait été titulaire. Il avait été leur artiste iconoclaste résident, avait-il dit tandis que nous regardions d'autres photographies. Le plus jeune professeur de l'université. Mais il avait démissionné.

Pour une raison qu'il n'avait pas mentionnée.

Je savais qu'il aimait le café noir et les cookies. Il portait de préférence des jeans et il avait toujours une vieille Rolex au poignet, qui avait sans doute dû appartenir à son père tant elle était rayée.

C'était le peu que je savais.

Non, il y avait autre chose que je savais.

Gideon était capable de lire sur mon visage comme dans un livre ouvert. Il savait ce que je pensais rien qu'en me regardant dans les yeux et en observant la façon dont je bougeais. Et personne avant lui n'avait su faire cela. Pas même Cole. Pas même lorsque mon visage était gravé dans ses pupilles. Pas même lorsque nous vivions sous le même toit avec ma mère et son père, et que nous mangions tous à la même table, matin et soir.

On en revenait toujours à Cole. Mais cela n'allait pas durer. C'était juste parce que son exposition allait débuter deux semaines plus tard. Seulement parce que l'enfant terrible de la scène actuelle de la photographie, l'homme qui était destiné à hériter de la renommée d'Helmut Newton, était sur le point de gravir un échelon supplémentaire dans sa carrière.

Et on en revenait toujours à Cole parce que, pour une raison qui m'échappait, il voulait ma bénédiction avant d'accéder à ce nouveau tremplin.

Mais je n'étais pas qualifiée pour donner ma bénédiction à qui que ce soit. Je ne pouvais pas absoudre mon demi-frère. Je ne pouvais même pas lui pardonner.

Si Cole cherchait la rédemption, il allait devoir la trouver ailleurs. Il avait fait des choix, et tous reposaient sur ce qui était mieux pour lui. Jusque là il ne s'était jamais préoccupé de ce que je pensais. Pourquoi commencer maintenant ?

Certainement pas par égard pour moi.

Il devait s'agir d'autre chose.

Ma mère et mon beau-père ?

Non, sans doute pas, il ne se souciait pas suffisamment des autres pour cela.

Les photographes étaient ainsi, n'est-ce pas ? En dépit de ce qu'il m'avait promis, il avait utilisé certaines des photographies qu'il avait prises de moi. A commencer par celle qui figurait sur l'invitation. Et je supposais qu'il devait y en avoir d'autres dans l'exposition. Et il savait — au plus profond de lui — que ce qu'il faisait était mal. Sauf que Cole ne s'était jamais senti coupable. La culpabilité était un sentiment trop altruiste pour lui. La raison devait donc être plus égoïste.

De quoi pouvait-il s'agir ? Avait-il peur que je puisse lui nuire ? Après toutes ces années, qu'aurais-je bien pu faire ?

Gideon m'avait regardée dans les yeux et m'avait dit

que je donnais l'impression d'attendre un terrible verdict. Et il avait raison. Cela faisait deux ans que je l'attendais. Depuis ma dernière conversation avec Cole. La conversation que Kenneth avait entendue.

Chapitre 25

La nuit suivante, je m'assis face à mon ordinateur et je parcourus le récit que j'avais écrit pour Gideon, celui qui se passait au musée. Je l'avais enfin terminé, et en le lisant je me sentis de nouveau gênée.

C'était une émotion nouvelle pour moi, ce rougissement intérieur que personne ne pouvait voir. Cela faisait des mois que j'écrivais pour Ephemera, mais cela ne m'était jamais arrivé jusque-là.

Gideon m'avait expliqué qu'il n'avait pas accès à ses e-mails, et il m'avait demandé de lui envoyer une copie du récit par courrier. Il avait prévu de le réécrire de sa main et de l'envoyer dès qu'il le recevrait. Mais je ne pouvais pas imaginer de le regarder en face après qu'il m'aurait lu ces mots et ces phrases.

Ce n'étaient pas mes fantasmes. Ni les siens. Et malgré tout, plus que tout ce que j'avais écrit jusque-là, ils étaient personnels. J'étais certaine que si j'avais été seule, s'il n'avait pas été avec moi au musée, jamais je n'aurais inventé la scène de la chambre vénitienne.

Incapable de me mettre à travailler, je me mis à relire

la lettre que j'avais écrite pour Vivienne Chancey, un peu plus tôt dans la matinée.

En m'appuyant sur la photographie d'un désert aride, j'avais inventé un scénario à propos d'une femme se languissant de son amant, imaginant qu'il la rejoignait, l'attendant avec impatience. Je fus surprise de voir à quel point les deux récits que j'avais écrits pour Gideon m'avaient influencée. Il y avait plus de passion dans cette lettre que j'avais écrite pour Vivienne que dans les autres lettres que j'avais écrites pour elle.

Au moins, elle avait bénéficié de mon état d'esprit actuel.

Je tapai son adresse e-mail, y joignis la lettre et appuyai sur le bouton « Envoyer ».

Ensuite, je repris le récit que j'avais écrit pour Gideon et le relus une fois de plus. Après y avoir apporté quelques corrections, je lançai l'impression. A cet instant, le téléphone sonna, et je jetai un coup d'œil à l'identité de l'appelant avant de décrocher. C'était ma mère.

Après quelques minutes d'une conversation qui n'avait visiblement aucun rapport avec l'objet de son appel, elle me dit qu'elle avait parlé à Cole et qu'il se faisait du souci pour moi.

— C'est gentil de sa part. Il ne devrait pas s'inquiéter.

Je me dirigeai vers un grand fauteuil qui se trouvait du côté salon, le téléphone toujours collé à mon oreille, et j'enlevai une pile de papier origami que je mis sur le sol avant de m'asseoir.

— Marlowe, je n'ai pas voulu me mêler de ce qui ne me regardait pas, mais Tyler et moi nous nous inquiétons. Pourquoi Cole et toi ne pouvez-vous pas régler vos différends ?

Tout cela s'était passé depuis si longtemps que je n'avais aucune raison de la blesser maintenant. Je ne lui avais jamais rien dit. Je n'avais jamais voulu qu'elle se sente responsable ou coupable de n'avoir pas vu ce qui se passait sous ses propres yeux.

— Il n'y a pas de problème. Nous ne nous voyons jamais parce que Tyler et toi avez déménagé et que nous ne faisons plus de grandes réunions familiales. Et comment allez-vous, Tyler et toi ?

— Pourquoi est-ce que je n'arrive pas à te croire ? demanda-t-elle, sans répondre à ma question.

— Je ne sais pas, dis-je pour éviter de répondre. A ce propos, pourquoi ne m'as-tu pas dit que Cole avait une de ses photographies exposée au *Metropolitan Museum* ? J'étais là-bas l'autre jour et je suis passée devant. Sais-tu à quel point ça m'a fait bizarre ?

— Je ne te l'ai pas dit parce que Cole m'a demandé de ne pas le faire. En janvier, quand il est venu ici, il nous l'a annoncé et il a dit qu'il t'en parlerait lui-même. Mais ce soir, il m'a dit que tu n'avais répondu à aucun de ses appels depuis des semaines.

— A vrai dire, ça fait plus que des semaines, répondis-je. Cela dit, je suis surprise qu'il t'en ait parlé.

— Pourquoi ?

L'imprimante s'était arrêtée et le silence avait envahi la pièce, comme un nouveau bruit. Je me levai et allumai le lecteur de CD, me fichant pas mal de savoir quel disque se trouvait à l'intérieur, voulant seulement remplir l'espace qui contenait toutes sortes de mots et de pensées que je ne voulais pas entendre.

— Quel est le problème entre toi et Cole, Marlowe ? Te rappelles-tu à quel point vous étiez liés ?

— Ce n'est rien. On a grandi ensemble, puis on s'est éloignés l'un de l'autre.

— Rien n'est jamais rien avec toi, Marlowe. Tu ne laisses pas les gens tomber, tu es bien trop sensible pour cela. Tu te mets à leur place et tu les comprends. Tu te soucies d'eux et tu es profondément loyale. Tu as même conservé des amis depuis l'école primaire. Et Cole est ton demi-frère, tu ne t'éloignes pas de ceux que tu aimes.

— Merci pour cette séance d'analyse. Depuis quand as-tu abandonné la photographie ?

— Et les sarcasmes ne te ressemblent pas non plus. Cela veut dire que j'ai vu juste. Que se passe-t-il, ma chérie ? Je ne comprends pas. Tu aurais plutôt tendance à un peu trop t'accrocher aux personnalités difficiles. Tu aimes leur complexité, leur profondeur, tu ne t'attaches pas à la surface des choses. Et une fois que tu as examiné les choses en profondeur, tu comprends et tu pardonnes.

— Tu es en train de faire toute une histoire de quelque chose qui n'est sans doute rien de plus qu'une rivalité entre frère et sœur.

— La rivalité entre frère et sœur concerne les enfants.

— Bon, d'accord, alors disons qu'il s'agit de jalousie professionnelle. Et que j'en ai assez d'être sans cesse comparée à l'artiste le plus doué de la famille.

Ma mère ne dit rien. Je la connaissais assez pour pouvoir l'imaginer en ce moment même. Elle jouait probablement avec le fermoir de sa montre, la même qu'elle portait lorsque j'étais enfant. Elle avait appartenu à mon père avant sa mort. Et lorsqu'elle réfléchissait ou lorsqu'elle était contrariée, elle ouvrait et refermait nerveusement le fermoir. Je tendis l'oreille et perçus le bruit familier du cliquetis métallique. J'avais très peu de souvenirs de mon père, il avait été journaliste et il était mort lorsque j'avais quatre ans, tué en Amérique du Sud alors qu'il couvrait un événement.

— Tu sais, j'ai failli te croire pendant un instant, dit ma mère.

— Pourquoi ne vas-tu pas jusqu'au bout ? Pourquoi ne veux-tu pas te décider à me croire ?

— Parce que j'ai du mal à imaginer que tu puisses être jalouse. Tu peux en vouloir à quelqu'un, un petit peu, tu peux être légèrement agacée de ne pas avoir percé davantage dans ton travail. Mais au point de ne plus parler à Cole et de refuser de lui répondre au téléphone ? Non, tu ne me feras pas avaler ça.

Je poussai un long soupir. Involontairement. Si j'avais réfléchi, je l'aurais réprimé.

— Maintenant, tu vas me mettre en colère, dit ma mère.

— Pour quelle raison ?

— Parce que tu gardes ça pour toi.

— C'est ma prérogative.

C'était une vieille expression familiale. Ma mère était une personne très secrète. C'était une artiste qui était devenue mère, lorsqu'elle nous avait eues ma sœur et moi, et qui avait ensuite eu deux beaux-enfants. Elle pensait que nous avions tous le droit à une certaine intimité et que nous devions également respecter la sienne et celle de mon beau-père. A la maison, la phrase que nous répétions souvent était : « C'est ma prérogative », lorsque nous avions l'impression que quelqu'un faisait intrusion dans notre espace vital et que nous avions besoin d'être seuls.

Tout à coup, j'entendis ma mère se mettre à rire. Ce doux bruit avait bercé les plus beaux moments de mon enfance. Elle adorait les histoires drôles, et elle nous écoutait lui en raconter. Elle nous taquinait, nous faisait des chatouilles et nous encourageait à faire les folles. En entendant son rire retentir, je me rendis compte à quel point elle me manquait.

Depuis que ma mère et mon beau-père avaient déménagé à Santa Fe, je ne les voyais plus beaucoup. Lorsque nous n'étions qu'à trois heures de route, j'allais souvent les voir le temps d'un week-end ou de quelques jours de vacances. Maintenant ce n'était plus aussi simple, il fallait prévoir le voyage à l'avance et réserver un billet d'avion.

— Tyler et moi, nous venons à New York au mois de juin.

C'était presque comme si elle avait lu dans mes pensées.

— C'est super, je suis impatiente de vous voir.

Je savais pourquoi ils venaient, mais je voulais qu'elle me le dise.

— Vous venez en vacances ? demandai-je.

— Oui, en partie.

J'attendis. Elle attendit. Et finalement je dis :

— Et l'autre partie du temps ?

— Je pensais que tu le savais. Cole expose à la galerie Chelsea. Ce sera une grande soirée. On est invités, tu es invitée. Il a dit qu'il t'avait envoyé…

— C'est très excitant.

A l'instant où je l'interrompis, je savais que ma voix était tout sauf excitée.

— Il est si jeune pour recevoir un si grand honneur. J'avais quarante ans lorsque j'ai exposé seule pour la première fois, et Tyler en avait quarante-cinq.

Je hochai la tête et, prenant conscience qu'elle ne pouvait pas me voir, je dis :

— Et vous restez combien de temps ?

— Mais, bon Dieu, que se passe-t-il, Marlowe ? N'étais-tu pas au courant pour l'exposition ? Pourquoi n'as-tu rien à en dire ? Même si tu es fâchée avec Cole, cela ne peut pas être sérieux au point que tu ne puisses pas te réjouir pour lui ! C'est un incroyable accomplissement.

Je me levai et avançai jusqu'à la table qui se trouvait dans l'entrée, là où j'avais posé mon sac. Tenant toujours le téléphone d'une main, de l'autre je cherchai mon portable au fond de mon sac. Puis, avec l'index, je composai mon propre numéro, attendant d'entendre la sonnerie pour interrompre la conversation avec ma mère. J'attendis la fin de la première sonnerie.

— Ecoute, maman, je ne veux pas que tu t'inquiètes pour ça, mais j'ai un appel sur l'autre ligne. Envoie-moi les dates par e-mail, et réservez-moi un peu de votre temps. Je suis très impatiente de vous voir.

Après avoir raccroché, je retirai les quatre pages de l'imprimante. Espaces doubles. Police Helvetica 12.

En tenant le papier assez loin de soi pour qu'on ne puisse pas déchiffrer les mots, tout ce qu'on voit est une figure représentant des lignes droites, des courbes, des cercles et des angles. Des taches noires dénuées de sens dans un ordre apparemment aléatoire. A cette distance, les paroles torrides étaient illisibles. Ce n'était plus qu'un dessin arbitraire. Mais pour une raison qui m'échappait, cela eut pour effet de me calmer. Mon écriture n'était pas importante. C'était simplement une évasion. Dans les récits, les hommes et les femmes se faisaient des choses qui pouvaient les troubler, ils pouvaient s'enflammer, être excités, tandis que je restais à l'abri et en sécurité. Indemne et sans attache. Ni proche de qui que ce soit qui pouvait m'atteindre et m'ébranler.

Chapitre 26

Quatre jours plus tard, Gideon me donna rendez-vous chez Bergdorf Goodman, un des grands magasins les plus luxueux de New York. Il m'attendait au rez-de-chaussée, au rayon cosmétiques, au comptoir Guerlain.

Je sentais l'épaisseur du tapis sous mes pieds et, marchant vers lui, j'étais consciente du peu d'efforts que j'avais à fournir pour le rejoindre. En l'apercevant, je sentis mon souffle s'emballer, et ce n'est qu'en voyant qu'il me souriait que je compris que je devais être moi-même en train de lui sourire.

— Bonjour, dit-il. Je suis arrivé avec quelques minutes d'avance, et je pense que je suis au bord de l'overdose olfactive. Jusqu'à aujourd'hui, je n'avais jamais remarqué à quel point les femmes sont sérieuses lorsqu'elles font les magasins : c'est dommage, ça devrait pourtant être amusant.

Je me mis à rire.

— Pour ces femmes, faire les magasins est un sacerdoce, vous savez ! Pour elles, c'est comme une mission, il ne faut pas rire avec ça !

Nous étions face à un grand comptoir circulaire sur

lequel des bouteilles étincelantes reflétaient la lumière des lustres. Avec leurs courbes douces et leurs angles arrondis, elles semblaient supplier qu'on les prenne en main.

Les couleurs ambres et dorées liquides, les bleus-verts et les gris-bleus inspirés de la mer, les pastel subtilisés aux fleurs qui avaient inspiré les parfums, tout vous incitait à ôter les bouchons qui ressemblaient à des bijoux ou à des morceaux de métal précieux pour déposer quelques gouttes de parfum à l'intérieur de votre poignet.

— Avez-vous envoyé la lettre du musée ? demandai-je tandis que nous flânions autour du comptoir.

Il hésita pendant quelques secondes, pendant si peu de temps que ce fut même surprenant que je m'en sois rendu compte. Il soutint mon regard pendant une fraction de seconde, avant de répondre :

— Oui.

Puis il sourit. C'était un sourire qui avait quelque chose de secret, suggérant la réaction de la femme qui l'avait reçue. J'avais envie d'en savoir davantage. Et en même temps, je ne voulais rien savoir du tout.

Soudain, je fus heureuse que Gideon ne m'ait rien dit sur la femme dont il était l'amant. Si j'avais pu l'imaginer, me la représenter en train de lire les phrases que j'avais écrites, cela m'aurait dérangée. Peut-être même que cela m'aurait bloquée. Cela aussi, c'était nouveau pour moi. Je n'avais jamais été troublée avant par la personne à qui on envoyait mes lettres ou mes récits.

— Alors, voulez-vous entendre mon idée ?

— J'en ai d'avance le souffle coupé.

— Ce sont sans doute les parfums qui vous font cet effet.

Nous échangeâmes un sourire complice, puis je me lançai dans mon récit.

— J'ai pensé qu'un homme pourrait amener sa maîtresse ici pour choisir le parfum qui serait parfait pour elle.

— Et comment cela se passerait-il ?

Nous avions commencé un jeu, et nous le jouions ensemble, contrairement aux deux premières fois où j'avais été livrée à moi-même et à ma propre imagination.

Le climatiseur soufflait fort dans le magasin. Je mis mon pull sur mes épaules, en regardant Gideon prendre des flacons, les ouvrir, les sentir, et les remettre en place.

— Alors, c'est ce qu'il fait ? demanda-t-il.

— Il veut trouver le parfum qui lui conviendra parfaitement.

Il souleva un flacon d'Annick Goutal en forme de faucon, l'inhala, fronça les sourcils et le reposa sur le comptoir.

— C'est très difficile, dit-il, chacun est trop intense par lui-même. Je ne peux pas distinguer l'odeur du parfum dans la flacon de celle qu'il aura au contact de la chaleur de sa peau.

Je lui tendis un grand classique : Shalimar. Gideon le respira, puis il inclina le flacon, renversa quelques gouttes de parfum sur ses doigts, et les pressa sur mon poignet. Je sentis d'abord quelque chose de frais sur ma peau, puis la sensation de ses doigts persista, et je sentis les larmes me monter aux yeux.

Je restai la main tendue et il se pencha, comme il l'avait fait au-dessus des flacons. Lorsqu'il inhala le parfum, ses cheveux de jais tombèrent sur son visage et effleurèrent ma peau. Cette sensation me coupa le souffle.

Quelque chose allait de travers. Je n'aurais pas dû réagir ainsi.

— Il ne peut pas vraiment choisir le parfum seul, si ?

— Non, repris-je d'une voix un peu tremblante, il doit demander à une vendeuse de l'aider. Il choisit celle qui, d'après lui, ressemble le plus à la femme qu'il aime. Elle est contente de pouvoir l'aider. Mais quelque chose d'étrange se produit pendant qu'ils essaient les parfums. Il sent plus que le parfum, poursuivis-je d'une voix plus assurée. Il la sent, elle. Ce qu'il sent sous les huiles et les molécules synthétiques, c'est son odeur charnelle, et elle l'attire de façon irrésistible. Elle l'attire plus encore que tout ce qu'il a senti jusque-là. C'est comme si, toute sa vie, il avait connu son essence primitive, sans en avoir eu conscience. Il veut se fondre dans ce parfum, et en elle.

Gideon avait les yeux posés sur moi maintenant, et il approuvait. Pas ouvertement, mais avec subtilité, par un mouvement à peine perceptible, juste assez pour que je sache qu'il se glissait dans l'histoire avec moi, et qu'il était plongé dans le rêve.

— Cela ne dérange pas la vendeuse. Elle aime lui faire découvrir de nouvelles senteurs. Et elle aime la sensation de ses cheveux si doux sur sa peau lorsqu'il se penche au-dessus d'elle — presque comme s'il priait — pour respirer son odeur. Mais ils commencent à avoir exploré tous les recoins de ses poignets, et lorsqu'il choisit un nouveau parfum, elle prend la main de l'homme et, au lieu de la presser sur son bras, elle la porte derrière son oreille, sous ses cheveux, sur cette partie de son corps qui est à l'abri des regards.

» Même s'il sait qu'il ne devrait pas, il se penche vers elle. Il la prend par les épaules et il…

A cet instant, Gideon dirigea la main vers mon cou, releva mes cheveux, et il s'arrêta. L'expression de son regard reflétait sans doute la mienne, tandis que nous prenions conscience de la même chose, au même instant. Lequel d'entre nous avait découragé l'autre ?

Cela n'avait pas d'importance. Le charme était rompu aussi sûrement que si un des flacons en cristal s'était brisé sur le sol avant de répandre dans l'air une odeur irrespirable, alors que le flacon était si délicat, doux et sensuel, parfaitement harmonieux.

— Je crois que cela ne va pas marcher. Je ne peux pas vous faire envoyer une lettre à propos d'un homme qui séduit une pauvre petite vendeuse alors que sa maîtresse se languit de lui.

Il se mit à rire.

— Oui, ce n'est pas exactement l'idée qu'on cherche à faire passer.

— Je suis désolée, fis-je en riant à mon tour, même si mon rire était un peu éteint et angoissé. C'est juste le tour qu'a pris le récit.

— Ça n'a pas d'importance. C'est incroyable comme vous parvenez à vous lancer dans un récit ; c'est comme si vous vous glissiez dans la peau de quelqu'un d'autre.

Je haussai les épaules. Je ne voulais pas le lui dire, je ne voulais même pas l'accepter moi-même, mais cela était tout à fait atypique chez moi. Les histoires ne me venaient pas en général si facilement. Je ne disparaissais pas non plus si profondément en elles.

Et je n'avais pas l'habitude d'être inspirée par mes clients.

Chapitre 27

Nous nous rendions l'un et l'autre au centre-ville, alors nous marchâmes ensemble vers la station de métro.

Calmement assis côte à côte, nous avancions à toute allure dans les tunnels souterrains. Lorsque le métro s'arrêta brusquement à la station 42e Rue, nos jambes s'entrechoquèrent. Son jean touchait maintenant quelques centimètres de mon pantalon, et j'étais incapable de penser à autre chose. Je sentis une vague de chaleur à travers le tissu. Et pendant quelques instants, je ne sus pas si je devais bouger ou non. Je savais que j'aurais dû. Ou qu'il aurait dû. Mais aucun de nous ne le fit.

Tout ce qui se trouvait autour de nous disparut. Il n'y avait plus personne ni devant moi, ni derrière moi, ni de l'autre côté de la rame. Les bruits du métro se dissipèrent. J'avais perdu toute autre sensation : seul existait cet unique point de contact.

Je ne savais pas comment j'étais supposée réagir dans ce genre de situation. Je ne sortais pas avec cet homme. Je travaillais avec lui. Pire encore, je l'aidais à séduire une femme qui lui plaisait. Et malgré tout, nous vivions dans un monde à part lorsque nous étions ensemble. Un paysage déroutant qui éveillait mes sens et mon imagination de manière inhabituelle.

Nous sortîmes à la station *Spring Street*. Je me rendis à Ephemera et Gideon à son studio. Ils étaient dans la même direction, et nous avions trois pâtés de maison à marcher ensemble.

Il était plus grand que moi d'au moins dix centimètres, et comme il avait de très longues jambes, il marchait bien plus vite que moi. Je dus accélérer pour rester au même niveau que lui, et quand il s'en aperçut, il ralentit le pas.

— Je suis désolé.

— Vous êtes pressé ? Vous avez un rendez-vous ?

— Le propriétaire de ma galerie doit venir me voir, mais pas avant une heure. Il a un acheteur pour une sculpture que je suis en train de terminer.

— J'aimerais vraiment voir ce que vous faites.

Je m'étonnai moi-même. J'avais déjà abordé le sujet sans avoir obtenu la réaction escomptée, et maintenant j'insistais, dépassant les limites. Mais cela m'avait tout simplement échappé.

Pour être honnête, je devais admettre que c'était plus que de la simple curiosité. La veille, j'avais été tentée de regarder sur le Net si certaines de ses œuvres étaient en ligne. Mais je ne l'avais pas fait. Je ne voulais pas céder à l'envie que j'avais de faire des recherches sur lui. Cela aurait trop ressemblé à une lycéenne qui, ayant eu un coup de foudre, attend devant la maison du garçon en prétendant être tombée sur lui par hasard.

— J'espère que vous ne serez pas fâchée, mais j'ai parlé à Tyler Fisk — c'est le propriétaire de la galerie, celui avec qui j'ai rendez-vous — de vos collages.

— Vraiment ?

— Cela vous ennuie ?

Je secouai la tête.

Cole m'avait promis, des années plus tôt, qu'il allait m'aider à trouver une galerie. Les choses avaient été plutôt faciles pour lui avec les contacts de son père et de ma mère dans le monde de la photographie, toutes sortes de portes s'étaient ouvertes. A vingt ans, il avait déjà travaillé pour *Vogue* et *Bazaar*. A vingt-cinq ans, une de ses photographies s'était vendue vingt-cinq mille dollars lors d'une vente aux enchères chez Sotheby's. Et maintenant, à trente et un ans, une exposition lui était entièrement consacrée. Pendant ce temps, je n'avais pas avancé d'un pouce dans mon travail. Ce que je faisais ne rentrait dans aucune catégorie établie. Les marchands d'art que ma mère connaissait ne s'occupaient que de photographie et selon eux, mes travaux ne pouvaient intéresser que des galeries spécialisées dans les beaux-arts. Et les galeries de beaux-arts trouvaient que mes œuvres étaient trop photographiques.

C'était devenu une question de fierté pour moi. J'avais besoin de prouver que mon travail pouvait intéresser les gens en tant qu'œuvres d'art en soi, et non à cause du nom de ma mère, de mon beau-père ou de mon demi-frère.

Mais à présent que Gideon m'offrait son aide, je ressentais les choses différemment. Pourquoi ?

— C'est vraiment très gentil de votre part.

— Je sais ce qu'on ressent lorsqu'on est dans votre position et à quel point il peut être démoralisant de faire des œuvres d'art que personne ne voit jamais. Je sais que créer ce en quoi vous croyez, et le faire pour vous-même, est ce qui est important à vos yeux. Mais au bout d'un moment, on a besoin que quelqu'un réagisse à ce qu'on fait. On a besoin de voir quelqu'un regarder ses œuvres, et de savoir qu'il y a une communication.

— Tout ce qui m'importe, c'est de pouvoir le faire. Le succès n'a jamais été mon but, dis-je.

— Ce n'est pas de succès que je parle, mais d'échange. Lorsqu'on peint, qu'on sculpte, qu'on assemble un collage, nous employons nos sens et notre âme pour créer quelque chose qui apparaît comme par magie. Nous disons quelque chose. Et l'acte qui consiste à le dire et le processus de création ne nous apprennent pas tout ce que nous avons besoin de savoir. Pour aller plus loin, nous devons pouvoir en parler et en débattre avec d'autres, entendre d'autres personnes en parler. C'est un peu comme faire l'amour par opposition à la masturbation.

Pendant qu'il parlait, je n'avais cessé d'acquiescer. Il avait exprimé tout ce que je ressentais, tout ce que j'avais ressenti pendant ces dernières années. Mais lorsqu'il avait employé l'analogie sexuelle, j'avais marqué un temps d'arrêt. Tout à coup, il m'avait emmenée sur un terrain sur lequel je ne voulais pas aller.

Je ne comprenais plus l'acte de faire l'amour de la façon dont le concevait Gideon. Je ne savais pas du tout ce qu'on pouvait ressentir lorsqu'on communiquait avec quelqu'un à travers l'acte qui consistait à baiser. Je pensais l'avoir su autrefois, mais lorsque j'avais découvert que cet homme s'était servi de moi, qu'il m'avait amenée à m'ouvrir à lui avant de comprendre qu'il avait profité de moi, j'avais commencé à réfléchir. Je lui avais donné beaucoup. Trop. Je ne savais pas qu'on pouvait donner autant de soi en faisant l'amour. Je ne l'avais pas su jusqu'à ce que j'aie tout donné. Jusqu'à ce qu'il soit parti avec.

Après cela, j'étais devenue prudente et je m'étais contrôlée. J'avais contenu mes propres fantasmes. J'avais observé. J'avais essayé d'apprendre. J'avais écouté. Je n'étais jamais restée longtemps avec quelqu'un parce que je n'étais jamais sûre de savoir ce que l'autre voulait vraiment. Même lorsque tout semblait simple et évident, je doutais. Et ils le sentaient.

Je ne savais pas ce que je voulais non plus.

Aussi était-il devenu plus facile de ne plus rien vouloir du tout.

Avec Kenneth, ma réticence avait eu l'effet opposé. Il trouvait cela attirant, disait-il — que je ne m'ouvre pas facilement voulait dire, pour lui, que je n'avais pas partagé mes sentiments avec beaucoup d'hommes. C'était agréable, m'avait-il dit. Mais à trop se focaliser sur mon absence d'engagement envers qui que ce soit avant lui, il n'avait pas vu que quelque chose manquait à mon engagement émotionnel envers lui.

Et ensuite, nous avions eu cette dispute à propos de mon passé la nuit avant son départ pour Venise.

Ce n'était qu'au cours des six derniers mois, depuis que j'avais commencé à écrire des lettres et des récits pour la boutique de Grace, que, malgré moi, j'avais commencé à réfléchir à ma propre sexualité. Tandis que j'écrivais des histoires sur d'autres gens, leurs aventures et leurs orgasmes, j'avais admis à quel point je ne m'étais pas donné la possibilité de vivre tout cela.

— Où étiez-vous partie à l'instant ? demanda Gideon.

— Que voulez-vous dire ?

— Vous vous êtes pour ainsi dire volatilisée. C'est comme si vous étiez partie très loin.

— Je pensais à ce que vous avez dit, et à quel point j'étais d'accord avec vous.

Nous étions arrivés à ma destination.

— Est-ce qu'on se voit demain matin ? demanda-t-il. Il faut qu'on vienne à bout de cette histoire sur l'odorat.

Je hochai la tête.

Pendant un instant, je fus envahie par la tristesse. Je ne voulais pas qu'il s'en aille. Cela n'avait aucun sens.

— Où ? demanda-t-il.

— Je vous appellerai un peu plus tard. J'ai besoin de trouver ce que nous devrions essayer la prochaine fois, dis-je, percevant nettement la dureté de ma propre voix.

Je m'étais déjà repliée sur moi-même, réagissant à son départ comme si j'avais été rejetée.

— Et je vous dirai ce que mon acheteur aura dit lorsque je lui aurai proposé de fixer un rendez-vous pour voir votre travail.

Je haussai les épaules.

— Bon, d'accord.

— Cachez votre joie.

Sa voix était plus froide qu'elle l'avait été dix secondes plus tôt.

Je ne savais pas quoi lui dire, ni comment lui expliquer pourquoi je n'étais pas plus reconnaissante ou enthousiaste.

Il m'avait aidée à voir que je me trouvais face à un mur et il m'avait montré là où les briques étaient mal fixées. Il m'avait même proposé de m'aider à les arracher et je n'avais pas répondu. Je ne voulais pas de son aide — de l'aide d'un homme. Ni dans ma vie personnelle, ni dans mon art. Parce que je savais — j'avais appris à mes dépens — que même un homme qui n'avait à cœur que mon intérêt finirait, si son travail était en jeu, par agir de façon égoïste.

Chapitre 28

Je ne savais pas trop quoi suggérer d'autre pour le récit sur l'odorat, jusqu'à ce que je rentre chez moi à pied, en fin d'après-midi, et que je passe devant un homme portant un gros bouquet de fleurs.

Pourquoi ne pas se concentrer, non pas sur une seule odeur, mais sur une abondance de parfums ?

Ce fut ce que je suggérai au répondeur de Gideon ce soir-là. Je lui laissai l'adresse où il pouvait me rejoindre le lendemain, et je lui dis qu'il pouvait m'appeler si cela ne lui convenait pas.

Allongée sur mon lit, quelques heures plus tard, je pensai à la femme pour qui j'écrivais ces récits. J'essayai de l'imaginer de nouveau, mais je n'avais rien à quoi me raccrocher, excepté la personne qui l'attirait, peut-être même qu'elle aimait : Gideon.

J'avais aimé, de façon très différente, deux hommes. J'avais éprouvé des sentiments pour d'autres hommes, mais seuls ces deux-là avaient éveillé en moi de profondes émotions. Non seulement ils étaient l'opposé l'un de l'autre, mais le genre d'émotion que j'avais ressentie pour eux était, elle aussi, tout à fait différente.

Le premier homme ressemblait à un ouragan. J'avais été sous son emprise, incapable de lutter contre lui. Il m'avait déshabillée et il m'avait mise à nu. Il avait donné vie à chaque centimètre de ma peau nue, et à chacune des terminaisons nerveuses de mon corps. Il m'avait pris mon besoin de nourriture, de sommeil, de distraction, de vie sociale. Il n'y avait rien de doux ou d'apaisant dans le tourbillon de sensations qui s'agitait en moi lorsque j'étais avec Cole. Et il n'y avait rien que je ne pouvais imaginer faire pour lui ou avec lui. Alors toutes ces choses, je les avais faites. Sans honte et sans pudeur, je m'étais ouverte pour lui, comme un arbre frappé par la foudre, fendu en son milieu et montrant son cœur sans aucune modestie.

Il avait pris de moi ce que je lui avais offert, sans jamais se demander si c'était pour mon bien ou non. Cole voulait ce que je voulais. C'était ce que je pensais. Ce qu'il m'avait donné en retour, c'était précisément cela : son désir éhonté.

J'avais été fière de savoir que rien de ce que j'aurais pu dire ou faire ne l'aurait dérangé ou ne lui aurait fait peur. Plus j'avais puisé en moi pour essayer de le choquer, plus il s'était délecté. J'avais fait tourner la terre pour lui. J'avais fait tomber la pluie. J'avais éclairé le ciel, je lui avais donné tout ce que j'avais à offrir.

Dix ans plus tard, plus rien n'était pareil. Tomber amoureuse de Kenneth avait été comme avancer à la surface d'un lac sur un canot, petit mais bien entretenu, avec des équipements en cuivre. Chacun de nous avait ramé, plongeant à peine les avirons dans l'eau. Nous avions senti le soleil sur nos visages, nous avions levé les yeux, puis nous les avions refermés, regardant toujours au-dehors, jamais à l'intérieur. Mon reflet à la surface de l'eau avait toujours été serein et clair. Et l'eau elle-même n'avait été ni sombre ni trouble, mais d'un bleu aussi éclatant que celui du ciel. L'ensemble de mes traits s'était affiché distinctement dans l'image inversée qui me regardait.

Le temps passant, je n'en avais pas donné plus à Kenneth, et j'avais attendu de voir à quel point il allait être exigeant, pour finir par découvrir qu'il ne demandait rien. Cela avait été une relation facile. Pas d'épreuves déchirantes, pas de tiraillements. Si je m'étais demandé ce que j'aurais perdu en l'aimant simplement, sans désir ardent et soif insatiable, je ne m'en souvenais pas.

Kenneth avait été une délivrance. J'avais pu oublier la fille qui s'était déshabillée, qui avait écarté les jambes, ouvert la bouche et ne pouvait se passer du garçon grand et maigre aux longs cheveux qui ne pouvait se passer d'elle.

Elle avait peu à peu disparu dans le passé, et je n'y avais plus pensé. Je l'avais oubliée comme on oublie une cicatrice si fine et si pâle qu'elle ne disparaît jamais. Je chérissais Kenneth pour celle que j'étais lorsque j'étais à ses côtés — quelqu'un qui n'était pas en proie à une violente passion.

A ce moment-là, je ne pensais pas faire semblant.

Après tout, nous changeons, nous nous métamorphosons. Nous évoluons pour devenir qui nous sommes, non pas en fonction des expériences que nous avons vécues, mais à cause de celles dont nous comprenons que nous ne sommes pas assez forts pour les revivre. Et je n'étais pas assez courageuse pour redevenir cette adolescente que j'étais — pas même dans une version adulte — pour qui les notions de honte et de trahison n'avaient aucune signification.

Je me tournai sur le côté et déplaçai les oreillers pour en mettre un plus frais contre mon visage. J'essayai de penser à quelque chose qui ne me tiendrait pas éveillée et qui, au contraire, pourrait me détendre et m'aider à m'endormir. Au lieu de cela, je pensai de nouveau à Gideon.

Comment était-il avec la femme qui recevait mes récits ? S'allongeait-elle nue devant lui en attendant qu'il lui fasse comprendre ce qu'il voulait, ou lui prenait-elle la main pour la poser sur ses seins et lui montrer à quel point elle avait envie de le sentir en elle ?

Que lui écrivait-elle dans ses lettres qui l'avait décidé à se lancer dans cette aventure très particulière ? Depuis combien de temps la connaissait-il ? La connaissait-il bien ? Son goût et son odeur étaient-ils gravés dans sa mémoire ? Ou n'en était-il pas à ce stade ? Répondait-il simplement au désir qu'elle lui témoignait ?

Lequel des deux avait esquissé le premier baiser, le premier signe de la façon dont les choses allaient évoluer ? Cet instant où un simple mouvement se transforme en invitation.

Je le voyais face à elle, ses cheveux tombant sur son visage, ses yeux noir et vert fixés sur elle, prenant son visage entre ses mains, restant ainsi pendant un moment, pour l'observer d'encore plus près, graver chacun de ses traits dans sa mémoire, attirer son attention, la séduire et lui donner envie d'aller plus loin.

Je savais — comment le savais-je ? — que, pour lui, l'attente était aussi importante que l'acte lui-même. Que son désir était source d'autant de plaisir que l'accomplissement de celui-ci.

Et à cause de cela, j'avais ressenti quelque chose que je n'avais pas ressenti depuis très longtemps.

Non pas l'envie. Mais le désir ardent.

Ce même désir ardent dont j'avais savouré chaque seconde, dont j'avais joué, et que j'avais vécu avec mon premier amant. Je me rappelais à quel point il avait donné du sel à chaque instant que nous avions passé ensemble.

Nous étions amers et doux à la fois, comme ces chocolats noirs au goût intense parfumés à l'orange. Le genre de chocolat qui ne se mange pas rapidement mais qu'on garde sur la langue, presque comme l'hostie qu'on donne à un communiant, que l'on laisse se dissoudre dans la bouche, et qui la laisse pleine de saveurs subtiles trop complexes à identifier.

Qui était-elle ?

Pourquoi écrivait-elle à Gideon ?

Que pouvait-il ajouter à la fin des récits que j'écrivais pour lui pour rendre les lettres plus personnelles, plus malicieuses, plus prometteuses, plus perverses, plus douces, plus tendres ?

Et à ce moment-là, alors que je commençais enfin à m'endormir, je me rendis compte qu'aucune de ces questions n'avait d'importance. En réalité, une seule en avait, une seule que j'avais besoin de comprendre avant que le jour se lève : en quoi tout cela pouvait-il avoir de l'importance pour moi ?

Chapitre 29

Le quartier des fleurs s'éveillait de bonne heure, bien avant les autres commerces à l'ouest de Midtown Manhattan, là où des hordes de petits fleuristes, de propriétaires de restaurants et de détaillants venaient étudier les offres du jour et choisir entre les centaines de milliers de fleurs fraîches qui étaient livrées chaque matin.

Le temps que j'arrive sur place, la circulation des piétons commençait à ralentir. Me trouver à un coin de rue, en plein milieu des voitures passant à toute allure et des bus laissant derrière eux une fumée nauséabonde, et être malgré tout submergée par le parfum des fleurs qui flottait dans l'air avaient quelque chose d'incongru.

Cette journée de la fin du mois de mai était exceptionnellement chaude, et j'avais enlevé mon pull noir pour le nouer autour de ma taille. Mon chemisier blanc et mon pantalon kaki commençaient déjà à me coller à la peau.

Je vis Gideon avant qu'il ne me vît, et je le regardai traverser la rue à grandes enjambées, scrutant le moindre détail de ce qui l'entourait de son regard observateur. C'était un truc d'artiste. Ma mère, Cole et mon beau-père le faisaient aussi, mais à travers l'objectif d'un appareil photo. Mon professeur et mentor, Kim Cassidy, le faisait en dessinant de petites esquisses sur un carnet à croquis qui ne la quittait jamais. Quelles que soient les autres formes d'art dans lesquelles elle excellait, c'étaient ces minutes d'observation qu'elle couchait sur le papier en moins de soixante secondes qui constituaient ses meilleures œuvres. J'avais moi aussi un carnet, mais mes dessins étaient médiocres. Je me demandai comment Gideon enregistrait ses impressions.

— Cet endroit est incroyable, dit-il en me tendant un gobelet en papier. Cappuccino, c'est ça ? demanda-t-il.

Je pris le café.

— C'est vraiment gentil.

— C'est tout moi, courtois jusqu'au bout des ongles.

— Et qu'est-ce qui vous gêne là-dedans ?

C'était lui à présent qui était surpris par quelque chose que j'avais dit.

— Dans tout ce qui ne touche pas à mon travail, je suis parfois bien trop conciliant.

— Et vous savez pourquoi ?

— Oui, le sais, mais le savoir ne m'aide pas.

— Alors, quelle en est la raison ?

— Je suis juste sacrément heureux de pouvoir faire ce que je fais de ma vie. J'ai failli perdre ma main autrefois, dans un accident de voiture.

Il releva le poignet de sa chemise et me montra d'anciennes cicatrices sur son poignet et sur son bras. Il reprit :

— Je suis resté à l'hôpital pendant pas mal de temps, à me demander si j'allais encore pouvoir sculpter, et cela m'a profondément changé.

Je hochai la tête, en signe de compréhension.

— Lorsque vous avez dit que vous êtes peu conciliant lorsqu'il s'agit de votre travail, qu'entendiez-vous par là ?

— Je suis trop obstiné pour mon bien. Je ne cède jamais. C'est pour ça que j'ai quitté *Cornell*. Moi et mes fichus principes.

Je bus une gorgée de café. Il était bon et fort.

— Que s'est-il passé ?

Il laissa échapper un rire sarcastique.

— Le doyen de l'école d'art avait autorisé les élèves à être dispensés du dessin des silhouettes, qui était une de leurs matières obligatoires. Je suis devenu fou. Comment peut-on briser les règles si on ne les connaît même pas ? J'ai refusé d'enseigner tant que cette matière n'était pas remise au programme. Elle ne l'a pas été, ce qui explique que je sois là.

Puis il haussa les épaules, comme si la conversation était sans importance. Il reprit :

— Alors, où sont toutes ces fleurs ?

Le premier stand débordait de tulipes. Des tulipes françaises avec de longues tiges encore en boutons, aux couleurs douces qui faisaient penser aux rideaux passés d'un château. Les fleurs étaient élégantes et luxuriantes, et les bouquets si gros que leur opulence en était presque embarrassante.

Mais les tulipes n'ont pas une odeur très distinctive, alors nous continuâmes notre chemin.

Avez-vous déjà passé une heure à marcher au milieu de fleurs coupées ? A les toucher et à les sentir ? En laissant leurs parfums se mélanger, se confondre et imprégner chacun de vos pores ?

Nous commençâmes par les lilas, achetant deux gros bouquets de fleurs de couleur lavande qui embaumaient sans qu'on ait à s'en approcher. Leur odeur était douce sans être écœurante, et fraîche comme aucun parfum ne peut l'être.

Ensuite, nous trouvâmes de précieux bouquets de jacinthes à l'arôme plus exotique et plus intense que les lilas. Lorsque je les sentis, mon cœur chavira. Je dus fermer les yeux et retenir mon souffle une fois que l'odeur fut en moi.

Au stand suivant, dans un coin, nous trouvâmes des lys qui répandaient leur lourd parfum, symbole de passion et de rituel. Ces fleurs symboles de Pâques étaient les seules dignes de la résurrection du Christ. Mais lorsque je les respire, je ne pense pas à la résurrection. Je pense à Marie trouvant une consolation dans leur fragrance. A la mère d'un homme qui pleure et dont les larmes se transforment en parfum.

Nous achetâmes également des roses.

Seules, elles peuvent sembler trop douces et trop familières. Mais mélangées à d'autres fleurs, elles sont différentes. Celles-ci étaient blanches et charnues et leur contour teinté d'un soupçon de rose. Elles parfumaient le reste du bouquet et lui apportaient une touche de nostalgie et de séduction surannée.

— Quel genre de fleurs aime-t-elle ? lui demandai-je tandis que nous avancions vers le stand suivant, les bras chargés d'un gros bouquet.

Il me regarda, mais c'est à elle qu'il pensa. Cependant, quelque chose dans son expression ne correspondait pas à ce à quoi je m'étais attendue. Aucun sourire. Aucun adoucissement de ses traits. Puis il ne pensa plus à elle et me vit de nouveau.

— Je ne la connais pas encore suffisamment pour le savoir. Je ne vous l'avais pas dit ?

— Non.

Je voulais en savoir plus. Comment avait-il pu devenir aussi obsédé par elle sans la connaître ? Je n'avais pas envie qu'il soit superficiel, ni qu'il soit tombé amoureux d'une image sans âme ou sans substance. Sauf que, quelle importance cela pouvait-il avoir ? En quoi le genre d'homme qu'il était pouvait avoir la moindre importance pour moi ?

— Je n'ai pas envie de parler d'elle. Dites-moi quel genre de fleurs vous préférez, dit-il. Montrez-les-moi.

Nous partîmes à leur recherche.

Des pivoines d'une blancheur délicate.

Chaque fleur faisait plus de vingt centimètres de large. Irrésistible, sauvage et provocante. J'avais envie de les prendre entre mes mains, de détacher un à un leurs pétales et de creuser encore pour trouver le centre de la fleur, là où étaient dissimulés quelques pétales couleur de sang et les étamines safran.

Je les montrai à Gideon.

Il se baissa, en ramassa deux douzaines et les apporta au marchand qui lui annonça le prix. Gideon paya.

— De quoi d'autre avons-nous besoin ? demanda-t-il.

S'il remarqua mon sourire de surprise, il ne fit aucun commentaire.

Nous nous promenâmes dans le marché aux fleurs pendant encore un quart d'heure, achetant d'autres fleurs jusqu'à ce que nous ne puissions plus rien porter d'autre, et nous hélâmes un taxi.

Dès que la portière se referma, le chauffeur nous dit :

— J'espère que vous n'allez pas loin, je suis allergique.

— Où allons-nous ? me demanda Gideon.

Je me rendis alors compte que je n'en avais pas la moindre idée. Où devrions-nous emmener les fleurs ? A mon loft ? Au sien ? Je n'y avais pas réfléchi. Et tout à coup, je le sus, de façon absolue.

— Dans la 79e Rue, à l'entrée de Central Park, dis-je au chauffeur.

Et en marmonnant quelque chose que je ne compris pas, il démarra.

Vingt minutes plus tard, Gideon me suivait, tandis que je le conduisais côté nord, passant devant un terrain de jeu, puis descendant le long d'un chemin qui bifurquait, et nous tournâmes à gauche pour prendre un autre sentier. D'un côté, il y avait une pelouse d'un vert intense, et de l'autre des bancs de bois où étaient assis de jeunes mères avec des poussettes et des retraités, profitant de la matinée.

Nous atteignîmes l'étang sur lequel flottaient des bateaux miniatures et nous en contournâmes la moitié. Une fois arrivés exactement là où se trouvait la sculpture de Christian Andersen, je sortis du sentier et commençai à escalader la colline qui menait aux cerisiers chargés de fleurs.

Il y avait une légère brise. Lorsque nous arrivâmes au niveau des arbres, le vent se mit à souffler et les pétales commencèrent à tomber comme une pluie rose. L'herbe sous les arbres était presque invisible sous l'épais tapis de feuillage.

Nous étions arrivés à destination.

Je posai les fleurs que je portais et il fit de même.

Une fois que nous les eûmes déposées, je pus les contempler et fus surprise de voir la quantité de fleurs que nous avions achetées. Il devait y en avoir au moins deux cents.

Les seules fleurs qu'il n'avait pas posées sur le sol, sous l'arbre, étaient les pivoines. Au lieu de cela, il me les tendit.

— Celles-ci sont pour vous, pas pour l'histoire.

Je me penchai au-dessus des grandes fleurs ouvertes, surprise par le geste. Etais-je séduite par l'homme ou par les fleurs ? Je n'étais pas sûre de le savoir. Elles étaient si épanouies que c'était comme s'il m'avait tendu un bouquet de suggestions érotiques.

Je me rappelai les premières pivoines qui avaient attiré mon attention. C'était dans notre maison du Vermont. Celles-là étaient roses et Cole les avait cueillies pour moi dans le jardin de ma mère, et il me les avait apportées au milieu de la nuit, dans ma chambre, où il était entré furtivement après que tout le monde se fut endormi. Il m'avait d'abord déshabillée, faisant glisser ma fine chemise de nuit sur mes épaules, puis sur mes hanches. Je m'étais donc retrouvée nue, allongée sur le lit, avec pour toute lumière la demi-lune qui brillait par la fenêtre. Puis, une à une, il avait déposé les fleurs sur moi. Me couvrant avec elles. M'habillant avec elles. Jusqu'à ce que je sois entièrement recouverte de fleurs. Enfin, lorsqu'on ne vit plus aucun centimètre de peau nue, il m'avait souri et il avait dit :

— Aussi belle qu'une image.

C'était là que tout avait commencé.

Quand nous avions fait l'amour cette nuit-là, nos corps avaient écrasé les fleurs. Et au matin, lorsque j'avais essayé d'en faire un bouquet, j'avais découvert que nous les avions abîmées. Mais j'avais gardé les pétales dans une enveloppe. Pendant des années.

Cela n'aurait pas d'importance si j'empruntais cette histoire pour Gideon. Les émotions qui y étaient attachées s'étaient décomposées, en même temps que le feuillage, des années plus tôt. Au moins, maintenant, cette histoire aurait son utilité. Et peut-être qu'en la recréant pour lui, je pourrais même préserver ce qui avait rendu ces fleurs si belles cette nuit-là, et le faire revivre, le transformer en quelque chose d'autre qu'un souvenir que j'avais gardé au fond d'un tiroir avec le reste des débris de cette ancienne liaison.

— Vous m'aviez encore abandonné.

— Je réfléchissais à la façon dont j'allais pouvoir commencer.

Nous nous assîmes au milieu des fleurs. Il était appuyé contre le tronc de l'arbre et il me regardait.

J'eus envie de détourner les yeux, mais je ne le fis pas.

— La femme est endormie. Elle pense que vous êtes loin et qu'elle ne vous reverra pas avant des semaines. Elle va se coucher chaque nuit en essayant de ne penser qu'à vous afin de rêver de vous, parce que parfois un rêve peut transformer quelque chose et le rendre réel. On peut le goûter, le toucher et le sentir, pendant quelques instants, et se laisser aller à penser qu'on n'est pas endormi mais éveillé. Et c'est ce qu'elle espère. Elle voudrait vous faire venir près d'elle pendant son sommeil pour que vous lui manquiez un peu moins. Parce que vous lui manquez tant qu'elle est devenue pâle, que ses joues se sont creusées et ses yeux se sont éteints. Et elle ressent comme une douleur en elle, qui ne la quitte pas.

» Les femmes ne sentent pas leur utérus — il est impossible de ressentir une cavité — mais nous pouvons ressentir le vide en nous. Et elle se sent tiraillée par le désir lorsqu'elle est en train de faire ceci ou cela.

» Cette nuit-là, elle croit être en train de rêver d'un jardin. Même dans son sommeil, elle sent le parfum des fleurs. Du jasmin, du lilas, des gardénias, des roses, des jacinthes. Dans son rêve, leurs arômes se mélangent jusqu'à ce qu'elle flotte au-dessus d'eux et qu'ils la portent dans les airs dans leurs bras faits de tiges et de feuilles.

» Elle sait qu'elle est nue. Elle touche sa propre peau, et elle sent quelque chose de plus léger et de plus doux que des doigts. Elle frissonne dans son sommeil. Les pointes de ses seins se durcissent. Et elle devient humide.

» C'est comme si le parfum l'avait excitée.

» Les effluves s'intensifient. Au début, c'était une couche épaisse, comme un fin drap de coton qu'on aurait déposé sur son corps. Puis elle a pris de l'épaisseur, comme si une couverture légère comme l'air avait été mise sur le drap. Les arômes se mêlent les uns aux autres et deviennent plus complexes.

» Elle gémit. Un instant, elle a l'impression d'avoir été embrassée par le parfum des lilas et des roses. Les effluves des fleurs la rendent somnolente, même dans son sommeil, mais elle a l'impression qu'ils la réveillent dans le même temps. Elle veut se raccrocher aux arômes, rester sous leur emprise aussi longtemps que possible.

» Elle veut respirer le parfum, le presser sur sa peau et qu'il fasse l'amour à chacun de ses pores. Elle veut s'en imprégner comme on s'imprègne des baisers d'un amant. Elle veut l'avaler pour qu'il fasse partie d'elle et qu'il parfume sa peau et ses cheveux.

Je n'avais pas remarqué que j'avais fermé les yeux jusqu'à ce que je les rouvre. Et ensuite la première chose que je vis — la seule chose — fut le visage de Gideon. Ses yeux vert agate étaient fixés sur moi.

— Ne vous arrêtez pas.

Sa voix était rauque et elle retentit comme une mise en garde. Mais, pour une raison perverse que je ne pouvais identifier, cela me donna plus que jamais l'envie de continuer. Plus rien d'autre n'avait d'importance. C'était comme si je piétinais quelque chose qui avait été important par le passé mais qui ne l'était plus et que je pouvais le détruire sans problème. J'avais besoin de continuer. De le profaner.

Je savais que je ne comprendrais ce que je faisais, ou comment je trouvais le courage de le faire sans avoir honte, que bien plus tard. Il y avait un temps pour toutes ces choses. Mais à cet instant, voir ces choses dans mon esprit et les dire à haute voix était absolument jouissif.

— Vous l'avez regardée dormir. Vous avez vu les expressions de son visage changer, paisible d'abord et ensuite un rien licencieux. Et plus vous la regardez, plus vous avez envie de la toucher. Non seulement avec les fleurs, comme vous l'avez fait jusque-là, mais aussi avec vos doigts, votre langue et votre sexe.

Je fus parcourue de frissons. J'avais franchi une ligne et j'avais l'impression de crier chaque mot à présent. Comme si je m'étais débarrassée d'un manteau d'hiver trop lourd, et que je pouvais maintenant respirer.

— Vous avez recouvert son corps de fleurs, comme une couverture qui aurait dissimulé son corps à votre vue. Et elle est toujours endormie. Vous avez envie qu'elle se réveille pour pouvoir vous approcher d'elle et la prendre dans vos bras. Pour qu'elle s'ouvre à vous et que vous disparaissiez en elle. Mais en même temps, vous ne voulez pas perdre l'expression de son visage. Parce que vous n'avez jamais vu une femme ainsi auparavant. Inconsciente. Irréfléchie, ne sachant pas qu'on la regarde. Affichant un désir si semblable à celui que vous ressentez, et qui n'a rien à voir avec un penchant timide. Ce n'est pas non plus une avidité vorace et insistante. Ce n'est ni masculin, ni féminin, ni pressant, ni retenu. C'est simplement un sentiment vrai. Un désir intense.

» Vous avez mis la dernière branche de lilas autour de ses épaules, et maintenant vous couvrez ses seins de roses. Un collier de rubis qui éclosent au contact de sa peau.

» Il ne vous reste plus que les pivoines. Les fleurs pures, blanches, charnues et épanouies. Mais elle est déjà entièrement couverte de fleurs, et il n'y a plus de place pour elles. Excepté, pensez-vous, entre ses jambes.

» Une des pivoines est plus ouverte que les autres, c'est celle que vous choisissez. Lentement, vous vous agenouillez entre ses cuisses, et vous effleurez son sexe avec les pétales. Vous la caressez dans un sens, puis dans l'autre, comme si vous maniiez une plume, comme un supplice de Tantale, vous écrasez les pétales contre ses lèvres.

» Votre propre corps commence à réagir et vous avez envie de balayer toutes les fleurs qui recouvrent sa peau et d'être au-dessus d'elle. Mais vous ne le faites pas, parce qu'il y a une chose que vous voulez plus encore.

» Elle ouvre les yeux, mais vous ne le voyez pas. Vous avez les yeux rivés entre ses jambes et vous êtes hypnotisé par la fleur que vous pressez sur ses contours et en elle. Ensuite, vous approchez votre visage.

» Et vous respirez. Intensément. L'arôme de la fleur dégage de nouveaux effluves, à la fois floraux et musqués. La fleur a pris un parfum différent, celui d'une femme — de cette femme. Et c'est ce qui vous fait chavirer, ce qui vous pousse au-delà du désir, au-delà de la pensée, et vous fait basculer dans la sensation pure. Ce parfum est bien plus puissant que celui des roses et du lilas, des héliotropes et des lys réunis. Il est plus puissant que les jacinthes et le jasmin.

» Elle voit tout cela sur votre visage, et, au même instant, elle s'abandonne à vous.

Chapitre 30

Un baiser est une chose à laquelle vous ne prêtez pas attention lorsque vous êtes en couple depuis longtemps. On le donne facilement, comme un merci, un au revoir, un bonjour, une ponctuation, un prélude à l'amour, une marque de réconfort ou de soutien.

Mais un premier baiser n'est rien de tout ça. C'est une invitation à la découverte d'un monde encore inconnu. C'est l'obscurité dans la lumière, la lumière dans l'obscurité. C'est une sensation étrangère. Cela commence peut-être au niveau de vos lèvres, mais cela circule dans tout votre corps et cela met chacune de vos cellules en effervescence. Cela vous met sens dessus dessous, vous devenez vos sensations, et vos pensées battent en retraite, cédant à l'intensité physique du baiser. Le reste de votre corps et de votre esprit se retire pour permettre l'union de quelques centimètres de chair, qui vous transporte en un lieu inconnu.

Il y a un type de premier baiser qui ressemble à un festin. Au commencement, il est aussi doux que du miel, et aussi frais que la menthe. Il vous nourrit de façon délicieuse, comme lorsqu'on goûte un mets délicat pour la première fois.

Doux et patient au début, il reste parfois ainsi. Et c'est très bien.

Mais il peut aussi se transformer en une activité plus intense.

Alors que ce n'est qu'un baiser, deux bouches qui se rencontrent, il trouve, au plus profond de votre âme, des sentiments oubliés qui sommeillent, prêts à s'éveiller et à jaillir.

Et ce baiser-là, s'il dure, se transforme en une sorte de blessure. Il met à vif chaque endroit où le désir monte et déferle… profondément, jusqu'aux vaisseaux sanguins et aux terminaisons nerveuses. Et à ce baiser peut se mêler une délicieuse tristesse si vous ne savez pas quel désir il peut combler, parce que c'est si nouveau pour vous que vous ne savez pas où chercher.

Il ressemble à une douce torture. Il semble indiquer une route qui se déploie devant vous et vous pensez que si vous la suivez là où elle vous conduit, vous trouverez la fin du baiser, qui sera le commencement de nouveaux baisers, de nouvelles sensations.

Sauf que, au fond de vous, il y a une autre réalité que vous ne voulez pas accepter. Et elle vous rappelle que vous avez déjà connu des premiers baisers et que vous savez que, même s'ils ont quelque chose de miraculeux, vous ne pouvez pas compter sur eux. Et même si vous avez l'impression que de nouveaux mondes s'ouvrent à vous, ils ne resteront peut-être pas ouverts très longtemps. Une part de vous avancera en ligne droite, tandis qu'une autre fera des zigzags. Et même si toutes vos parts morcelées veulent prendre la route et avancer sans s'arrêter, la route arrivera au pied d'une colline qu'une seule partie de vous pourra escalader.

Notre premier baiser fut comme une promesse.

Et même plus qu'une promesse.

Il fut à la fois doux et passionné. Aussi léger que le parfum des lilas et aussi profond que la couleur des roses. Une expérience où la découverte était aussi importante que la destination.

Et toutes ces choses, nous les avons ressenties l'un et l'autre. Je le sus immédiatement. Et cela, en soi, fit de cet instant quelque chose d'extraordinaire. Nous échangions le même baiser.

Sous l'arbre, tandis que des pétales pleuvaient sur nous, il pressa ses lèvres sur les miennes, et nos bouches s'ouvrirent au même instant, et le baiser sembla répondre aux questions que je n'avais jamais osé poser.

Lorsque nous nous écartâmes l'un de l'autre, à bout de souffle et troublés, aucun de nous ne prononça le moindre mot. Nous restâmes assis à nous regarder au milieu des centaines de fleurs que nous avions achetées au marché, qui commençaient à se faner.

Puis Gideon sourit.

A cet instant, nous ne nous souvenions plus de ce qui nous avait amenés ici. Nous n'étions plus les mêmes. Ce qui avait pu nous arriver avec d'autres n'avait plus d'importance.

J'oubliai, et il oublia, que nous étions venus là pour écrire un récit pour la femme avec qui il entretenait une relation. Et pendant ces quelques minutes d'oubli, nous restâmes l'un et l'autre silencieux. Nous nous délections de cet instant.

Il me prit la main, la retourna et porta la paume à

ses lèvres et il m'embrassa, différemment cette fois. Il me donna ce baiser sans rien attendre en retour. Sans chercher à en savoir plus sur moi, mais prodiguant des informations à une autre partie de mon corps, qui les accepta de bonne grâce. C'était encore plus intime parce que je le regardais, je le vis pencher la tête au-dessus de ma main, je sentis ses doigts sur les miens, je vis ses épaules s'approcher de moi.

— On ne peut pas faire ça, finis-je par dire.

— Pourquoi ?

— Vous êtes déjà avec quelqu'un, dis-je avec dépit.

J'étais choquée qu'il ait pu oublier. Et j'exultais qu'il ait pu oublier.

— Et vous, êtes-vous avec quelqu'un ?

Je secouai la tête.

— Je suis désolé, dit-il.

Je n'étais pas sûre de ce qu'il voulait dire par là — était-il désolé que je ne sois pas avec quelqu'un ou que lui le soit ? Ou était-il juste désolé de m'avoir embrassée ?

Cela n'avait pas d'importance. Je ne pouvais pas lui poser une telle question. Au lieu de cela, je lui dis :

— Ne soyez pas désolé.

— Avez-vous peur ?

Je hochai la tête.

— Comment le savez-vous ? Non, ne me dites pas que mon visage m'a encore trahie.

— C'est dans vos yeux. Mais ça n'a rien à voir avec le fait que je sois avec quelqu'un, si ? Quelque chose d'autre vous a effrayée.

J'acquiesçai d'un mouvement de tête.

— Quoi ?

— Je ne sais pas.

— Vraiment ?

— Je n'étais pas effrayée. Pas quand vous m'embrassiez.

— Non. J'ai remarqué. Si vous l'aviez été, j'aurais arrêté. Que s'est-il passé ensuite ?

Je ne le savais pas. J'avais envie de me détourner de lui. Je ne pouvais plus supporter de le regarder dans les yeux parce qu'à chaque fois il en apprenait un peu plus sur moi.

C'était cela qui m'avait effrayée, je le compris tout à coup.

— Vous savez ce que c'est, non ? dit-il.

Je repris ma main, surprise de constater qu'il la tenait toujours et qu'il l'avait serrée pendant tout le temps que nous parlions.

— Voulez-vous arrêter ? lui demandai-je, sans répondre à sa dernière question.

— Arrêter quoi ?

— Les récits. Dois-je arrêter de les écrire pour vous ? Je ne tiendrai pas compte de notre accord. Ça n'a pas d'importance. Je ne veux même pas être payée pour ce que j'ai déjà fait.

Je vis une lueur d'inquiétude dans son regard et son front se plissa.

— Non, je ne veux pas arrêter.

Il parlait des récits, non ? Pourquoi pensai-je qu'il parlait peut-être du baiser ? D'un autre baiser ? De plus qu'un baiser ?

— Pourquoi ne voulez-vous pas arrêter ?

— Parce que moi aussi j'ai peur, Marlowe. Et lorsque je ressens cela, j'ai envie de me jeter en plein milieu de ce qui me fait peur.

— C'est plutôt pervers.

— Parce que vous, vous affrontez la peur en la fuyant, cela fait de moi un pervers ?

— Je sais comment me protéger.

— Ou vous pensez savoir.

Je me sentis soudain triste. Comme si j'avais perçu le contour d'une pensée en train de se formuler mais que je n'avais pas voulu y réfléchir davantage. Je regardai par terre et je vis toutes les fleurs fanées autour de nous et au-dessous de nous. Ne pouvions-nous pas faire marche arrière et revenir là où nous en étions juste avant le baiser ? Avant les promesses silencieuses qui n'existaient que dans mon imagination.

Je me relevai.

— Que devrions-nous faire avec les fleurs ?

— Laissez-les là, dit-il. Pensez aux gens qui passeront par là aujourd'hui et à ce qu'ils imagineront.

Nous commençâmes à nous éloigner, et nous avions descendu la moitié de la colline quand nous nous arrêtâmes.

— Attendez. Attendez-moi ici.

Il retourna en haut de la colline en courant et il se baissa. Je ne voyais pas ce qu'il faisait, jusqu'à ce qu'il se retourne. Il portait un bouquet de pivoines blanches avec des pointes de rouge au milieu et il me les offrit.

Je tendis une main hésitante. J'eus tout à coup l'impression que si je les prenais, j'accepterais quelque chose. Et je n'étais pas sûre de ce que je devais faire, de ce qui valait mieux pour moi.

Avant, il y avait longtemps, j'avais eu aussi peur que ce jour-là. Ou plutôt, cela avait été comme un signal d'alarme sans peur. Cette façon dont seulement une personne plus jeune peut savoir qu'elle fait quelque chose qu'elle ne devrait pas faire, avoir peur mais tout en étant courageuse et intrépide à la fois. Savoir qu'il y a un danger, mais s'en moquer. C'était en fait une soif éperdue du risque.

Ensuite, j'avais eu envie de ressentir tout ce qui m'était offert.

A présent, je voulais rejeter l'offre elle-même et ne rien ressentir.

J'avais l'intention de baisser ma main et de lâcher les pivoines. Je pense que c'était aussi ce à quoi s'attendait Gideon. Mais ce ne fut pas ce qui se produisit.

TROISIÈME PARTIE

Viens !
Viens ! !
Viens ! ! !

Sarah Bernhardt dans une lettre adressée à
Charles Haas en 1869

Chapitre 31

Je tournais en rond dans mon loft ce soir-là, étourdie et un peu déconcertée par ce qui s'était passé un peu plus tôt. Finalement, à 7 heures, je me préparai des œufs brouillés et un muffin grillé et je fis mine de manger. Je n'avais pas faim. Je n'arrêtais pas de repenser au baiser, et j'en ressentis de nouveau toutes les sensations, ce qui me stupéfia.

Je finis par renoncer aux œufs, je me servis un verre de vin et je me mis au fond de mon lit pour regarder *Sabrina*, avec Audrey Hepburn, que j'avais déjà vu au moins une douzaine de fois. Avec le film en arrière-fond sonore, j'allumai mon ordinateur et j'écrivis le récit que j'avais raconté à Gideon ce matin-là.

J'espérais être distraite par le film, et que je n'allais pas m'impliquer dans ce que j'écrivais de façon personnelle, ce que je n'aurais pas pu faire si j'avais écrit à la main. Il aurait été trop pénible de former tous ces mots avec mes doigts, et de voir les lettres s'infléchir, se courber et apparaître dans ma propre écriture. J'avais besoin de me détacher de l'histoire. Ce n'était pas moi qui étais allongée sous une profusion de fleurs. Je ne les sentais pas et leur parfum ne me troublait pas. C'était une femme anonyme et inconnue. Plus mince que moi, et plus blonde aussi. Elle avait l'air douce et elle n'avait pas ce soupçon de cruauté au coin des lèvres que je voyais parfois quand je me regardais dans un miroir. Dans ses yeux, il n'y avait aucune trace de l'expression cynique qui ne quittait jamais les miens. Elle croyait au fantasme qui lui était raconté parce que Gideon était en train de tomber amoureux d'elle. Et ce qui s'était passé dans le parc avec moi n'était qu'un instant de confusion dont elle ne savait rien.

Je terminai vers 9 h 30. Incapable de le relire, je l'imprimai, pliai les feuilles en trois et je les mis dans une enveloppe que je posai sur la table de l'entrée. Je la posterais le lendemain matin.

Mais c'était comme un feu brûlant sans protection dans l'âtre. La flamme grandissait peu à peu et risquait à tout instant de s'embraser et de causer davantage de dégâts.

Alors je me levai, pris mes clés et l'enveloppe et sortis. SoHo, qui par le passé avait été un quartier isolé de New York, n'était à présent qu'un quartier bourgeois comme les autres. Des gens rentraient chez eux, sortaient promener leur chien, rencontraient des amis autour d'un verre ou simplement se promenaient par une chaude soirée du mois de mai. Il n'y avait rien à craindre des rues bien éclairées et des passants. La chose dont j'avais peur était en moi. J'espérais l'avoir exorcisée par l'écriture, mais je n'en étais pas sûre.

Le baiser avait été un moment d'égarement.

J'étais suffisamment avertie pour ne pas être dupée par les émotions d'un homme. Ou par les miennes. Le désir est si inconstant, motivé par tant de mauvais instincts, et il nous fait croire qu'il a de l'importance alors qu'il n'en a aucune.

Le studio de Gideon n'était pas loin, et il ne me fallut pas longtemps pour parcourir à pied deux pâtés de maisons dans un sens, puis trois dans l'autre avant de me retrouver au 35 *Broome Street*. Le bâtiment en brique datait du XIXe siècle. Haut de cinq étages, il avait été restauré et rénové et je fus émerveillée par son élégance : même si ces immeubles avaient été des usines par le passé, ils n'en étaient pas moins de conception très ingénieuse.

La porte d'entrée en verre et en fer était fermée à clé. Bien sûr. Pourquoi en aurait-il été autrement ? Et, bien entendu, les boîtes aux lettres se trouvaient dans le hall d'entrée, à l'intérieur. J'aurais dû m'en douter, c'était exactement pareil dans mon immeuble.

Me sentant soudain ridicule, je fis demi-tour et je redescendis les marches en pierre qui menaient à l'entrée. A l'angle de la rue, alors que j'attendais pour traverser, j'aperçus Gideon sur le trottoir d'en face. Manifestement, il rentrait chez lui.

Comment aurais-je pu disparaître pour qu'il ne me voie pas ?

C'était trop tard. Il m'avait déjà vue et il me faisait signe, m'indiquant de rester là où je me trouvais, et qu'il allait traverser. Il n'y avait aucune échappatoire.

— Bonjour !

Son sourire était trop intime, ses yeux trop rivés aux miens.

— Vous rentrez chez vous ? reprit-il.

— Oui.

Je mentis parce que je ne voulais pas avoir à expliquer pourquoi j'avais éprouvé le besoin de venir déposer le récit pour qu'il soit hors de mon appartement, hors de ma vue.

— Vous habitez près d'ici, non ?

— Oui, juste à quelques pâtés de maisons d'ici, pas très loin de la boutique.

— Oui, je crois que vous me l'avez déjà dit.

— Oui, c'est possible.

— C'est stupide, Marlowe, qu'on reste plantés là à parler de la pluie et du beau temps. Devez-vous rentrer tout de suite ? Vous avez le temps de monter un moment ?

— Je ne crois pas que ce soit une bonne idée.

— Ce n'est pas ce que je vous ai demandé. Non, ce n'est probablement pas une bonne idée, mais j'en ai envie. Et vous en avez envie. Alors, vous venez ? Je vous offrirai un verre, et je vous montrerai même certaines de mes sculptures.

Peut-être que s'il n'avait pas dit qu'il me montrerait ses sculptures, j'aurais été capable de partir. Mais à ce stade, j'avais terriblement envie de les voir parce que j'espérais qu'elles étaient affreuses. Et si c'était le cas, alors je ne ressentirais plus les mêmes choses pour lui. Quelle que soit l'attirance que j'avais pour lui, si je détestais ses sculptures, s'il n'avait aucun talent, si ses créations étaient aussi vaines et insipides que la plupart des œuvres que je voyais dans la majorité des expositions, alors je serais immunisée contre lui. Je pourrais continuer à écrire ses récits en n'étant plus aimantée par lui.

Et ses œuvres seraient horribles, j'en étais sûre. Parce qu'il y avait tellement peu de gens qui étudiaient leur art, si peu d'artistes qui allaient au bout d'eux-mêmes et essayaient de créer quelque chose en utilisant une règle morale, au même titre qu'ils utilisaient une lampe

qui aborde mon travail avec ses goûts subjectifs et ses préjugés ? Non merci, je ne peux pas me laisser aller à ce genre d'autoflagellation.

— Je vous envie. En fait, je dois dire que vous m'impressionnez. Après ce que j'ai…

J'étais sur le point de lui parler de Cole, de son travail et de son besoin d'être admiré par des inconnus. Et aussi du fait qu'il était prêt à trahir ma confiance pour être provocateur et s'assurer l'attention d'autrui. J'aurais tellement voulu parler à quelqu'un de la position dans laquelle Cole m'avait mise. Et dire à quel point je redoutais que ma famille découvre notre relation passée. Mais je ne pouvais pas le faire. Personne ne le savait, j'avais gardé ce secret pendant si longtemps.

Ce qui m'ennuyait le plus, compris-je alors que je me contorsionnais sur le canapé de Gideon pour voir ses sculptures, c'était que Cole m'avait forcée à devenir quelqu'un que je n'étais pas. Il m'avait amenée par la séduction à jouer un rôle qui n'était pas pour moi. Pour de mauvaises raisons, j'avais accepté, et maintenant j'allais devoir en payer le prix en public.

— Vous semblez avoir pas mal de secrets, je me trompe ? fit-il.

Je hochai la tête, me demandant comment il le savait, et devinant qu'il avait encore une fois lu sur mon visage comme dans un livre ouvert.

— Depuis mon enfance, j'ai toujours rêvé d'avoir des amis qui aient des secrets, ajouta-t-il.

— Pourquoi ?

— Quelle drôle de réponse ! Vous me demandez pourquoi ?

— Je ne savais pas quoi dire d'autre.

— Vous ne le saviez pas ou vous ne saviez pas si vous deviez dire ce que vous aviez envie de dire ?

— N'avez-vous jamais de conversations insignifiantes ? lui demandai-je.

— J'essaie d'éviter. Vous aimez vous ennuyer ?

— C'est toujours mieux que de souffrir.

— Non, ce n'est pas mieux. Et vous le savez.

Je bus une gorgée de vin. Il était généreux et capiteux, avec une odeur fruitée. Délicieux.

— Quel genre de secrets vouliez-vous que vos amis aient ?

— Le genre de secrets qu'on a quand on a su prendre des risques, essayer d'en faire plus, de pousser ses limites.

— Avez-vous eu ce que vous vouliez ? Avez-vous des amis qui ont des secrets ?

— Non, avant vous, je n'en avais pas.

Je sentis le rouge me monter aux joues.

Il se mit à rire d'un rire sonore. Impénétrable. Comme si, quoi qu'il lui arrivât, il était toujours capable de résister à ce qui se présentait à lui.

— Ecoutez, Marlowe, je ne suis pas très doué en matière de duplicité. Ce qui s'est passé au parc est quelque chose que je suis content d'avoir fait. J'avais envie de vous embrasser. J'avais envie de plus que ça. Le reste de ma vie ne ressemble pas à ce que vous imaginez. J'ai besoin que vous me fassiez confiance là-dessus.

Je frissonnai et je sentis une tension au niveau de mes tempes.

— Vous êtes au milieu d'une autre relation. Vous lui envoyez mes récits.

— Je sais que vous pensez que je ne sais pas ce que je

fais. Mais vous avez tort. J'ai besoin que vous me laissiez un peu de temps.

Je hochai la tête. Stupidement. Mais je ne dis rien.

— J'aimerais continuer à travailler avec vous si ça ne vous ennuie pas, et si vous êtes à l'aise avec cette idée.

— Vous voulez que j'écrive d'autres récits ?

Je ne comprenais pas bien où il voulait en venir.

— Oui. Deux de plus, comme nous en étions convenus. Et tout ira bien après ça. Je vous le promets.

— Bien sûr. Nous pourrions oublier ce qui s'est passé et le mettre sur le compte du parfum de toutes ces fleurs qui nous est monté à la tête.

— Même si aucun de nous ne pense une seconde que c'est ce qui s'est passé ?

La pression s'accentua.

— Je ne comprends pas, murmurai-je.

— Laissez-moi juste une journée. Une soirée. Et demain nous nous remettrons à écrire les récits.

Je sus avant qu'il ne le fasse ce qu'il allait faire.

Je ne luttai pas contre lui. C'était un interlude. Quelque chose dont j'avais envie, même si je savais que cela ne menait nulle part. Même si je savais que c'était limité dans le temps.

Ou peut-être en avais-je envie justement à cause de cette limite.

Le baiser était plus complexe que dans le parc. Il n'était pas léger ou facile. Il n'était pas simple. Il n'y avait pas de soleil réchauffant notre peau et pas de parfum entêtant. Il faisait sombre dans le loft, il faisait frais ; je sentis le goût du vin dans sa bouche et j'eus l'impression que c'était douloureux pour lui, qu'il se battait contre lui-même et contre moi en même temps. Ce baiser fut comme une ecchymose.

Il me frappa moi aussi. Il me secoua. J'étais perdue. Et j'étais non pas à sa merci, mais à la mienne. Parce que j'avais connu ce sentiment, il y avait longtemps déjà. Je savais à quel point j'étais incapable de lutter contre lui, et que vivre une passion aussi intense devenait vite une drogue. Je savais aussi que ce genre de plaisir m'avait fait devenir quelqu'un d'autre, une personne étrangère à celle que j'étais maintenant — une étrangère qui m'avait fait connaître la honte. Je l'avais abandonnée des années auparavant à cause de la duplicité de Cole. Maintenant, j'avais peur. Non pas de Gideon, mais de moi-même et de mon incapacité à me contrôler. Plus que tout, j'avais peur qu'elle soit revenue, et que je ne sache pas comment la bannir de nouveau si elle prenait un peu trop goût à cette nuit de plaisir.

Ce fut moi qui fis machine arrière. Qui me levai. Qui m'éloignai de lui. Et face à la fenêtre, je fus celle qui fixai les règles. Serrant mes propres bras, enveloppée en moi-même, effrayée par ce que je risquais de dire, je dis d'un ton monocorde :

— Il nous reste deux récits à écrire. Je crois que ça vaudrait mieux, plutôt que de faire ça. Pas maintenant en tout cas. Ça vous convient ?

— Bien sûr, dit-il.

Mais il ne s'excusa pas pour ce qui venait de se produire.

Et j'en fus heureuse. S'il l'avait fait, je ne sais pas si j'aurais pu continuer.

Je pris mon sac, prête à partir.

— Lorsque vous aurez fini d'écrire les récits, un peu

plus tard, j'aimerais vous demander de poser pour moi. J'aimerais sculpter vos secrets.

— Vous pensez que vous saurez les trouver ?

— Oui.

— Je ne pense pas que vous les trouverez. Et je ne pense pas avoir envie de poser pour vous. Je ne suis pas un très bon modèle. Ça ne m'a pas porté chance jusque-là.

— Peut-être que cela serait différent avec moi.

Je savais qu'on ne parlait pas uniquement du fait que je pose ou non. Mais cela n'avait pas d'importance. Je ne voulais pas parler du passé, ni même y penser. Ce que je voulais, c'était échapper à la profondeur de ses yeux de chat, à son regard noir et vert, à ses lèvres charnues, et à sa voix qui, à l'instar du vent, m'avait emportée loin de la route que j'avais suivie jusqu'ici.

Chapitre 32

Je me dirigeai vers la porte et mis la main sur la poignée.

— Je ne pense pas que vous devriez partir maintenant, dit-il.

— Pourquoi ? fis-je en me retournant.

— Parce que vous êtes contrariée.

Je ne dis rien, mais je n'ouvris pas la porte non plus.

— Et ce n'est pas uniquement lié à moi. C'est quelque chose à quoi le fait d'être avec moi vous fait penser.

Ce n'était pas une question. Il ne demanda pas s'il avait raison. Il le savait.

Il s'approcha de moi, il me prit la main et il me conduisit jusqu'au canapé, et je m'assis. Je me sentis soudain très fatiguée.

— Je vais vous chercher un peu de vin. Vous pouvez m'en parler.

— Je ne peux pas.

Il alla à la cuisine et revint avec la bouteille de vin que nous avions entamée. Il en versa un peu dans mon verre et il me le tendit. Je le bus comme si cela avait été de l'eau et que j'avais eu très soif.

— Pour qui avez-vous posé ? demanda-t-il.

— De toutes les choses que vous avez retenues de notre conversation, comment diable avez-vous mis le doigt sur celle-là ?

Il s'avança et s'agenouilla à mes pieds. Il me caressa les joues et dessina le parcours d'une larme, si je l'avais laissée couler. Cela, plus que le baiser, plus que tout ce qui s'était passé entre nous jusque-là, me toucha à un endroit en moi dont j'avais oublié l'existence.

— Quand vous en avez parlé, vos yeux se sont remplis de larmes. Je vous ai vue ravaler vos larmes. Vous y êtes parvenue, mais vous n'avez pas réussi à contrôler votre réaction initiale. Il doit s'agir de quelque chose de très profond pour avoir cet effet-là sur vous, car vous contrôlez très bien vos émotions en général.

Je me sentis vaincue. Et soudain au comble de l'allégresse. Et pleine d'audace. Cela n'avait plus d'importance.

— Mon demi-frère m'a demandé de poser pour lui.

Je n'en avais jamais parlé auparavant, et cela sortit tellement plus facilement que j'aurais pu l'imaginer. Mais avec plus de violence aussi, ce qui remplit la pièce d'un brouillard sombre avec une odeur de soufre putride, et je dus porter la main à ma bouche tant j'avais la nausée.

— Quand ?

— Quand j'avais seize, dix-sept, dix-huit et dix-neuf ans.

L'expression sur son visage était un mélange d'horreur et d'effort pour masquer cette horreur.

— Votre frère ?

— Non, mon demi-frère. Ma mère s'est remariée quand j'avais quinze ans. Son mari avait deux enfants. Un fils qui avait deux ans de plus que moi et une fille de quatre ans plus âgée. Cole et moi n'avons jamais été frère et sœur. Nous n'avons jamais vécu ensemble dans la maison de nos parents pendant plus de quelques mois à la fois.

— C'est un peintre ?

— Un photographe. En fait, vous avez déjà vu ce qu'il fait. Au musée, la semaine dernière. Cole Ballinger.

Il réfléchit quelques instants, et il hocha la tête.

— Vous a-t-il photographiée ?

— Oui.

— Et la photographie du musée, c'était vous ?

Je fis non de la tête.

— Mais il existe des photographies de vous.

— C'est un euphémisme.

Il me regardait, mais je détournai les yeux. Tout cela était trop compliqué. Je me levai et avançai jusqu'au bureau sur lequel j'avais déposé mon sac et je vis le coin d'une enveloppe sous une pile de papiers. Je remarquai le timbre et je le regardai fixement, comme on fait lorsqu'on a l'esprit dans le vague. Quelque chose avait attiré mon attention, mais j'étais trop distraite pour m'en soucier.

— Que s'est-il passé ?

Je me tournai vers lui.

— C'était il y a longtemps. Ça n'a plus d'importance maintenant.

— Sauf que ça en a. Cela vous met toujours en colère.

— Que ferez-vous si je vous le dis ? Me direz-vous à quel point vous êtes désolé et que je ne méritais pas ça ? Ça n'effacera pas ce qui s'est passé. Je ne retrouverai pas ces bouts de moi qui sont dans la nature. Les photographies seront toujours là. L'inauguration de sa première exposition commencera dans une semaine. Et j'y serai. Au moins en noir et blanc. Tout ce qu'il m'a volé sera là, affiché au mur.

Il vint vers moi, il me prit par le bras et me ramena jusqu'au canapé, puis il me pencha la tête de sorte qu'elle repose sur son épaule.

Nous restâmes l'un et l'autre silencieux pendant un moment. Je sentais son parfum, et j'avais encore le goût du vin dans la bouche. Je l'écoutai respirer en pensant que si les choses avaient été différentes, il aurait été si simple d'être là avec lui.

— Je ne comprends pas, finit-il par dire. Pourquoi les photographes sont-ils toujours si horribles ?

Chapitre 33

— Ma mère est photographe, lui dis-je. Elle photographie des paysages pour l'essentiel, une végétation luxuriante et évocatrice. Mon père est mort quand j'avais quatre ans.

Je pensai que je me répétais, mais je n'en étais pas sûre. Je ne pouvais raconter l'histoire que dans l'ordre chronologique. Comme une litanie.

— Quand j'ai eu quinze ans, elle s'est remariée à Tyler Ballinger, un photojournaliste qui a gagné le prix Pulitzer. Il avait deux enfants et il était divorcé. Nous n'avons jamais vécu avec ses enfants qui étaient plus âgés que ma sœur et moi. Mais son fils, Cole, passait beaucoup de temps avec nous : pendant les vacances, l'été… Nous vivions dans le Vermont, dans une vieille ferme qui était immense. Cole m'a plu à la minute où je l'ai vu. C'était un mauvais garçon, le genre auquel aucune adolescente ne résiste. Il était impertinent, arrogant, et il était photographe comme son père. Mais il n'avait pas l'intention de travailler dans le journalisme. Il avait une passion pour l'art et pour les photographies provocatrices d'Helmut Newton et de Chris Von Wagenheim. Il voulait repousser les limites. Son univers photographique était entièrement axé sur le sexe. Ma mère avait l'habitude de dire qu'avec le temps il passerait à autre chose, et que c'était à mettre sur le compte des hormones. Son père se disputa avec lui et l'encouragea à trouver un travail dans un journal pour acquérir une certaine expérience. Mais Cole était rebelle, et l'été pendant lequel j'avais seize ans et lui dix-huit, je fis partie de sa rébellion.

J'étais assise dans le salon de Gideon, mais je voyais la ferme.

Je sentais l'odeur de l'herbe coupée. Les fraises étaient bien mûres et brillantes et en les cueillant, je ne pouvais m'empêcher d'en manger quelques-unes. Une fraise fraîche, réchauffée par le soleil et qui vient juste d'être cueillie, n'est comparable en rien à ce qu'on peut trouver dans les magasins. Mes doigts étaient couverts de taches rouges, et je suis sûre que mes lèvres l'étaient aussi. Je portais un short et une vieille chemise ouverte avec un débardeur en dessous, et j'avais fait couler du jus de fraise sur ma poitrine en essayant de chasser les moustiques.

C'était comme lorsque nous étions à la plage ou au musée : Gideon et la pièce étaient là, ses sculptures, la nuit… Et tout disparaissait et je voyais une autre histoire se dérouler dans ma tête…

« Cole venait à notre rencontre, il venait de la maison. Cela faisait sept mois que je ne l'avais pas vu, depuis qu'il était venu à la maison pour Noël. Il était étudiant en deuxième année à la Cooper Union à Manhattan, il vivait avec un groupe d'autres étudiants des beaux-arts à Greenwich Village et il avait l'air plus vieux qu'en décembre. Plus sophistiqué.

Cole m'avait toujours semblé venir d'un autre monde que moi, mais, à ce moment-là, c'était encore plus marqué. Il était habillé de noir des pieds à la tête, même si c'était l'été, et sa coiffure était plus soignée que celle de tous les gens que je connaissais. Il ressemblait à une star de cinéma.

— Salut, Picasso, avait-il dit sur le ton de la plaisanterie.

C'était le surnom qu'il m'avait donné. J'étais toujours en train de dessiner, de peindre, de travailler à toutes sortes de projets artistiques, et il se moquait gentiment de mon sérieux. J'étais obsédée par l'idée de devenir peintre. A vrai dire, ma passion pour l'art a créé un lien entre nous vu qu'il était lui-même obsédé par l'idée de se faire un nom en tant que photographe.

— Salut, Cole.

Je lui avais trouvé un surnom, mais je n'avais jamais eu le cran de m'en servir. Au lieu de cela, lorsqu'il était dans les environs, je devenais nettement plus calme que de coutume et plus consciente de mon image.

— Je peux en goûter quelques-unes ? avait-il demandé alors qu'il était déjà au-dessus de mon panier et qu'il en avait déjà mangé trois.

Cela m'avait fait rire.

Il portait son Nikon autour du cou, il l'avait constamment avec lui. Pendant les repas, il le suspendait sur sa chaise, de manière à toujours sentir la bandoulière dans son dos.

Cole m'avait regardée comme s'il ne m'avait jamais vue avant cet après-midi, et son regard m'avait mise mal à l'aise.

— Plutôt que de rester là à ne rien faire, prends le panier et commence à ramasser, avais-je dit en imitant ma mère, sachant que c'était ce qu'elle aurait dit si elle avait été là. Il y en a tellement, à cause de la chaleur soudaine.

— Tu me mets au travail ? C'est toi la naine, pas moi.

Un autre surnom. Cole donnait sans arrêt des surnoms aux gens. Je détestais la naine. Presque autant que j'adorais Picasso.

Je lui avais lancé une fraise, et elle avait atterri sur son visage. Il avait ri en s'essuyant, puis il s'était léché les doigts.

— Je n'arrive pas à croire que j'avais oublié à quel point elles étaient bonnes.

Il avait ramassé le panier et m'avait suivie dans les allées.

— Comment vas-tu ? avait-il demandé.

— Bien. J'ai reçu le prix d'art cette année à l'école.

— Je n'en attendais pas moins de ma Picasso.

Quelque chose avait vibré en moi — l'emploi du possessif, le ton intime de sa voix. J'avais eu trois petits amis cette année-là, mais je n'étais restée longtemps avec aucun d'eux. Je finissais toujours par les comparer à Cole et aucun d'eux n'avait soutenu la comparaison. Ils n'étaient pas aussi magnétiques, aussi beaux, ils n'avaient pas autant d'expérience que lui, et ils n'avaient pas son talent. Ma mère plaisantait en disant que j'étais trop difficile, mais elle était aussi contente que je n'aie pas envie de m'engager à mon âge. Elle ne savait pas, personne ne savait, que je ne prenais pas mon temps. J'avais choisi celui avec qui j'avais envie d'être. Seulement, il ne le savait pas encore.

Et jamais je ne le lui aurais dit.

Mon coup de cœur pour Cole concordait parfaitement avec mes rêves romantiques. Il était le héros beau et cruel des livres que je lisais quand je ne peignais pas. Il était Max DeWinter de *Rebecca*, M. Rochester de *Jane Eyre* et Mellors de D.H. Lawrence.

— Tu sembles différente, avait-il dit après que nous eûmes ramassé quelques douzaines de fraises.

Je m'étais retournée, il se tenait derrière moi, l'œil rivé à l'appareil photo et l'objectif braqué sur moi.

Regarder quelqu'un qui me regardait avec un appareil photo n'était pas nouveau pour moi. Ma mère m'avait prise en photo depuis l'enfance. Mon beau-père avait pris des photos de nous tous. Et quand Cole était à la maison, il le faisait aussi. C'était eux trois contre nous deux — ma sœur et moi. Elle allait devenir écrivain. Rien de visuel pour elle. Et j'allais peindre. Créer des images à l'ancienne.

Le soleil s'était reflété sur un des boutons qui se trouvait sur le côté de l'appareil ; comme un diamant, il s'était mis à briller.

Clic. Clic.

Ce n'était rien. Rien d'important. Juste une photo. Il en avait pris quelques-unes de plus.

Et alors quelque chose s'était produit.

Je m'étais longtemps demandé ce que c'était. Quelque chose dans la position de Cole ? A moins que ce ne fût son énergie qui m'avait atteinte à un instant où j'aurais été réceptive au moindre de ses changements d'humeur tant j'étais attentive à chacun de ses gestes.

J'étais tout à coup devenue timide et courageuse à la fois. Tournant mes hanches, mettant mon menton en avant, j'avais posé pour lui pour la première fois. Ce n'était pas la même chose que de rester sans bouger pour ma mère. Et ce n'était pas non plus comme les trois ou quatre premières photos.

Glacée sous les rayons du soleil, écoutant les bruits de cette chaude journée d'été : le bourdonnement des abeilles et le doux murmure des sauterelles, je l'avais regardé s'approcher, reculer, tourner, prenant photo après photo, l'obturateur étant le seul bruit mécanique au milieu du champ sonore.

Il avait pris une photo, fait un pas en avant, pris une autre photo, fait un pas en arrière, en murmurant de petits mots d'encouragement, et en me donnant des indications non verbales. C'était une musique ensorceleuse que je n'avais jamais entendue auparavant, mais à laquelle je répondais de façon viscérale. J'étais dans son œil. Il me regardait. Je voyais mon reflet dans l'objectif et je ne ressemblais à personne que je connaissais. Je savais que j'avais l'air sexy. J'avais essayé d'avoir l'air plus sexy encore. Non pas que j'aie su ce que cela signifiait… excepté que Cole y réagissait et que cela me plaisait. Je n'étais plus la naine. Je n'étais pas Picasso non plus. J'étais la femme qui était l'objet de son attention.

Il s'était approché si près que l'appareil photo était alors à quelques centimètres de mon visage. Et finalement, l'aguichant de façon un peu perverse comme le font parfois les adolescentes, sans réfléchir, sans me préoccuper de ce que cela impliquait et sans chercher pourquoi je le faisais, j'avais porté une fraise à ma bouche, comme l'aurait fait une pin-up.

Ses doigts avaient volé aussi vite qu'un moustique en plein été et il l'avait envoyée valser.

J'avais eu mal aux lèvres comme si j'avais été blessée. Il avait ôté son appareil photo qui était autour de son cou et m'avait lancé un regard furieux.

— Qu'est-ce que tu fais ? avait-il hurlé.

— Je… Je plaisantais, c'est tout.

— Ne refais jamais ça ! Jamais !

Il avait les yeux brillants et les lèvres presque blanches sous l'effet de la colère. J'étais effrayée, mais pas seulement. J'étais excitée aussi, heureuse d'avoir provoqué ce genre d'émotion en lui.

— Faire quoi ?

— Te rabaisser ainsi. Tu te conduis comme une petite traînée.

Je lui avais ri au nez.

Il n'avait rien dit mais il avait tendu le bras, m'avait attirée à lui et il m'avait embrassée. De toutes ses forces. D'une façon qu'aucun garçon avec lequel j'étais sortie n'avait même effleurée. Mon imagination était entrée en action. Ce n'était pas seulement Cole qui m'avait embrassée. C'était Heathcliffe. C'était Rhett Butler. C'étaient mes fantasmes devenus réalité. Il avait ses lèvres sur les miennes, et j'avais entrouvert la bouche.

Après le baiser, il avait repris l'appareil et il avait pris une photo. Il m'avait embrassée encore. Et il avait pris une autre photo. Une fois que j'avais eu les lèvres enflées, il les avait fixées sur la pellicule.

J'avais pris des fraises et je les avais étalées sur ma bouche.

Il m'avait léché les lèvres et il avait photographié les petits morceaux de fruit qui restaient.

Il avait ôté ma chemise et m'avait caressé les seins, y dessinant des lignes avec le jus de fraise. Il l'avait léché aussi. Puis il avait photographié ce qui restait du jus.

Je ne sais pas ce qui m'avait le plus excitée, les photos qu'il avait prises ou ce que nous faisions.

En fait, je le sais très bien. Maintenant je le sais. Mais je ne le savais pas alors. »

Chapitre 34

Je m'arrêtai de parler. C'était très différent des histoires que j'avais inventées lorsque je travaillais pour Gideon. Je lui en avais dit plus que je n'avais prévu. Et ce n'était pas une excuse suffisante de savoir qu'à chaque fois que je lui parlais, il se produisait quelque chose de très particulier, très différent de ce qui se passait avec la plupart des gens que j'avais rencontrés.

Pourquoi ?

La façon dont il écoutait était comme une étreinte, comme si ce que j'avais à dire était réellement important pour lui. Et une fois que nos regards se croisaient, ils ne se quittaient plus.

Il n'avait aucune idée en tête. Il était simplement là pour écouter ce que je voulais bien lui dire.

En dépit de mon silence, il resta assis, immobile, la tête légèrement penchée d'un côté, et, d'une manière ou d'une autre, son énergie s'était propagée à travers la pièce, m'avait acceptée et m'avait amenée à lui dire des choses que je n'avais jamais dites à personne. Bien sûr, cela arrivait à chaque fois que nous travaillions sur un récit érotique, mais la façon dont cela s'était produit cette fois était différente.

— Pendant combien de temps cela a-t-il duré ?

— Trois ans, presque quatre.

— Vous l'aimiez ?

— Oui. Trop. Je l'aimais tant que je ne voyais pas ce qui se passait. Tous les signes m'ont échappé.

— Que s'est-il passé ?

— Je… J'ai pensé…

Je ne pouvais pas lui dire. C'était trop personnel. Ce que je lui avais déjà dit était personnel, mais ce qui s'était passé ensuite était aussi humiliant.

— Je ne vais pas vous juger, Marlowe.

— Quand vous sculptez, quand quelqu'un pose pour vous, dis-je en faisant un geste en direction des géants silencieux qui occupaient le reste de l'espace, quelle proportion de la véritable personne parvenez-vous à capturer ?

— Capturer ? A vous entendre, on dirait que je les viole.

Il réfléchit pendant quelques instants, puis il ajouta :

— J'essaie de glaner chez eux quelque chose que je peux ajouter à ma sculpture pour qu'il soit un peu plus question d'humanité et pour que ce soit moins artificiel.

Tout en parlant, il avait observé mon visage.

— Pourquoi avez-vous fait cette grimace ?

Je ne savais pas quoi dire. Ma réponse aurait été trop révélatrice.

Gideon ne bougea pas. Il n'était pas pressé. Il ne me pressa pas. Et ce fut ce manque de détermination qui fit son effet sur moi. Je n'arrêtais pas de penser que ce serait un soulagement de le dire à quelqu'un qui risquait fort de comprendre ce dont je parlais. Je n'avais jamais rencontré quelqu'un auparavant qui soit susceptible d'avoir une idée de ce que peuvent être les relations étranges entre un artiste et son modèle. Mais lui le comprendrait peut-être.

— Avez-vous déjà eu pour modèle une de vos maîtresses ? demandai-je.

Il hésita. Il y avait quelque chose de sérieux dans son regard, comme s'il savait que l'essentiel de mon problème était lié à cette question, et qu'il voulait me donner une réponse qui puisse m'aider.

Le disque qu'il avait mis lorsque nous étions arrivés au loft s'était arrêté. Au son des voitures dans la rue, je devinai qu'il pleuvait dehors.

— J'ai demandé à deux femmes avec lesquelles j'étais de poser pour moi. L'une était trop réservée et ne pouvait pas. La deuxième l'a fait, mais c'est une œuvre que je n'ai toujours pas terminée. C'était compliqué de connaître aussi bien quelqu'un et de ne pas utiliser ce que je savais d'elle dans la sculpture. Cela n'aurait pas été juste vis-à-vis d'elle. Et de nous. De ce que nous étions l'un pour l'autre. Je n'utilise que l'enveloppe extérieure des gens qui posent pour moi. Je ne vais pas traîner du côté de leur âme. Et c'est ce qui se serait produit si j'avais terminé la sculpture. De manière plus générale, j'utilise des modèles pour qu'ils m'apportent des muscles et des os. Le cœur, les thèmes, le sens, tout cela vient de moi, dit-il en portant la main à sa poitrine.

— Cole faisait l'opposé de ce que vous faites. La seule chose qui l'intéressait, c'était d'atteindre ce que j'avais de plus intime. Ma sexualité. Il avait besoin d'avoir une relation avec moi pour que je m'ouvre à lui et qu'il puisse prendre le genre de photos qu'il voulait. Tel Raspoutine, il m'avait hypnotisée pour pouvoir me voler ce dont il avait besoin. Et ensuite, dès que j'ai voulu arrêter, tout a été terminé.

— Vous voulez dire, dès que vous avez voulu interrompre la relation, il…

Je parlai trop vite et trop fort quand je l'interrompis, mais je ne m'en préoccupai pas. Peut-être que si je racontais toute l'histoire, tout cela n'aurait plus beaucoup d'importance. Et peut-être qu'alors l'exposition de Cole ne me ferait plus aussi peur.

— Non, dès que je lui ai demandé d'arrêter de prendre des photos — quand j'ai fini par en avoir assez et par me demander ce qu'il allait faire de ces photos —, il a rompu notre relation. Ce n'était jamais moi qu'il avait aimée. Ni nous. Oh, j'aurais tellement aimé qu'il en fût autrement. Il était amoureux de l'idée d'avoir son propre modèle personnel, son propre modèle qui lui permettait d'explorer son art, et son corps par la même occasion.

— Qu'il aille au diable !

Ce fut tout ce qu'il dit, mais il le dit avec tant de dégoût et de véhémence que cela suffit.

Je hochai la tête.

— Et vous aviez seize ans quand vous avez commencé ?

— Oui, et dix-neuf à la fin.

— Quel salaud !

— Et la situation a empiré.

— Quoi ?

— Il y a deux ans, j'ai rencontré quelqu'un, les choses sont devenues plus sérieuses entre nous et le fait que ces photos soient dans la nature me tracassait. Je suis allée voir Cole et je lui ai demandé de me donner les négatifs ou de les détruire. Il a refusé. Nous nous sommes disputés et je suis restée sur mes positions. Il n'a pas cédé. Nous ne nous parlons plus, et depuis je redoute de voir ces photos.

» Et dans dix jours va s'ouvrir la première exposition qui lui est entièrement consacrée. J'ai vu l'invitation, je l'ai là…

J'attrapai mon sac, je l'ouvris et j'en sortis la carte postale froissée que j'avais jetée — et que, pour une raison perverse, j'avais récupérée — et je la lui tendis.

Gideon regarda la photographie en noir et blanc qui représentait la bouche ouverte d'une femme, les lèvres humides et enflées. L'expression caractéristique de la passion. Et la tache sur sa joue. C'était une traînée de jus de fraise — qu'on ne pouvait reconnaître que si on savait ce qu'on cherchait.

Gideon le savait.

— C'est vous.

Ce n'était pas une question, mais j'acquiesçai quand même.

— Il montre les photos. Il me montre moi. A tous ceux qui voudront bien regarder. Et je ne peux rien y faire. Tout ce que j'ai de personnel et d'intime va devenir public. Exposé.

J'étais certaine que personne ne pouvait rien faire pour l'arrêter. Moi en tout cas, je ne pouvais pas. Je connaissais Cole. Je savais à quel point sa carrière était importante pour lui, et que rien d'autre ne comptait.

Si ce n'est que l'expression sur le visage de Gideon suggérait quelque chose de différent.

Chapitre 35

Nous restâmes assis dans le salon qui était maintenant plongé dans l'obscurité. J'étais anéantie. Mettre des mots sur cette histoire m'avait laissée plus en colère encore que je ne l'étais auparavant. Et, dans le même temps, je me sentais plus triste aussi.

— Vous voulez qu'on aille faire un tour à pied et qu'on sorte d'ici ?

Je hochai la tête. Une fois dans la rue, il me prit le bras, et me guida pratiquement tout au long des trois pâtés de maisons qui menaient à un bistro français appelé Lucky Strike. J'étais déjà venue dans cet établissement toujours bondé, et sa bruyante familiarité fut la bienvenue.

Je commandai une bouteille de cabernet et nous parlâmes de choses sans importance dont je ne me souviens plus à présent. Mais en revanche, je me souviens qu'il ne m'a pas quittée des yeux, de la façon dont il se penchait vers moi à chaque fois que je lui parlais, et de la sensation de profonde intimité que je ressentis. Avoir partagé ce secret avec lui était pour moi quelque chose de si nouveau et de si bouleversant que je me sentais désorientée.

J'avais eu une relation avec plusieurs hommes depuis

Cole, j'étais même tombée amoureuse de Kenneth, mais je n'avais jamais parlé à personne de mon demi-frère. Ma mère et ma sœur n'étaient pas au courant. Mes amies les plus intimes ne le savaient pas. Et Grace, qui était plus proche de moi que ma propre sœur, était à mille lieues d'imaginer tout ça.

Je pris alors conscience que j'avais faim et que je n'avais pas mangé les œufs que je m'étais faits des heures plus tôt, et quand le serveur s'approcha, je commandai des moules et des frites, et Gideon commanda la même chose. Lorsque nous commençâmes notre deuxième verre de ce vin moelleux et velouté, le serveur arriva, portant de grands bols en grès remplis de coquilles noires brillantes et fumantes, ainsi qu'une énorme assiette de frites minces et dorées. Le parfum du bouillon dans lequel mijotaient les moules embauma l'atmosphère. Nous respirâmes l'ail, le vin, le beurre et l'odeur saumâtre des coquillages. Avec mes doigts, j'ouvris une coquille, sentis le ligament se rompre, je portai une moule à ma bouche et je l'engloutis. Elle était chaude, humide, douce, riche du goût de la mer et aromatisée avec quelques oignons.

Le contraste entre les frites —légères et croustillantes — et la texture tendre des moules était idéale, et pendant quelques minutes, nous nous régalâmes sans prendre la peine de parler.

Au milieu du repas, Gideon se pencha vers moi, et, du bout du doigt, il essuya le coin de ma bouche.

J'arrêtai de manger. J'arrêtai de boire. Ce geste avait été si naturel et en même temps si provocant que je fus sidérée de comprendre soudain à quel point j'avais envie de lui.

Cela n'avait pas d'importance qu'il soit avec quelqu'un

d'autre, que ce soit un client ou que je ne le revoie peut-être jamais. Et peu importait, si je cédais à mes impulsions, et si ensuite il ne voulait plus terminer les deux derniers récits avec moi.

J'avais juste envie de lui.

Ce n'était pas quelque chose que je pouvais exprimer clairement. C'était un désir plus fort que tout. Je voulais Gideon, là, tout de suite Ses bras autour de moi. Mon visage enfoui dans son cou. Mes jambes enroulées autour de lui. Je voulais que le monde entier s'arrête de tourner et nous laisse seuls, vivant entièrement l'un pour l'autre, le plus longtemps possible.

Qu'arrive-t-il à notre corps quand le désir s'empare de nous ainsi ? Où cela commence-t-il ? Dans le cerveau ? Dans le ventre ? Dans les terminaisons nerveuses ? Et comment parvient-on à l'interpréter si vite et à le partager si naturellement avec la personne avec qui on est ? Que se passe-t-il dans notre regard, sur nos lèvres ou au niveau des muscles de notre visage qui indique à l'autre ce que nous ressentons ? Je n'en sais rien. Cela se produit trop vite pour qu'on s'en aperçoive. Cela s'est produit trop vite cette nuit-là. Je savais que Cole avait des photographies d'un visage — mon visage — transformé par la passion. Mais cela faisait des années que je ne les avais vues et lorsque je les avais vues, à l'époque, je n'avais pas réellement reconnu cette transformation.

Cela n'avait pas d'importance. Cole n'avait pas d'importance. Plus maintenant. Je n'eus pas besoin de parler, Gideon savait. Il paya l'addition et nous sortîmes dans la rue. Il me tourna vers lui, là sur la chaussée, il glissa ses mains dans mon dos et m'attira à lui avec intensité. Et il m'embrassa plus intensément encore.

Je sentis toute la longueur de son corps contre le mien, j'entendis la circulation. Je savais que des gens passaient devant nous, mais ça m'était égal. C'était la première fois depuis des années que je me moquais qu'on me regarde ou non.

Cela faisait dix ans que je n'avais pas été décomplexée à l'idée d'être avec un homme.

Cette nuit-là, j'aurais pu faire l'amour debout sur le trottoir. Et nous faillîmes le faire. Nous nous embrassâmes jusqu'à ce que nos lèvres soient en feu et nous marchâmes jusqu'à son loft, nous arrêtant de temps à autre pour nous embrasser.

Ses mains s'attardèrent sur ma chemise, il caressa mes seins du bout des doigts et je sentis leurs pointes durcir. Je sentis mes jambes chanceler et il saisit cette opportunité pour m'entraîner contre un mur et m'embrasser de nouveau. Cette fois, sa main s'aventura à l'intérieur de la ceinture de mon jean, avant de descendre. Dangereusement. Ses doigts restèrent là un moment, assez longtemps pour m'arracher un gémissement.

Il sortit la main de mon jean, les doigts brillants, et lorsqu'il fut certain que je le regardais, il se lécha les doigts avec un sourire épanoui. Je n'étais pas sûre de pouvoir tenir debout. Ni de pouvoir marcher. Ni de pouvoir attendre.

— Tu n'imagines pas à quel point ça a été difficile pour moi de t'écouter raconter tous ces fantasmes et de garder mes mains pour moi, dit-il.

Son tutoiement me toucha. Il prit mon bras en souriant et, en dépit de son regard puissamment sexuel, son visage dégageait une telle douceur que j'eus envie de rester là et de me mettre à pleurer.

Mais pas autant que j'avais envie d'autre chose.

Nous montâmes l'escalier, il ouvrit la porte de son loft, il alluma la lumière et il commença à me faire l'amour dans l'entrée.

Et bien que la lumière fût allumée, je ne fus pas effarouchée.

Cole avait toujours voulu me faire l'amour en pleine lumière parce qu'elle lui était indispensable pour me photographier. Même notre vie sexuelle n'avait pas été une zone où l'appareil photo était banni. L'appareil photo couchait avec nous. Les lumières. Les déclics. Ses doigts. Sa langue. Son sexe. L'objectif. Tout s'était confondu.

C'était donc la première fois que je ne demandais pas à éteindre la lumière en dix ans. Et cela faisait dix ans que je ne m'étais tenue face à quelqu'un qui me regardait pendant que j'enlevais mes vêtements. Un à un. Lentement. Ouvertement. En le regardant. Sans me soucier qu'il ne fît rien d'autre que me regarder.

En fait, ce n'était pas tout à fait exact. Cela ne me gênait pas qu'il me regarde. Je voulais qu'il me regarde.

Et une fois que tous mes vêtements furent sur le sol et que je fus entièrement nue, je n'allai pas vers lui. La sculpture était juste derrière moi, et ce fut vers elle que j'allai. Je n'avais pas réfléchi, je n'avais rien planifié. Mais une fois nue, j'eus aussitôt envie d'aller au milieu de ses sculptures.

Je m'approchai du premier homme et j'avançai entre ses deux moitiés en me regardant dans le miroir qui se trouvait à l'intérieur.

Ensuite, je tournai autour de la plus jeune femme, puis j'entrai à l'intérieur et, cette fois, je posai les mains sur le miroir, touchant le reflet de mon visage, mes épaules et mes hanches, m'assurant que c'était moi que je regardais et non la femme que Gideon avait sculptée.

C'était comme si je lui montrais que j'étais différente de ses personnages statiques. Comme si je m'assurais qu'il comprenait que j'étais faite de chair et de sang alors qu'ils étaient faits de métal, que je bougeais de mon propre chef, et que je ne pouvais poser ou être figée.

J'avais besoin de marcher nue au milieu de ses sculptures et de lui montrer que je n'avais pas peur.

Gideon était debout et me regardait traverser le second homme. Et ensuite, ne me quittant pas des yeux, il se déshabilla, puis il vint vers moi, là où je l'attendais, sous la protection d'un grand homme de bronze.

Je regardai son reflet dans le miroir. Je regardai ses bras m'entourer. Et son érection se blottir entre mes jambes. Je regardai mes jambes s'écarter légèrement, et mes mains attraper ses fesses.

Je m'étais divisée en deux personnes, l'une se donnant en spectacle devant un public, l'autre observant ce qui se jouait. Actrice et spectatrice à la fois. Il enfouit son visage entre mes seins et je regardai sa bouche s'ouvrir sur mon mamelon, puis je me regardai le repousser parce que ce n'était pas ce que je voulais, même si c'était ce qu'il voulait lui. Pas à ce moment-là. Peu m'importait qu'il ait envie d'aller doucement, de me déguster peu à peu, de caresser chaque recoin de mon corps ou que je lui fasse quelque chose que je n'avais pas envie de faire. Il fallait qu'il soit en moi, de la façon dont j'avais envie. Je voulais qu'il se regarde venir en moi, qu'il regarde mon visage pendant qu'il le faisait, et que je regarde mon visage au même instant.

Et nous le fîmes.

Nous nous regardâmes dans les miroirs, je lui fis l'amour et il répondit à mon désir. Je regardai le désir se dessiner sur mon visage, mes yeux mi-clos et mes lèvres entrouvertes. Je regardai, encore et encore.

Chapitre 36

— Veux-tu rester et dormir avec moi ? demanda Gideon.

Tout d'abord, je ne pensai pas que ce soit une bonne idée. Mais il m'enveloppa dans son peignoir, il me fit couler un bain. Il s'assit à côté de la baignoire et il me frictionna avec un savon, dans le dos, entre les jambes, sous les bras, puis il me tira de l'eau chaude, m'entoura de serviettes et me porta jusqu'à son lit.

Je restai. Et je dormis. Enveloppée dans ses bras dans le loft vide. Ce n'était pas un rêve. Quand je me réveillai, il était allongé près de moi et ses yeux en amande étaient fixés sur moi, encore plus verts que de coutume dans le soleil matinal qui inondait la pièce.

Il fallut un certain temps avant que je voie un sourire se dessiner sur son visage, mais il me rendit heureuse d'être là. Et d'être restée. Jusqu'à ce que je me souvienne de la femme dont je ne connaissais pas le nom mais que je l'aidais à séduire.

— Qu'y a-t-il ? demanda Gideon.

— Comment fais-tu cela ?

— Je fais quoi ?

— Comment arrives-tu à me comprendre aussi bien ? Ça me fait peur.

— Non, ça ne te fait pas peur. Ça t'impressionne et ça te surprend, plaisanta-t-il.

Je me mis à rire. Ce qui pouvait sembler arrogant chez d'autres était adorable dans la bouche de Gideon. Et à vrai dire, le lien qui existait entre lui et moi m'impressionnait bel et bien. Je ne comprenais rien à la télépathie, et je n'avais jamais rien vécu de tel auparavant.

— Je crois que tu as un truc, dis-je enfin.

— Comment veux-tu que j'aie un truc ? Je te l'ai dit, c'est écrit dans ton regard. Je vois ce que tu penses.

— As-tu déjà fait cela avec quelqu'un d'autre ?

— Oui, dit-il, avant de marquer une pause.

Je m'arrêtai de respirer en attendant d'entendre, enfin, le nom de la femme pour laquelle j'avais écrit. Ou, pire encore, le nom de la femme qui avait brisé son cœur et qu'il n'avait jamais réussi à oublier. Ou…

— J'y arrive avec Dana.

Nouvelle pause.

— Ma sœur.

— Vraiment ?

Je pense que je répondis trop vite, et avec trop de plaisir. Mais il ne réagit pas.

— On arrive réellement à deviner ce qu'on pense l'un et l'autre. Mais ça ne m'était jamais arrivé avec quelqu'un d'autre, alors c'est aussi étrange pour moi que ça l'est pour toi.

La façon dont il me regardait me fit comprendre tout à coup que j'étais nue entre les draps et que mes seins étaient découverts. Avant que je puisse les recouvrir, Gideon tendit le bras et tira le drap un peu plus bas.

Cette fois, je savais ce que son regard signifiait.

— Veux-tu que je pose pour toi maintenant ?

Je fus choquée en m'entendant prononcer cette phrase, mais en même temps, j'eus l'impression que c'était la chose la plus naturelle au monde.

— Oui, mais je ne pense pas que ce soit le moment. Tu as des choses à résoudre et je veux t'y aider. C'est bien trop important pour toi. Je n'aurais jamais abordé le sujet, mais comme tu l'as deviné, un jour j'aimerais en effet te sculpter comme ça, allongée sur mon lit.

— Un jour ? Tu parles comme si nous avions un avenir.

Son visage ne trahit aucune émotion. Il sembla simplement pensif. J'attendis, mais il ne dit rien.

— Ça n'a pas d'importance, dis-je en me couvrant avec le drap. Je savais que tu étais avec quelqu'un. Tu m'as même engagée pour t'y aider ! Je suis malgré tout contente de ce qui s'est passé entre nous. Et, d'une certaine façon, cela rend les choses plus faciles, de savoir que cela va se terminer.

— Comment cela peut-il rendre les choses plus faciles ?

— C'est une forme d'honnêteté qui est plutôt rare à une époque où tout est interprétable à l'infini.

Quelque chose dans la façon dont il fronça les sourcils me fit penser qu'il allait répliquer, mais il finit par changer d'avis.

— Je vais prendre une douche. Je propose que tu t'habilles, puis je t'emmène prendre un petit déjeuner, et ensuite on ira ensemble voir ton demi-frère.

Chapitre 37

Le studio de Cole donnait sur Union Square. Il était situé dans un immeuble fin de siècle qui abritait une demi-douzaine de studios de photographes. Je n'y étais venue qu'une fois au cours des dernières années.

Il était en pleine séance photo, nous dit-on lorsque nous demandâmes à voir Cole.

— Voulez-vous laisser vos coordonnées téléphoniques et…

— C'est urgent, nous attendrons que M. Ballinger prenne une pause, dit Gideon.

La récptionniste nous laissa à l'accueil, dans une pièce remplie de mobilier de prix, d'orchidées exotiques, d'un ordinateur et d'un terminal téléphonique dernier cri posés sur la tablette en marbre qui faisait office de bureau.

— Je ne crois pas que l'interrompre soit le meilleur moyen d'obtenir son attention, suggérai-je une fois que nous fûmes assis côte à côte sur des chaises en cuir.

Bien qu'elles fussent très belles, elles n'étaient pas très confortables, et j'eus l'impression que jamais je n'arriverais à me relever.

— Et moi je pense que si.

— Pourquoi ?

— J'en sais assez sur lui, d'après ce que tu m'as dit, pour comprendre de quel genre d'homme il s'agit. Ou du moins quel genre d'artiste il est. Et le seul endroit pour lui parler est sur son territoire et à un moment inopportun.

Je secouai la tête.

— Je n'en suis pas sûre. Il risque d'être distant et en colère. Je l'ai déjà vu comme ça.

— Je vois le genre, dit Gideon d'une voix teintée de tristesse.

J'eus du mal à identifier ce que j'entendis. Ce que j'avais entendu. J'eus l'impression qu'il y avait d'autres mots sous ceux qui venaient d'être prononcés à haute voix. Un ensemble de pensées et d'idées dont il avait envie de parler mais qu'il hésitait à aborder. Mais pourquoi ? Et de quoi s'agissait-il ?

— Comment ?

— Comment je connais ce genre de personnage ?

Je hochai la tête.

— J'ai connu un écrivain autrefois… il avait pour habitude de prendre ce qu'il voulait dans la vie des gens pour l'utiliser dans ses livres. Les répercussions n'avaient aucune importance à ses yeux. Tout ce qui comptait, c'était de faire avancer sa carrière.

— Quelqu'un a agi ainsi envers toi ?

— Non, c'était envers mon père.

— Qui ?

— Son propre père. Il l'a utilisé et il lui a fait du mal. Il est mort quand j'avais quinze ans. Mais j'ai les livres, et les lettres de mon père, ainsi que celle qu'il a laissée quand il s'est suicidé.

Avant que j'aie la chance de répondre, juste quand

j'allais mettre la main sur celle de Gideon pour lui dire quelque chose de gentil, j'entendis une voix familière. Une voix froide teintée de joie superficielle.

— Je ne vais pas enfoncer les portes ouvertes, mais ça fait une éternité qu'on ne s'est pas vus !

Cole traversait la pièce à grands pas, les bras ouverts, toujours aussi beau et sophistiqué avec sa coupe en vogue, sa chemise à col ouvert, sa peau bronzée et ses pétillants yeux noirs, impossibles à déchiffrer.

Il attendait que je me lève pour m'étreindre, mais je restai assise. L'idée de sentir ses bras autour de moi, de sentir son parfum — surtout si peu de temps après avoir été dans les bras de Gideon — et d'être enlacée par des bras aussi accueillants et ouverts était tout simplement inimaginable pour moi.

Près de moi, Gideon se leva et lui tendit la main.

— Gideon Brown.

Cole lui serra la main.

— Cole Ballinger, dit-il en examinant Gideon avec une expression hautaine, comme s'il s'était déjà fait une idée sur lui, et qu'il n'était pas impressionné.

— Je sais que vous êtes en pleine séance photo, et on ne veut pas vous retenir plus longtemps que nécessaire, alors nous irons droit au fait…

Gideon se tourna légèrement vers moi. Cole avait déjà les yeux posés sur moi. Je m'étais levée mais je n'avais pas avancé et Cole et moi ne nous étions pas touchés.

— Quelque chose ne va pas, Marlowe ? Tu as besoin d'aide ? Y a-t-il un problème à la maison ?

— Je…

Je repris mon souffle. Gideon et moi avions décidé de ce que je devais dire sur le chemin du studio. J'avais juste besoin d'arrêter d'avoir peur pendant le temps qu'il fallait pour le dire. Et j'avais peur. Parce que je n'avais pas vu Cole depuis six ans, que je ne l'avais pas regardé dans les yeux et que je ne l'avais jamais confronté à sa trahison, c'était comme si je regardais une partie de moi, brisée et anéantie. Être confrontée au regard de Cole revenait à devoir regarder en face le peu d'importance que j'avais eu pour lui, et la facilité avec laquelle il m'avait utilisée. C'était comme être confrontée à toutes mes faiblesses d'un coup.

— Je sais que tu es sur le point de donner une exposition, et comme la photographie qui figure sur les invitations est une photo de moi… enfin, de ma bouche… je voudrais que tu me dises si tu comptes utiliser d'autres photos que tu as prises de moi.

Cole avait trouvé un fil qui pendait de sa chemise et il le tournait nerveusement autour d'un bouton.

— Marlowe, jamais je ne ferais quoi que ce soit qui puisse t'embarrasser.

Sa voix se déversa comme un liquide malfaisant. Elle était trop étudiée. Sa voix n'était pas ainsi lorsque je l'avais rencontré. Il n'était qu'un adolescent et il n'était pas encore devenu la caricature de lui-même qu'il avait créée.

— Cole, je ne t'ai pas demandé si tu allais m'embarrasser. Je veux juste savoir s'il y a d'autres photographies de moi dans l'exposition.

— Tu as signé une décharge, Marlowe, les photos sont à moi et j'en fais ce que je veux.

Je sentis le regard de Gideon sur moi. Il m'avait demandé si j'avais signé une décharge et je lui avais dit que je n'avais rien signé.

— Il n'y a jamais eu de décharge, dit Gideon.

Cole se tourna vers lui et lui adressa un regard dédaigneux.

— Je crois que j'en sais un peu plus long que vous sur ce sujet, dit-il en se tournant vers moi de nouveau. J'ai une lettre de toi dans laquelle tu me dis que je peux utiliser les photographies.

— Une lettre ?

Il se mit à rire.

— Oui, ma chère. Une de tes lettres d'amour. Adorable et sexy, comme tu l'étais à l'époque. Je t'avais écrit en te disant que je faisais un exposé pour ma classe et je t'avais demandé si cela ne te dérangeait pas. Et tu m'avais répondu que cela ne te dérangerait jamais et que tu adorais que je prenne des photos de toi lorsque tu étais…

— C'était avant…, interrompis-je.

— J'ai la lettre, sœurette. Je les ai toutes, dit-il, les yeux soudain brillants comme des pierres dures et froides.

Je n'avais pas pensé à ces lettres depuis très longtemps. Il y en avait une douzaine, que je lui avais écrites alors que j'étais au lycée et qu'il était à l'université. Avant que je ne comprenne que Cole était tout sauf mon héros de fiction.

— Elle était mineure, dit Gideon.

Cole rit de nouveau.

— C'est un exercice très futile, Marlowe. Tu as posé pour moi entre seize et dix-neuf ans, tu étais mineure sur la plupart des photos, et tu as signé une décharge alors que tu avais dix-huit ans.

— Ce qui veut dire qu'il y a des photos de moi dans l'exposition.

— Je n'ai jamais dit ça, si ?

Je commençai à avoir des douleurs lancinantes dans la

tête. Il était si mielleux. Je scrutai son visage à la recherche du garçon dont j'étais tombée amoureuse et je saisis une lueur de reconnaissance. Je saisis l'occasion. Je vis les muscles de son visage se décontracter un peu.

— Marlowe, je te promets qu'il n'y a rien dans l'exposition qui puisse te contrarier. J'ai pris des centaines de photos depuis, même des milliers. S'il te plaît, ne t'inquiète pas. Crois-tu que j'inviterais nos parents à une exposition où il y aurait des photos de toi nue ?

Nous nous regardâmes dans les yeux quelques instants de plus. Je sentis des frissons me parcourir. Rien n'avait jamais été aussi fort que le regard de Cole sur moi, même dans son studio, avec Gideon près de moi. Et l'ancienne attirance remonta à la surface.

Mais je savais bien que je ne devais pas m'y fier. Cela n'avait pas toujours été le cas, mais maintenant je le savais.

— As-tu toujours ces photographies ?

— Bien sûr. Mais j'aimerais te rappeler qu'il y a une différence entre le fait de garder ces photos pour moi seul et celui de les montrer.

C'était le Cole plus récent. La lueur dans son regard grâce à laquelle nous avions pu communiquer avait disparu. Il se tourna et jeta un regard en direction de son studio. Il avait laissé la porte ouverte, et à l'intérieur ses clients tournaient en rond.

— J'aimerais pouvoir rester pour que tu sois tout à fait rassurée, mais je dois y retourner. Est-ce que je te verrai au vernissage ?

Il ne s'interrompit pas assez longtemps pour que j'aie le temps de répondre. Il regardait ma bouche à présent.

— L'invitation n'est-elle pas magnifique ? reprit-il. C'est une de mes plus belles photos.

D'un doigt il dessina une ligne dans l'air, suivant le contour de mes lèvres. Cela aurait pu être séduisant si cela n'avait été aussi grossier, et si ce n'était pas Cole qui l'avait fait.

— Ce n'est qu'un fragment de ta magnifique bouche. Elle est méconnaissable. Tu as toujours une si mauvaise opinion de moi…

— Ce n'est pas vrai, mais…

Il m'interrompit avec un air contrit :

— Accorde-moi un peu de crédit. Et, s'il te plaît, viens à l'inauguration.

Il passa devant moi et prit une invitation sur papier brillant au bout de la table et la tendit à Gideon qui ne la prit pas.

— S'il vous plaît, monsieur Brown, vous devriez venir aussi. Maintenant, je suis désolé, mais je dois y retourner.

Cole se pencha vers moi pour m'embrasser, mais je fis un pas en arrière, et je butai sur Gideon, qui attrapa mon bras pour m'empêcher de tomber. Mais Cole s'était approché assez près pour que je puisse sentir son parfum — le même que celui qu'il portait quand nous étions ensemble. Je sentis le fiel me monter à la gorge, il avait le goût des doux souvenirs qui avaient ranci avec le temps.

Peu importait le nombre d'années qui avaient passé, la jeune fille que j'avais été était toujours tapie au plus profond de moi, endormie, cachée, mais elle était là. Celle qu'il avait encouragée à sortir et à jouer avec lui.

Elle m'humiliait, et c'était à cause de Cole que j'étais forcée de l'affronter de nouveau après toutes ces années.

Chapitre 38

— Merci d'avoir essayé, dis-je une fois que nous nous retrouvâmes dans la rue.

Ma voix était éteinte. Après avoir vu Cole, j'étais vidée de mon énergie. Autour de nous, les gens allaient et venaient. Certains nous prêtaient attention, d'autres pas. L'un d'eux passerait peut-être devant cette galerie de Chelsea dans deux semaines. Si les photographies lui donnaient envie d'entrer, qu'allait-il voir ? S'il s'agissait d'une jeune fille de dix-sept ans posant pour un photographe invisible, cela lui semblerait-il très cru ? Que penserait-il de cette jeune fille ?

De moi ?

— Vous le croyez ? demanda Gideon. Vous le connaissez, vous êtes en meilleure position que moi pour juger s'il disait la vérité.

— Je ne sais pas.

— Ça va ?

Je secouai la tête, les yeux pleins de larmes. Tout ce que je voulais, c'était rentrer chez moi et les laisser couler. Enfoncer la tête sous les oreillers et céder à la colère et à la frustration.

Mais Gideon ne me laissa pas partir. Il prit mon bras et m'accompagna au coin de la rue, dans un café.

Nous commandâmes un espresso, des cookies, et nous nous assîmes à une table près de la fenêtre. Gideon avait posé son attaché-case sur le sol, le genre qui avait un compartiment au milieu avec une fermeture Éclair et deux poches de chaque côté, ouvertes et remplies de papiers. Le cuir était vieux et usé.

Nous bûmes notre café. Gideon essaya, sans succès, de me faire goûter ses cookies. Nous ne parlâmes pas beaucoup.

Il me dit qu'il avait un rendez-vous à midi et qu'il allait me déposer au magasin avant d'aller au nord, à Cooper Union, mais avant que nous ne soyons prêts à partir, il alla aux toilettes.

En se levant, il renversa son porte-documents, mais il ne s'en aperçut pas.

Je me baissai pour ramasser la liasse de lettres et d'enveloppes qui étaient tombées.

Toujours un peu secouée, je ne prêtai pas une grande attention à ce que je faisais tandis que je remettais les papiers en pile. Je ne sais pas très bien à quel moment je remarquai l'enveloppe. Ce fut le timbre qui attira mon attention en premier, je l'avais vu la nuit précédente sur le bureau de Gideon, et quelque chose m'avait alors interpellée, mais je n'avais pas su dire quoi sur le coup.

A présent, dans ce café, je savais exactement pourquoi elle m'avait semblé familière. J'avais reçu une lettre portant le même timbre espagnol la semaine précédente.

Je jetai un coup d'œil sur l'adresse qui se trouvait au dos de l'enveloppe et je lus son nom sur l'enveloppe. Sans réfléchir, je sortis la lettre qui se trouvait à l'intérieur.

Ce n'était pas mon écriture montante en caractères d'imprimerie avec ses lettres rondes. L'écriture était mince et cursive, d'une encre bleu foncé que je n'aimais pas.

Comment la lettre pouvait-elle être écrite de cette couleur ? Pourquoi avait-elle été réécrite ? Les mots étaient les miens, je les connaissais par cœur. Je pouvais dire quelle phrase suivait la précédente sans même la regarder.

« Cher Gideon, »

Cela commençait ainsi, mais je n'avais jamais écrit à Gideon.

« La lumière est nue. La chaleur est nue… »

Je passai aussitôt à la fin de la lettre, et la violence de ce que je tenais entre les mains me frappa de plein fouet. Non, ce n'était pas mon écriture. Ce n'était pas ma signature. Mais c'étaient mes mots.

J'avais été engagée pour écrire cette lettre pour Vivienne Chancey. C'était une des quatre lettres que j'avais écrites pour elle au cours des deux derniers mois.

Pourquoi était-elle adressée à Gideon ? Que faisait-elle au milieu des papiers de Gideon ?

Ce n'était pas possible. Ça n'avait aucun sens. Cela ne pouvait pas être ce que je pensais.

Pourtant, cela ne pouvait rien être d'autre.

Chapitre 39

J'étais toujours accroupie dans ce café, à côté de son porte-documents.

Si je ne me levais pas, Gideon allait sortir des toilettes d'une minute à l'autre et me trouver là, et il allait me demander ce qui n'allait pas. Et même si je ne le lui disais pas, il le saurait. Parce qu'il savait toujours, avec ce sixième sens complètement fou qu'il avait.

Soudain, je fus anéantie de nouveau, comme lorsqu'une seconde vague surgit et s'abat sur vous juste au moment où vous vous relevez après avoir été emporté par la première. On n'avait pas le temps de se remettre. Un choc après l'autre.

Gideon et Vivienne Chancey avaient une relation. Elle lui avait envoyé les lettres que j'avais rédigées pour elle. Et lui, en réponse à mes lettres, lui avait envoyé les récits érotiques que j'avais écrits.

Je n'étais pas seulement au milieu de ces deux personnes, je les aidais à communiquer l'une avec l'autre, je les aidais à se séduire mutuellement. C'était grotesque. Impossible.

Excepté que ça ne l'était pas.

Gideon devait avoir vu les photographies de mes lettres que Vivienne avait prises, ou même l'article qui était paru dans le magazine. Elle ne lui avait certainement pas dit qu'elle m'avait engagée car elle faisait passer les lettres pour les siennes. De la même façon que Gideon prétendait que mes récits étaient les siens. Comme le faisaient tous mes clients.

La nuit que je venais de passer avec Gideon était trop fraîche dans ma mémoire pour qu'elle ne m'apparaisse pas comme une insulte à présent.

Je me levai et je partis.

Dès que je fus dans la rue, je tournai à droite et courus au coin de la rue où je trouvai un taxi. Je devais aller à la boutique mais je pourrais toujours appeler Grace une fois rentrée chez moi pour lui dire que j'étais malade. Je donnai mon adresse au chauffeur.

J'avais besoin de comprendre ce qui s'était passé. Comment cela était arrivé. Et ce que je devais faire.

Au fond de moi, je savais déjà que je ne pouvais rien y faire. La nausée que je sentais monter en moi me le disait. La douleur derrière mes yeux me le disait.

Je ne pouvais plus voir Gideon.

Je ne pouvais plus écrire les récits pour lui. Vivienne et lui étaient ensemble, et j'avais facilité leur relation. Et je n'allais certainement pas rester au milieu.

Le fuir, sans rien expliquer, sans l'affronter, était peut-être une façon un peu lâche de faire face à ce que je venais de découvrir, mais je n'avais pas le choix.

Si je disais à Gideon que j'étais celle qui avait écrit les lettres de Vivienne, je détruirais l'idée qu'il avait d'elle. Je dévoilerais le secret de Vivienne et il ne la regarderait plus jamais de la même façon.

Je le ferais souffrir.

Et peut-être détruirais-je une relation qui comptait beaucoup pour lui.

Et je ne pouvais pas lui faire cela.

Pendant tout le chemin du retour, et ensuite une fois que je fus rentrée chez moi, je pensai sans arrêt aux sculptures de bronze de Gideon. En particulier à celle à l'intérieur de laquelle je m'étais glissée, avant qu'il n'approche de moi pour me faire l'amour. Ce moment où j'avais regardé le couple que nous formions dans le miroir, l'un et l'autre nus et ivres de désir, exprimant notre passion dans le miroir.

J'étais restée au milieu de sa sculpture et je m'étais regardée. Et à présent j'étais au milieu de la relation qu'il entretenait avec une autre femme, et, de nouveau, je me regardais.

Chapitre 40

Je n'avais pas réussi à trouver le sommeil pendant les deux nuits qui avaient suivi, et les journées s'écoulaient lentement. Je pleurais, et ensuite je me le reprochais. Je sortais à manger du réfrigérateur, et ensuite je laissais tout traîner sur le bar sans y toucher. Je me forçais à prendre des douches, à m'habiller et à travailler. Mais je n'arrivais à rien de bon.

Pendant ces deux jours, il avait plu sans interruption. Fin mai, il faisait en général beau et plutôt doux à Manhattan, mais nous subissions une vague de chaleur et l'humidité était extrême. Plusieurs orages avaient éclaté avec violence et la pluie qui tombait de façon constante inondait les rues et déchirait les pétales sur les arbres en fleurs.

J'avais des lettres à écrire. Des clients qui voulaient me rencontrer. Le mois précédent, j'avais pris des engagements qui arrivaient à échéance, et j'avais passé ces deux jours à essayer de me concentrer sur le travail que j'avais à faire et à éviter de penser à Gideon.

Je n'y étais pas parvenue.

Il faisait partie de moi.

Ce n'était pas parce que nous avions fait l'amour. C'était

à cause de la façon dont nous avions fait l'amour. Et aussi à cause de la manière dont nous avions contemplé l'idée de nous caresser, de nous embrasser, de découvrir nos érotismes respectifs à travers mes récits. A cause de la façon dont il m'avait regardée quand je racontais les histoires fantasmatiques, et de la façon dont ses yeux s'étaient rivés aux miens pour ne plus les quitter. A cause de la façon dont je m'étais ouverte à lui et de ce que je lui avais donné. De la façon dont il l'avait pris. De la façon dont il avait caressé ma joue avec un doigt, et su aussitôt tout de moi. De la façon dont il m'avait regardée me déshabiller. De la façon dont il m'avait embrassée en pleine lumière.

J'avais passé des heures à regarder mon corps dans le miroir pendant ces deux jours. Cherchant ce qui avait changé. Comment cela avait changé. Je touchai la peau douce à l'intérieur de mon poignet, le creux de ma clavicule, mes cuisses.

Non, rien n'avait changé, pensai-je.

Sauf que ce n'était pas vrai.

Il avait étreint mon corps avec ses doigts, sa langue, ses lèvres, son sexe et ses yeux, et il avait éveillé celle qui, en moi, s'était endormie, il y avait longtemps. Celle dont j'avais oublié l'existence.

Je frissonnais à chaque fois que je pensais à son corps, nu, au-dessus de moi, frôlant ma peau. J'avais senti ses veines battre sous mes doigts. J'avais embrassé son pouls qui battait plus vite à cause de ce que nous nous faisions l'un à l'autre, cette nuit-là.

Et à présent, c'était terminé. Presque aussitôt que cela avait commencé. Ce qui rendait les choses plus difficiles encore était que tout était ma faute. Je m'étais ouverte à lui. Je l'avais pris en moi — pas seulement son corps et sa chair, mais aussi son désir passionné de communiquer, d'explorer, de voir là où nous pouvions aller et si nous pouvions y aller ensemble. Et nous l'avions fait.

J'avais été stupide.

Gideon m'avait appelée plusieurs fois pendant ces deux jours mais je n'avais pas répondu au téléphone. J'avais fini par couper le son, de sorte que lorsqu'il avait laissé des messages, je n'avais pas entendu ce qu'il avait dit.

Le troisième jour, je me traînai jusqu'à la boutique, sachant que j'avais l'air épuisé, que j'avais les traits tirés et que Grace croirait certainement que j'avais été malade.

Elle était occupée avec un client lorsque j'arrivai là-bas, mais, une demi-heure plus tard, elle entra dans mon bureau avec une tasse de thé chaud avec du miel.

— Tu as une petite mine, ma chérie. Tu devrais être chez toi, dans ton lit.

— Je sais, mais j'ai trop de choses à faire.

— Bois ça. Tu as besoin qu'on s'occupe de toi. Tu aurais dû m'appeler.

Elle s'assit de l'autre côté du bureau et elle s'assura que je buvais mon thé, ce qui me rassura un peu. Ce n'était pas vraiment un mensonge lorsque je lui avais dit que j'avais attrapé un virus intestinal car je me sentais vraiment malade après ce qui venait de se produire. Ce que j'avais laissé se produire. Et ce que j'avais découvert.

— Je suis désolée de te dire ça quand tu ne te sens pas bien… mais je pense que tu dois le savoir, dit-elle.

Elle posa une lettre qui lui était adressée sur le bureau et elle la poussa vers moi. Pendant une seconde, je me raidis, de peur qu'elle vienne de Gideon et qu'il l'ait contactée pour se plaindre que je n'avais pas terminé le travail que nous avions commencé. J'eus peur que Grace me demande ce qui s'était passé et que je sois forcée de le lui expliquer.

Je pris la lettre, l'ouvris et je la lus.

Elle venait d'une femme nommée Clara Loomis. Elle expliquait qu'elle avait rencontré un homme qui s'appelait Philip Drawson en vacances, qu'ils avaient seulement dîné deux fois ensemble et qu'ensuite ils étaient l'un et l'autre rentrés chez eux, à cinq cents kilomètres l'un de l'autre. Les semaines suivantes, Philip lui avait écrit plusieurs lettres d'amour érotiques.

Je connaissais Philip Drawson, j'avais écrit ces lettres pour lui trois mois plus tôt.

Clara écrivait que, suite à ces lettres, elle s'était attachée à Philip et elle était tombée amoureuse de lui. En fin de compte, elle avait pris l'avion et elle était allée passer le week-end avec lui.

La première nuit, il était devenu violent et elle s'était retrouvée blessée à l'hôpital.

Elle rejetait la responsabilité sur les *Lettres de lady Chatterley*, parce que j'avais écrit les lettres qu'il lui avait envoyées.

Je posai la lettre tapée à la machine sur mon bureau, alors que les lettres que j'avais écrites pour Philip avaient été calligraphiées avec goût à l'encre rouge sur un épais papier vélin.

— J'ai du mal à comprendre pourquoi elle nous envoie cela. Est-ce une menace ? Veut-elle nous poursuivre en justice ? Que veut-elle ?

— Je n'en étais pas sûre moi non plus. J'ai parlé à un avocat et il m'a dit que soit elle a l'intention de nous attaquer en justice, soit il s'agit d'une personne en colère qui cherche à évacuer sa frustration. En cas de procès, tu n'es pas responsable, je suis la propriétaire des *Lettres de lady Chatterley*. Mais nous vivons dans une société procédurière, et il a suggéré que nous modifiions nos contrats existants pour y inclure une décharge, au cas où quelque chose de ce genre se reproduirait.

Je hochai la tête. Je savais que j'aurais dû prêter attention à ce qu'elle disait mais le mot décharge m'avait distraite. Je pensai à la lettre d'amour que j'avais envoyée autrefois, celle dont Cole avait certifié à Gideon qu'elle représentait une décharge tout à fait valable.

Est-ce que la lettre que j'avais adressée à Cole alors que j'avais dix-huit ans, l'autorisant à montrer les photographies qu'il avait prises de moi à son professeur d'université, pourrait représenter une preuve si je décidais de l'attaquer en justice ?

— Marlowe, ça ne va pas mieux, n'est-ce pas ? Tu es toute pâle. Je pense que tu devrais rentrer chez toi. Je m'occuperai de tes clients.

— Non, ça va. Je me suis reposée pendant deux jours, je peux très bien faire face, dis-je en prenant la lettre. Pauvre femme…, ajoutai-je.

— Je ne voudrais pas passer pour une cynique, mais on ne sait pas si ce qui est écrit dans cette lettre est vrai.

— Je n'ai jamais pensé faire quoi que ce soit de répréhensible. Faciliter une histoire d'amour ne m'a jamais paru être un délit majeur. Mais tout à coup, cela me semble faux et dangereux.

— Il y a autre chose qui ne va pas, n'est-ce pas ?

Je n'avais pas le courage de lui expliquer la situation avec Gideon et Vivienne Chancey et comment, en essayant de les aider à exprimer les sentiments qu'ils éprouvaient l'un pour l'autre, j'avais joué avec leurs émotions. Comment je leur avais permis de poursuivre une relation qui était partiellement fondée sur des mensonges.

— Je ne me sens pas très bien.

Cette fois-ci, c'était la vérité.

— Rentre chez toi s'il te plaît. Les décharges peuvent bien attendre jusqu'à la semaine prochaine, non ?

Je hochai la tête.

Cependant, j'envoyai les demandes de décharges à tous nos clients. Tous excepté Gideon. Je ne pouvais me résoudre à lui écrire. Je ne pouvais le contacter. Il m'avait déjà appelée chez moi ce matin-là. Son dernier message avait été plus succinct que les autres et il ne semblait pas aussi inquiet que les autres fois. Il me demandait, de nouveau, pourquoi j'étais partie du café. Puis il avait ajouté :

— Si cela a un rapport avec Cole et ses photographies, tu ne peux plus les laisser te gâcher la vie. Tu étais jeune, tu étais amoureuse et tu n'as rien fait dont tu doives avoir honte.

Même si les photographies avaient été la raison pour laquelle j'évitais Gideon, cela n'aurait pas été parce que j'en avais honte.

J'avais adoré poser pour Cole. J'avais adoré être sexy et provocante lorsqu'il me prenait en photo. Je l'avais aimé et j'avais alors eu l'impression que nous ne faisions absolument rien de mal. Dans ma naïveté, j'avais pensé que poser était ma façon de lui montrer ce que je ressentais pour lui et qu'il en était de même pour lui lorsqu'il me prenait en photo. Je n'avais jamais pensé que, lorsque j'en aurais eu assez d'être prise en photo, lui, de son côté, en aurait eu assez de moi.

J'avais tellement eu envie de Cole que j'avais nourri sa dépendance et que j'étais restée sur ma faim.

Et même maintenant, des années plus tard, la part de moi qui avait été anéantie n'avait toujours pas complètement cicatrisé.

L'épanouissement que j'avais ressenti à chaque fois que nous faisions l'amour s'était brusquement éteint, et avant de rencontrer Gideon, je ne pensais pas être capable de ressentir cela de nouveau.

J'avais montré à Cole tout ce qu'il voulait voir de moi et au lieu de l'apprécier et d'y prendre plaisir, il avait tourné la situation à son avantage, sans se préoccuper des conséquences pour moi. Et, à présent, il allait peut-être rouvrir la blessure qu'il avait causée.

Comment avais-je pu être assez stupide pour ne pas voir que je n'avais jamais été pour lui qu'un autre corps qu'il avait utilisé pour son art si précieux ?

Son art.

— Peut-être que ce que je fais n'est vraiment pas bien ? laissai-je échapper alors que Grace était sur le point de sortir de mon bureau.

Elle se retourna.

— Ce que tu fais, ce sont de véritables œuvres d'art, Marlowe.

— Si c'est vrai, même en partie, alors c'est encore pire.

— Pourquoi ?

J'avais envie de le lui expliquer, mais je ne savais pas comment. Tout était trop confus dans mon esprit, entre Cole, Gideon et Vivienne.

Si Grace ne savait pas ce qui s'était passé, si je ne le lui disais pas, alors, à ses yeux, je serais encore celle que j'avais toujours été. Donc tant que je ne le lui disais pas, je pourrais rester moi-même et peut-être que cela irait.

J'étais incapable de répondre à sa question, et elle fit demi-tour et s'assit à mon bureau de nouveau.

— Tu ne fais rien de mal. Mais la façon dont les clients utilisent les lettres peut être dangereuse.

— Mais comment puis-je le savoir lorsque je suis face à un client ?

— Tu ne peux pas.

Je soupirai.

Grace posa sa main sur la mienne. Elle portait une grosse bague avec une améthyste entourée de péridots vert pâle qui brillaient sur son doigt.

— Tu n'es pas seulement malade, n'est-ce pas ?

— Je vais bien.

— Tu mens.

— Non, tu te trompes.

— Il y a quelque chose qui te tracasse. Dis-moi de quoi il s'agit.

— As-tu reçu une invitation pour l'inauguration de l'exposition de mon demi-frère ?

J'étais sûre qu'elle en avait reçu une, Jeff et elle étaient de bons amis et j'étais certaine qu'il l'avait mise sur la liste des invités.

— Oui, je l'ai reçue.

— Tu vas y aller ?

— Jeff m'a demandé d'y aller avec lui, et il a proposé que tu viennes avec nous, j'allais t'en parler. Pourquoi ?

— Es-tu forcée d'y aller ?

— Non. Préférerais-tu que je n'y aille pas ?

Je hochai la tête.

— Tu peux me dire pourquoi ?

Je ne pouvais pas. Le seul fait d'en parler, d'attirer l'attention là-dessus, n'aurait fait qu'aggraver les choses.

— Cole et moi on ne s'entend pas, tu le sais. Et je ne sais pas quels mensonges il peut raconter sur moi. Et ça m'embêterait qu'il te dise toutes sortes d'inepties.

— Je sais faire la différence entre la vérité et un mensonge. Pourquoi est-ce que je ne te raccompagnerais pas chez toi ? Nous pourrions nous arrêter en cours de route pour acheter de la soupe, je la ferais chauffer et ensuite tu pourrais aller te coucher.

— Je n'ai pas besoin que tu fasses tout ça.

— Bien sûr que si. Allez, allons-y. Les filles peuvent bien me remplacer pendant un moment.

Elle prit mon parapluie et nous sortîmes.

Elle me conduisit d'abord chez Dean & Deluca pour acheter de la soupe. Nous passâmes devant la longue table de marbre qui donnait sur la vitrine et je vis l'image fantomatique de Gideon et moi assis, le jour où nous nous étions rencontrés, apparemment par accident.

Le magasin n'était pas encore trop bondé, il n'était que 3 h 30 de l'après-midi et nous réussîmes à trouver en un temps record du pain aux céréales, de la soupe de crabe au maïs, une bouteille de soda au citron vert, une barquette de fraises et un paquet de biscuits au chocolat. En résumé, des aliments régressifs qui me remonteraient peut-être le moral.

De retour dans la rue, Grace porta le sac des courses tandis que je tenais le parapluie au-dessus de nous. Nous fîmes le reste du trajet en silence et, une fois arrivées à mon appartement, nous étions toutes les deux un peu mouillées par la pluie battante que nous venions d'endurer.

— Tu te déshabilles et tu te couches. Pendant ce temps, je réchauffe ça.

— Tu n'as pas à faire tout ça. Il est encore tôt et je ne suis pas près de manger. Tu n'es pas obligée de rester là.

— Non, je ne suis pas forcée de rester. Mais ça me fait plaisir. Bon, si tu n'as pas faim, tu veux que je te prépare du thé ?

Je lui fis oui de la tête.

Elle revint quelques minutes plus tard avec deux tasses de thé vert bien fort.

— Ne penses-tu pas que cela t'aiderait si tu me disais enfin ce que Cole t'a fait et ce qui ne va pas ?

— Non, ça ne m'aiderait pas.

— Tes parents sont au courant ?

— Non.

— L'avais-tu dit à Kenneth ?

— Non, mais on s'était querellés à ce sujet. C'est la seule fois que nous nous sommes disputés à propos de quelque chose, et je n'ai jamais eu l'occasion de m'expliquer.

— Tu ne peux pas en vouloir à Cole pour ça.

— Non, ce n'est pas pour ça que je lui en veux.

— D'accord, tu n'as pas à me le dire. Mais il faut que tu en parles à quelqu'un. Tu ne peux pas garder ça pour toi, quoi que ce soit. C'est destructeur.

— Ce que je fais est trompeur. Il n'est pas très moral d'écrire des lettres pour d'autres.

— Ne change pas de sujet.

— Je suis désolée, je ne l'ai pas fait exprès. Je suppose que je ne sais pas ce qui m'ennuie le plus : Cole et son exposition ou les lettres que j'écris, qui n'apportent aux gens que des déceptions.

— Mais les gens sont sans cesse déçus. Ce que tu fais, c'est tout le contraire, tu donnes aux gens l'occasion de s'exprimer comme jamais ils ne pourraient le faire autrement.

Qu'est-ce qui aurait été le plus facile ? De naviguer en terrain inconnu et de lui parler de Gideon, quitte à être confrontée à des côtés de moi-même que je ne voulais pas explorer ? Ou lui expliquer ce qui s'était passé entre Cole et moi autrefois ?

Au moins, sur ce point, j'étais en terrain connu.

Chapitre 41

Le lendemain matin, je n'allai pas à la boutique parce que Grace m'avait appelée de bonne heure en me disant de prendre une journée de plus.

— Travaille si tu veux, mais je veux que tu te reposes aussi.

Je travaillai toute la journée, je m'attelai tôt le matin, sans prendre de pause, à un collage que j'avais commencé avant de rencontrer Gideon, et avant d'avoir entendu parler de l'exposition de Cole. J'avais enfilé une grande chemise, j'avais relevé mes manches, attaché mes cheveux, allumé la chaîne hi-fi et je l'avais remplie de CD de musique classique, pour pouvoir rester concentrée sur mon collage.

Il était composé de mots déchirés disposés en forme de fleur, qui était placée à l'intérieur de la silhouette d'une femme debout dans un parc, tandis qu'une pluie de feuilles tombait sur elle.

C'était horrible — une des pires choses que j'aie jamais créées. Après avoir trimé toute la journée, je pris une paire de ciseaux et je le découpai en petits morceaux, avant de le jeter à la poubelle.

A 6 heures du soir, je versai de la vodka sur quatre

cubes de glace et je m'assis sur mon lit, zappant d'une chaîne à l'autre avant de trouver un film en noir et blanc — *Le Fantôme et Madame Muir* — que j'avais déjà vu. Au moins trois fois. J'avais envie de regarder quelque chose de familier et de triste à la fois pour m'empêcher de penser à autre chose.

La sonnette retentit à 7 heures, je me levai, j'appuyai sur le bouton de l'Interphone et je dis bonjour, m'attendant à ce que ce soit une livraison — de pizza ou de nourriture chinoise — pour un autre appartement.

— Marlowe ? C'est Gideon.

Je ne dis rien, mais le son de sa voix provoqua une douleur au creux de mon estomac.

— Marlowe ?

— Oui.

— Je peux monter ?

— Non.

Il y eut un silence à l'autre bout de l'Interphone, mais je savais qu'il était toujours là. J'entendais le bruit de la circulation.

— Si tu ne me laisses pas monter, je vais laisser quelque chose pour toi ici. Appelle-moi s'il te plaît, dit-il. Puis j'entendis le bruit que fait l'Interphone lorsqu'il s'éteint.

J'allai jusqu'à la fenêtre et je jetai un coup d'œil dans la rue. Je n'allais pas descendre s'il m'attendait en bas. Je ne voulais vraiment pas le revoir. Alors j'attendis, jusqu'à ce que, vingt secondes plus tard, je le voie sortir de l'immeuble. Il resta là pendant quelques secondes, les cheveux au vent, sans bouger.

Devais-je descendre ?

Non.

Il n'y avait rien que je puisse faire. Je n'avais aucun moyen de m'expliquer. Et même si j'avais très envie d'aller le rejoindre, je savais que la seule chose à faire était de le laisser retourner à son loft, à ses personnages de bronze et à sa relation avec Vivienne. Je devais garder cela à l'esprit. En dépit de la nuit que nous avions passée ensemble, de sa gentillesse envers moi, de l'étrange façon qu'il avait de toujours deviner mes pensées, il était déjà avec une autre femme. Et il tenait suffisamment à elle pour m'engager pour l'aider à la séduire. Et malgré sa volonté de fer et les principes auxquels il croyait, il serait sans doute prêt à lui mentir pour la rendre heureuse. Il ferait semblant d'écrire les histoires, il paierait pour celles-ci, parce qu'il savait à quel point elles lui feraient plaisir.

Puis je me rendis compte que j'étais en train de mimer la position de son corps, six étages plus bas, les mains fermées le long de mon corps, les pieds bien ancrés dans le sol.

Je m'étais interdit de bouger de peur d'avoir envie de descendre malgré tout.

Il finit par faire demi-tour et par s'en aller.

Toujours immobile, je le regardai. Il était arrivé au coin de la rue. Le feu était rouge.

Si je me dépêchais, si je courais jusqu'en bas et que je me précipitais dans la rue, j'aurais peut-être une chance de le rattraper avant qu'il ne disparaisse dans la nuit.

Mais à quoi pensais-je ?

Je n'étais même pas habillée.

Ma chemise blanche trop grande pour moi était couverte de taches de peinture, il y avait du papier journal collé sur une des manches et j'étais pieds nus.

Le feu passa au vert et je m'appuyai contre la fenêtre,

le front contre la vitre. Il était maintenant de plus en plus petit. Dans quelques secondes, il serait hors de ma vue, et ensuite je ne le verrais plus jamais.

Est-ce que Vivienne et lui se rendraient un jour compte qu'ils m'avaient engagée tous les deux ? Cela aurait-il la moindre importance ? Ou s'aimeraient-ils d'autant plus qu'ils s'étaient donné le mal de se séduire mutuellement avec des fantasmes ? Est-ce qu'une fois assis dans leur lit en buvant du vin ils riraient de la stupidité de ce qu'ils avaient fait ? Et de la mienne, pour ne pas avoir compris ce qui se passait ?

J'imaginais la scène clairement : le lit, les draps froissés, une musique de fond, les verres de vin vides sur la table de nuit — je voyais même Vivienne allongée sur les oreillers vert pâle —, je voyais toute la scène, mais je ne le voyais pas, lui. Il m'était impossible de l'imaginer en train de rire de ce qui s'était passé, ni embrassant Vivienne, ou la prenant dans ses bras ; je ne voyais ni ses mains sur ses seins nus, ni ses longues jambes mêlées aux siennes.

La rue était déserte à présent. La nuit brillait de reflets argentés, mais ce n'était pas une nuit de pleine lune, c'était la clarté trompeuse des lampadaires. Tout comme mes récits avaient été trompeurs. Ils n'étaient que de pâles imitations du désir. Ils suggéraient l'existence de la passion, mais ce n'était qu'une illusion.

J'enfilai des leggings noirs et une paire de ballerines. Mes cheveux étaient attachés en queue-de-cheval et j'avais des paillettes sur le visage, sur les mains et sur ma chemise, mais cela n'avait pas d'importance. Je ne verrais personne dans le hall d'entrée.

Je ne regardai pas à l'intérieur du sac à provisions avant d'être de retour dans mon appartement.

Sur le dessus, il y avait la page déchirée d'un carnet, avec trois lignes au milieu, griffonnées au crayon. Le genre de crayon à papier qu'utilisent les artistes pour faire des croquis. Les lettres étaient légèrement tachées là où le côté de sa main avait dû s'appuyer.

Marlowe,
Il serait dommage de tout gâcher.
Gideon

Je fis glisser mon index sur son écriture. C'était ma seule lettre de Gideon. Les seuls mots qu'il m'ait écrits, après tous ceux que j'avais écrits pour lui.

Je sentis des larmes couler sur mes joues, debout en plein milieu de la salle à manger, serrant le sac contre moi comme s'il s'agissait d'une personne en chair et en os. Je ne pleurais pas à cause de ce que je venais de perdre mais parce que je venais de comprendre que c'était pour Gideon que j'avais écrit ces histoires. Et elles étaient le reflet de ce que je ressentais moi, et non quelqu'un d'autre. Je lui avais raconté ce que j'avais envie que nous fassions, et comment j'avais envie que nous soyons ensemble.

Serrant le sac contre moi, je me laissai glisser au sol. Je m'agrippai au sac comme si j'avais peur de le lâcher. Pendant quelques minutes, je pleurai à gros sanglots, ce qui me fit me sentir plus mal encore. Puis je me calmai, et le silence envahit la pièce.

J'avais écrit trois récits sur les cinq que Gideon avait

commandés — l'ouïe, l'odorat et le toucher. Le goût devait venir ensuite. Nous avions prévu de faire une razzia dans des magasins d'alimentation, nous avions même préparé une liste de tous les ingrédients que nous voulions acheter et nous avions décidé que nous les ramènerions dans son studio pour ensuite trouver une idée de scénario autour des saveurs et des textures.

Il avait pensé à tout.

Dans le sac, je trouvai un mélange de fruits exotiques : des litchis, des abricots secs, deux grenades et une barquette de framboises.

Il y avait deux fromages, moelleux à souhait : une petite tranche de brillat-savarin et un morceau de saint-andré.

Les deux pains qui se trouvaient au-dessous dégageaient une bonne odeur de levure, et celui aux raisins et aux noix semblait aussi dense que la baguette était légère.

La note qui figurait sur le petit pot de miel était en français et indiquait qu'il venait de Provence et qu'il était parfumé à la lavande. Je l'ouvris, me penchai au-dessus du pot et je respirai.

Il sentait bon le soleil et les champs de fleurs.

Il y avait un récipient d'olives recouvertes d'huile brillante, et un autre de pistaches décortiquées d'un vert tendre très appétissant, saupoudrées de poivre de Cayenne.

A l'intérieur d'une boîte en carton venant d'une pâtisserie se trouvait une tarte à la mousse au chocolat, recouverte de crème fouettée et de copeaux de chocolat.

Il y avait une bouteille de champagne.

Et alors que je pensais que le sac était vide, je trouvai, emballé dans un petit papier en aluminium doré, comme un dernier cadeau qu'on a failli oublier, une fine barre de chocolat noir extra-fin.

Triste et mal en point, je m'assis sur le sol avec toute la nourriture. Je touchai les ingrédients, je me penchai dessus, je les sentis, comme un chat sauvage affamé et perdu trouvant par hasard un trésor riche de mille possibilités. Soudain, j'eus faim. Désespérément faim.

J'arrachai des morceaux de pain aux noix et je le trempai dans le miel, me moquant pas mal d'avoir du liquide collant plein les doigts. Sans prendre la peine de me servir d'un couteau, j'utilisai la croûte de la baguette pour me servir du saint-andré bien crémeux, mais j'en avais tant pris que je ne réussis pas à tout mettre dans ma bouche en une seule fois. Quelle importance ? Je léchai le fromage sur le pain, comme l'aurait fait le chat, faisant glisser sa texture soyeuse sur ma langue, sans manger le pain, m'en servant seulement comme d'un ustensile. Ensuite, je pris un morceau de mie de la baguette, et je la trempai dans l'huile des olives. Et je pris un peu plus du pain aux noix avec du miel. Et plus de baguette avec du saint-andré.

Aurais-je pu manger quelque chose de plus riche ?

J'avais renversé du miel sur mes leggings, je les enlevai, et, n'étant toujours pas arrivée à satiété, je déchirai l'écorce d'un litchi et je portai le fruit juteux à ma bouche, arrachant la chair du noyau avec mes dents, me laissant envahir par une intense explosion de saveurs. La texture du fruit opalescent était douce et humide, et une fois que j'en eus avalé la chair, il ne me resta plus en bouche que le noyau doux et luisant, aussi dur que du bois.

J'écrasai les framboises sur ma langue. L'une après l'autre.

Encore affamée, je déchirai un bout du papier qui était autour du chocolat et j'en coupai un bien trop gros morceau. Après le fruit, le chocolat avait un goût amer, un goût de grain de café grillé. Je laissai fondre dans ma bouche un morceau épais et riche. Aussi dense que le brouillard. Aussi noir que le milieu de la nuit. Et aussi extrême qu'un violent orage.

J'avais toujours faim. J'étais toujours insatisfaite. Je mangeai un peu plus de pain et de miel, et ensuite je déchirai le papier de soie qui recouvrait une des grenades.

Le jus coula sur mes doigts lorsque je saisis les petites graines au goût sucré qui ressemblaient à des bijoux couleur pourpre. Je continuai de mordre à pleines dents dans la grenade, et le jus rouge coula sur mon menton et sur mes doigts.

Comment ces aliments auraient-ils pu conduire à un récit érotique ? Comment aurais-je pu transformer ces goûts et ces textures en une véritable séduction ?

J'étais incapable de voir au-delà de mon orgie culinaire. Une femme seule dévorant de la nourriture salée, sucrée, dense, riche et fruitée. Une femme essayant de se rassasier de saveurs parce qu'elle ne pouvait avoir ce qu'elle voulait : l'homme qu'elle avait rencontré. Elle voulait sa bouche, pas les framboises. Ses doigts, et non le pain. Ses lèvres, pas le fromage. Et son sexe au lieu du champagne.

Qui aurais-je pu séduire avec cette histoire ?

Je baissai la tête et je vis que ma chemise était constellée de taches de couleur rubis. On aurait dit que je saignais.

Je me relevai et déchirai ma chemise.

Qu'aurions-nous fait avec toute cette nourriture ?

Même si cela n'avait plus d'importance, même si jamais je n'écrirais cette histoire pour Gideon, mon imagination refusait d'obéir à ma logique, et je cherchai le moyen de transformer cette expérience orgiaque en une entreprise de séduction.

Je baissai les yeux sur mes seins nus et je vis que le jus n'avait pas seulement taché ma chemise, mais qu'il l'avait traversée et qu'il avait laissé des traces sur mes seins. Un dessin accidentel et presque violent.

Je pris quelques graines de grenade, et au lieu de les porter à ma bouche pour en sucer la chair, je les utilisai comme un pinceau, dessinant de grandes courbes le long de mon cou et suivant la ligne de mes seins, complétant le motif déjà existant.

Plus de fruit.

Plus de lignes vermillon autour de mes seins.

Plus de fruit.

Je continuai de peindre.

Des lignes de couleur tournant autour de mon ventre, de mes cuisses, toutes les lignes conduisant vers mon sexe, disparaissant dans ma toison aux reflets dorés. Mais je n'avais pas terminé. Il restait des graines, gorgées de sang.

Je commençai à les frotter à l'intérieur de mes cuisses, puis à l'orée de mon sexe, le long de mes lèvres. Je me caressai dangereusement, et mon corps commençait à réagir, comme si quelqu'un l'avait touché. Mais il n'y avait personne.

En quelques secondes, je fus trempée. J'étais prête. Mais pour qui ? Gideon ?

J'avais fait l'amour avec lui une seule fois, et mon corps tout entier avait terriblement envie de lui.

Le loft était plongé dans une semi-obscurité, et partout autour de moi, le sol était jonché de nourriture. Des miettes de pain. Une bouteille de champagne presque vide. Des noyaux d'olives et des graines de grenade. Des morceaux de papier aluminium arrachés à la barre de chocolat.

Je ne prêtai pas attention à tous ces immondices. Ma tête était pleine d'images de Gideon. Je voyais ses yeux noir et vert, je sentais son parfum. Je frissonnai en pensant à lui. Glissant ma main entre mes cuisses, je pensai à ses mains pleines de cicatrices, et je me caressai plus vite, puis plus lentement. J'essayai de me mettre au diapason du rythme de sa respiration, imaginant qu'il était là, près de moi.

Je sentis son souffle dans mon cou.

Et mon corps se mit à réagir, plus intensément cette fois, attendant la délivrance, espérant que l'orgasme lui apporterait la satiété que la nourriture n'avait pu lui donner.

Je me laissai aller à mon fantasme. Gideon était avec moi, une de ses mains saisit mes fesses, m'attirant à lui, de plus en plus près, tandis que son autre main caressait mon clitoris et que son sexe allait et venait en moi, lentement. Lorsqu'il s'enfonça plus profondément en moi, il murmura au creux de mon oreille :

— Marlowe, laisse-moi venir plus loin en toi. Dis-moi ce que tu ressens…

Et je fis ce qu'il me demandait, je lui dis ce que je ressentais. Je lui dis que lorsqu'il me mordait l'épaule, je ressentais des frissons partout. Je lui dis que ses doigts effleurant mon sexe me faisaient trembler de plaisir. Et que faire l'amour avec lui était une expérience unique, presque mystique.

Je l'entendis répondre, comme s'il avait réellement été tout près de moi :

— Moi non plus, je n'ai jamais ressenti cela.

Ce fut en entendant sa voix murmurer cela — ou en pensant l'entendre — que je fus terrassée par un orgasme d'une intensité inégalée.

Puis, aussitôt après, je me mis à pleurer, prenant conscience que j'étais seule, que Gideon n'était plus là. Qu'il ne l'avait jamais été. Et je me demandai comment le seul fait de l'évoquer avait pu me mettre dans un tel état d'extase. Un état passionnel dont jamais je ne me serais crue capable.

Chapitre 42

La semaine suivante passa très lentement. J'avais les yeux rivés sur la pendule, sans trop savoir pourquoi, ni ce que j'attendais. Je n'avais pas du tout la tête à ce que je faisais. Comme Grace me l'avait demandé, j'avais envoyé des lettres à tous mes clients en les priant de bien vouloir me signer une décharge. En écrivant leur nom sur chacune des enveloppes, je me demandai s'il n'était pas temps de passer à autre chose. Ecrire des lettres pour les autres ou raconter des histoires pour eux n'était peut-être pas une si bonne idée après tout.

J'appelai Jeff et je lui demandai combien de couvertures il pourrait me confier chaque année si j'avais l'intention d'en faire davantage. Le chiffre qu'il m'annonça était amplement suffisant pour pouvoir remplacer les lettres et les récits érotiques. Je réfléchis à la façon dont je pourrais l'annoncer à Grace.

Et à la fin de notre conversation, Jeff me demanda si je comptais aller à l'inauguration de Cole le soir même.

— Non.

— Je pense que tu devrais. Cole est très secoué par ce qui s'est passé entre vous dans son studio.

— Il t'en a parlé ?

— On a dîné ensemble. Laisse-moi venir te chercher. Grace et moi nous y allons, tu devrais nous accompagner. C'est la meilleure chose à faire. Cole a envie que tu y sois. Tu dois dépasser tout ça.

— Je ne peux pas.

Jeff ne protesta pas, mais son silence était plus accusateur que s'il l'avait fait.

Cela dit, il avait raison, pensai-je après avoir raccroché. Et Gideon avait sans doute raison aussi. Je ne pouvais pas fuir ce problème indéfiniment. Je devais affronter Cole.

La Galerie se trouvait à Chelsea, à peu près à vingt pâtés de maisons de mon loft, aussi décidai-je d'y aller à pied. Lentement. C'était la première semaine de juin et le soleil baissait déjà, baignant les rues de son éclat rougeoyant. Les gens rentraient du travail, certains s'apprêtaient à sortir pour la soirée et, en passant à côté d'un de ces groupes, je regrettai de ne pas pouvoir aller vers eux et leur demander si je pouvais me joindre à eux, aller là où ils allaient et faire partie de leur vie pour cette seule nuit, pour ne pas avoir à faire partie de la mienne.

Je parcourus les deux derniers pâtés de maisons encore plus lentement, espérant que quelque chose se produise et que j'aie une bonne excuse pour faire demi-tour.

Un pas après l'autre, je me rapprochai péniblement, jusqu'à ce que je me retrouve face à la galerie.

Avec une certaine appréhension, je jetai un coup d'œil inquiet à travers la baie vitrée, espérant voir les photographies qui se trouvaient au mur avant d'entrer, pour vérifier que Cole avait dit la vérité et qu'il n'y avait pas de photo de moi.

Mais il y avait trop de monde et il m'était impossible de voir les murs.

J'aperçus ma mère, habillée d'une veste couleur pêche, d'un chemisier blanc et d'un pantalon noir. Si j'arrivais à attirer son attention, peut-être qu'elle viendrait me rejoindre, et ainsi je n'aurais pas à entrer seule.

Tandis que je la regardais, je vis Cole venir à leur rencontre, souriant et faisant de grands gestes. Il était dans son élément, avec toute l'attention dirigée sur lui.

Deux personnes passèrent devant moi avant d'entrer. Je devais avoir l'air bizarre. J'étais comme la pauvre petite marchande d'allumettes, dehors, regardant à l'intérieur.

Pendant combien de temps encore pouvais-je attendre ? Jusqu'à ce que la foule se soit dispersée ? Jusqu'à ce que la fête se termine ? Jusqu'au lendemain ?

Et alors, comme si ma prière avait été entendue, ma mère remarqua ma présence. Elle m'adressa un grand sourire et me fit signe de venir à l'intérieur. Mais je fus incapable de bouger. Je la vis froncer les sourcils, et elle me fit de nouveau signe puis, voyant que je n'avançais pas, elle s'excusa auprès des gens qui étaient près d'elle et elle vint à l'extérieur.

— Marlowe, cria-t-elle en se précipitant vers moi et en me serrant dans ses bras.

Comme j'avais envie de rester là, à l'abri dans ses bras comme si j'avais six ans !

— Que fais-tu dehors ? C'est tellement excitant !

Entre… Nous t'attendions. C'est vraiment magnifique. Tout le monde est là.

Ensuite, elle débita à toute vitesse une liste de noms : des marchands, des collectionneurs, des critiques, de vieux amis à elle et à mon beau-père. Tout le gratin du monde de la photographie. Ce soir-là, ma mère et mon beau-père étaient vraiment très fiers, eux qui étaient passés par là des années auparavant.

Ma mère était en général plus sensible à mes émotions, mais elle était trop excitée pour remarquer que quelque chose n'allait pas et que j'étais pétrifiée. Me prenant par la main, elle m'attira à l'intérieur.

L'air était chargé des différents parfums et de l'odeur des fleurs disposées dans de grands vases, autour du grand espace ouvert. La foule était dense, et je faillis perdre sa trace tandis qu'elle me menait vers mon beau-père.

Tyler me prit dans ses bras et m'embrassa sur la joue. Et ce ne fut que lorsqu'il relâcha son étreinte que les gens qui étaient devant nous avancèrent, révélant le mur qui se trouvait derrière eux.

C'est à cet instant que j'eus un premier aperçu des photos de Cole.

M'éloignant d'eux, je m'approchai d'une photo en noir et blanc du torse nu d'une femme, crispé par la passion, la peau ruisselant de sueur.

Sa peau.

Pas la mienne.

Je repris mon souffle, ayant l'impression de n'avoir pas respiré depuis un long moment. Et ensuite, plus rapidement, je commençai à faire le tour de la pièce, me précipitant d'une photo à l'autre, les regardant juste assez longtemps pour vérifier.

Pas moi.
Pas moi.
Pas moi.
J'avais déjà parcouru deux murs et je m'attelai au troisième.
Pas moi.
Pas moi.
Et là, je me vis.
Moi : la moitié de mon torse nu dans une pose ouvertement sexuelle. J'avais peur d'avancer et de regarder la photographie suivante.
Mais je le fis.
Ma bouche. Ouverte. Dans l'attente. Prête. Une moue sur les lèvres. Le bout de ma langue au centre de la photographie. Merde. Je continuai.
Sur la photo suivante, une femme — un plan coupé de ses hanches — nue, debout au milieu d'un massif de lys. Les fleurs étaient bien ouvertes. Mes jambes étaient partiellement couvertes de feuilles. Ma toison pubienne était à moitié cachée par les fleurs. Comme c'était suggestif !
Je fis le tour de la pièce et je trouvai ma mère de l'autre côté. Avait-elle vu ces photographies ? Les avait-elle regardées et examinées ? Bien sûr que oui. Et n'avait-elle pas deviné ?
Comment était-ce possible ? J'étais sa fille.
Mais elle ne savait pas à quoi mon corps de dix-huit ans, mes jambes de dix-neuf ans et ma bouche de dix-sept ressemblaient hors contexte, et dans des poses aussi lascives.
Une mère ne reconnaît pas ses enfants lorsqu'elle voit un corps adulte ou des traits transformés par le désir.

Trois murs de faits. Il n'en restait plus qu'un.

Tu peux aller au diable, Cole !

Sur le mur suivant, il n'y avait que des photos de moi. Huit images de mes seins nus. Une séquence montrant une femme sans tête ôtant son soutien-gorge, puis se caressant, explorant son corps, se montrant sans pudeur devant quelqu'un qui était hors du cadre.

Je m'approchai de la première photo de la séquence. 45 x 60 cm. Un cadre simple en bois noir avec une seule vitre. Je le pris entre mes mains et je m'y cramponnai. Je ne m'étais jamais demandé si j'étais forte ou non jusque-là. Je le soulevai aussi haut que je pus au-dessus de ma tête, je pris une profonde inspiration, et je le projetai au sol, de toutes mes forces.

Je le regardai tomber, je vis mes propres seins voler dans les airs avant de s'écraser au sol, et je vis le verre voler en éclats. Je donnai des coups de pied dans le verre et j'avançai de trois pas, puis je marchai sur la photographie et je sentis mes talons s'enfoncer dans le papier, je l'entendis se déchirer.

Je ne savais pas combien de personnes s'étaient retournées pour me regarder, et je m'en fichais. J'enlevai la deuxième photographie du mur, et cette fois je ne me donnai pas la peine de la jeter au sol et je la fracassai contre le mur. Je saisis un tesson de verre et je déchirai la photographie avec, réduisant mon torse à de fines bandelettes irrégulières, transformant mes seins en une bouillie insignifiante.

Si les gens parlaient autour de moi, je ne les entendis pas.

J'enlevai la troisième photographie. Comme les autres, elle était en noir et blanc, mais il y avait du rouge sur la

vitre. Je ne m'arrêtai pas pour me demander d'où cela venait, cela n'avait aucune importance. Je devais détruire celle-là aussi. Celle-là plus que les autres : j'y tenais mes seins entre mes mains, je les lui offrais comme si c'était de la nourriture. Je la laissai tomber. J'entendis la musique dure et cruelle, comme de la glace qui se brise, tandis que je sentais mes pieds s'enfoncer dans le papier.

— Tu es blessée.

Je ne m'arrêtai pas.

— Marlowe, tu t'es coupé les mains. Arrête. Tu saignes.

La voix me fit l'effet du vent en plein orage.

Je levai les yeux.

Gideon se tenait en face de moi, me prenant doucement les mains pour les examiner de plus près. Puis, très vite, sans aucune douceur cette fois, il attrapa mon pull qui était sur mes épaules et le serra fermement autour de ma main droite en quelques secondes.

A cet instant, j'entendis un cri, ou plutôt le rugissement d'un lion. Si fort que je me demandai comment j'avais fait pour ne pas l'entendre jusque-là.

— Tu es complètement folle, espèce de sale garce !

La voix de Cole venait de quelque part au fond de la pièce.

Gideon enroula la manche autour de ma main une fois de plus.

— Comment as-tu pu ? Pour qui tu te prends pour venir ici et me faire ça ?

Cole n'était plus qu'à quelques centimètres de moi hurlant.

— Tu crois que tu as anéanti mon exposition ? T crois que je n'ai pas les négatifs ?

Ses paroles étaient comme une pluie démentielle s'abattant sur moi, mais cela m'était tout à fait égal. J'étais protégée de lui maintenant. Mais il continuait de hurler :

— Maintenant, tout le monde va vouloir voir mes photos !

Gideon termina de nouer le pull autour de ma main. Le sang traversait déjà le tissu. Il me tenait par l'autre bras, et me conduisit rapidement vers la sortie. Je vis des visages stupéfiés, effrayés, fascinés. Aucun que je connaissais. Puis je vis ma mère. Gideon était au téléphone, il était question d'une ambulance, disant qu'on était dans la 26e Rue. Ma mère était près de moi, elle me disait que tout irait bien, et elle me tenait dans ses bras.

— On n'est pas très loin de la station de taxis. Ils ont dit que ce serait plus rapide, nous dit Gideon à ma mère et à moi.

Nous approchions de la porte. Derrière moi, Cole hurlait toujours. Je me retournai et je le regardai. Je repoussai Gideon qui me tirait vers la sortie. Il fallait que je dise quelque chose.

— Si tu ne retires pas les photos de moi de ton exposition, si tu en remets une seule au mur, je dirai à tout le monde l'âge que j'avais. Je dirai la vérité à tout le monde.

J'avais lâché ces mots dans un sifflement, avec une voix que je ne reconnaissais pas. Une voix qui n'était pas la mienne, mais elle était dépourvue de peur. C'était la voix de quelqu'un de très courageux qui se moquait de savoir qui était au courant ou non. Et qui savait que cela n'avait plus d'importance.

J'avais repris tout ce que Cole m'avait volé. C'était de nouveau à moi. Il ne m'avait jamais réellement touchée, si ? Il ne m'avait jamais rien pris de précieux ou de réel.

Et je compris que jamais je n'aurais dû avoir honte de ce qu'il avait fait.

Il s'était tu et il resta planté là, le regard fixé sur moi. Finalement, je vis une lueur d'effroi dans son regard.

Je lui ris au nez. Ma mère et Gideon, me soutenant toujours, me conduisirent jusqu'à la sortie. Nous montâmes dans un taxi, qui traversa à toute vitesse les huit pâtés de maisons qui menaient à l'hôpital.

Chapitre 43

La coupure à l'intérieur de mon index était assez profonde pour qu'une douzaine de points de suture soient nécessaires, mais les nerfs n'avaient pas été touchés.

Pendant que le docteur s'occupait de moi, Gideon se tenait près de moi d'un côté, et ma mère de l'autre, une main sur mon épaule. J'entendais le bruit de sa respiration rapide.

Une fois que le docteur eut terminé, il donna à ma mère des instructions pour soigner la blessure.

— J'aimerais que votre fille reste ici une demi-heure de plus. Je vais prévenir l'infirmière. Et ensuite vous pourrez la ramener chez elle.

Puis, s'adressant à moi, il ajouta :

— Je vais vous prescrire des analgésiques. Il y a une pharmacie ouverte la nuit à trois pâtés de maisons d'ici. Vous allez en avoir besoin.

Il rédigea une ordonnance et la tendit vers moi. Gideon la prit.

Une fois que le docteur fut sorti, ma mère se tourna vers moi.

Ils m'avaient donné des calmants et je me sentais un

peu étourdie et somnolente. J'essayai de me concentrer sur ses paroles qui semblaient chargées d'émotion, mais je n'y parvins pas.

— Je ne comprends pas, dit-elle, les yeux pleins de larmes. Pourquoi ne m'as-tu rien dit ?

Gideon se leva. Il nous regarda l'une après l'autre et dit :

— Je vais y aller. Vous avez besoin de parler.

— Je... Maman, je ne peux pas... Pas maintenant...

Il y avait trop de choses que je devais essayer de comprendre. Gideon s'apprêtait à partir, et je ne voulais pas qu'il s'en aille avant d'avoir compris pourquoi il était venu à la galerie. J'avais été stupéfiée de le voir là-bas. Je ne l'avais pas vu avant qu'il soit à côté de moi et qu'il me prenne les mains. Que faisait-il là-bas ?

Ma mère me regardait, attendant ma réponse. Je ne lui répondis pas, et au lieu de cela, je demandai à Gideon :

— Je ne comprends pas... Que faisais-tu là-bas ?

— Je te l'expliquerai quand tu te sentiras mieux. Appelle-moi demain quand tu te réveilleras. Ça me ferait plaisir. Le feras-tu ?

Il mit sa main sur mon épaule, se courba et effleura le dessus de ma tête avec ses lèvres.

— Oui, je le ferai.

— Tu as très mal ? demanda-t-il.

Je secouai la tête.

— Tu vas avoir mal. Ça va te lancer plus tard. Ne souffre pas inutilement. Prends les médicaments.

Je hochai la tête.

— L'autre douleur, c'est fini maintenant, non ?

Je fus incapable de répondre mais il n'y avait aucun doute sur ce dont il parlait. La délivrance que j'avais ressentie en fracassant les photographies. Je n'avais pas besoin de lui demander comment il savait. J'avais l'habitude, maintenant. Mais qu'étais-je censée faire avec lui ? L'homme que j'avais dans la peau et qui avait ranimé cette partie de moi éteinte depuis longtemps n'était pas libre. Qu'allais-je devenir ?

Chapitre 44

Ma mère me ramena chez moi, me mit au lit et elle me laissa dormir.

Je me réveillai à 11 heures du soir et elle était toujours là, occupée à ranger les piles de journaux et de magazines et à essayer de mettre de l'ordre. Je l'observai pendant un moment avant de dire quoi que ce soit. C'était tellement réconfortant d'être là, la tête sur l'oreiller, sous les couvertures, avec elle qui était là, prenant soin de moi.

— Tu n'as pas besoin de faire ça, finis-je par dire.

— Non, mais ça m'occupe. Tu as faim ?

— J'ai soif.

Elle revint avec un verre de boisson gazeuse au gingembre pour moi et un verre de vin pour elle, puis elle s'assit sur le lit près de moi, et nous parlâmes enfin de ce qui s'était passé pendant toutes ces années sans qu'elle s'en soit rendu compte.

— Tu n'as pas à t'en vouloir. Dès qu'il était question de s'éclipser en douce, on était très forts, lui dis-je.

— Mais l'idée ne m'est jamais venue de m'inquiéter à votre sujet. Il était un grand frère extraordinaire pour toi. Il te montrait comment faire toutes ces choses que tu ne savais pas faire…

Elle s'interrompit, prenant conscience de ce qu'elle venait de dire.

Je ris, et elle eut l'air horrifié.

— Maman, ça fait si longtemps…

— Mais il a profité de toi. De façon horrible. Et je ne savais même pas ce que tu endurais.

— Je n'endurais rien jusqu'à ce que nous nous séparions. Pendant trois ans, j'ai cru que je l'aimais.

— Il t'a fait du mal, dit-elle, la voix un peu cassée à présent.

Ma mère ne pleurait pas souvent. Elle était une personne forte, raisonnable et logique.

— Ton père est le premier homme que j'ai aimé. Tu le savais ? J'avais dix-sept ans. Je regrette que tu n'aies pas eu une première expérience comme celle-là, à laquelle tu puisses penser sans regret.

— Je ne le regrette pas. Même maintenant, sachant que celui que j'aimais, ce n'était pas lui… Mais je ne le regrette pas. Plus maintenant.

Je regardai le bandage sur ma main. La novocaïne commençait à ne plus faire effet et les élancements se faisaient sentir.

Ma mère remarqua l'expression de douleur sur mon visage.

— Tu veux que je t'apporte tes médicaments ?

Je fis oui de la tête et elle se leva et sortit les analgésiques de son sac.

— Quand les as-tu achetés ? demandai-je, ne me rappelant pas que nous nous soyons arrêtés à la pharmacie.

— Gideon est allé les chercher et il les a déposés en rentrant chez lui. Tu dormais déjà.

Je pris les cachets et je m'allongeai en silence, attendant qu'ils fassent effet. Je ne voulais plus parler de Cole. Mais je savais que ma mère était toujours bouleversée, et qu'elle avait besoin que je lui en dise un peu plus.

— J'ai fait tout ça en douce, maman, tu n'avais aucun moyen de le découvrir. Il y avait tellement d'endroits où on pouvait se cacher à la ferme. Derrière le verger, autour du lac… Tu ne pouvais pas être partout à la fois.

— J'aurais dû m'apercevoir de quelque chose.

— Comment aurais-tu pu ? Je mentais, maman. J'étais très douée à ce jeu-là. Tu n'avais aucun moyen de deviner.

— Tu l'es toujours ?

— Douée pour les mensonges ?

Elle hocha la tête.

— Je pense que je l'ai été. Mais je crois que je me sens prête à essayer la vérité pendant un moment. Les mensonges ne m'ont pas tellement réussi jusque-là.

Chapitre 45

Le lendemain matin, je trouvai un mot que ma mère m'avait laissé dans la cuisine, appuyé contre la cafetière.

Chère Marlowe,

Tu dormais si profondément que je ne voulais pas te réveiller. Je suis retournée à l'hôtel pour prendre une douche et me changer, et je peux revenir dans la minute si tu as besoin de moi. Tu n'as qu'à m'appeler. Appelle-moi de toute façon quand tu te réveilleras. Je veux savoir si tu vas bien.

J'ai passé un certain temps à admirer tes collages hier soir après que tu te fus rendormie. Tu as vraiment trouvé l'art qui te convient. Je te retrouve dans chacun d'eux. Claire, forte et si sûre de ton propre style. Je suis très fière de toi ! Ton beau-père et moi aimerions beaucoup t'inviter à dîner ce soir. Appelle-nous.

Je t'embrasse,
Maman.

PS : Gideon a téléphoné. Il voulait savoir

comment tu allais. Et il m'a demandé de te dire qu'il aimerait que tu l'appelles, lui aussi, quand tu seras levée. Nous avons eu une très agréable conversation. Pourquoi ne m'as-tu jamais parlé de lui ? ? ?

Je souris en voyant les trois points d'interrogation. Ma mère était photographe, pas écrivain. Elle abusait toujours de la ponctuation.

Ma main me faisait mal, mais c'était une douleur sourde, elle n'était pas assez forte pour que je prenne des analgésiques qui, je le savais, allaient me rendre groggy. A la place, je pris deux cachets d'ibuprofen tandis que la cafetière préparait un nectar salvateur. Je m'en servis une tasse puis je m'assis dans le salon baigné de soleil et je commençai à réfléchir à ce qui s'était passé la nuit précédente.

Je ne savais pas ce qui était le plus difficile à croire.

Que j'aie tout saccagé — tout à coup victime de mes propres émotions — ou que Gideon ait été là pour m'arrêter, m'emmener à l'hôpital et s'assurer que je ne reste pas seule ?

Je compris ce qui s'était passé, et comment le fait de voir ces photographies accrochées au mur avait déclenché ma furie. Tout comme les points d'interrogation et les points d'exclamation dont ma mère abusait, mon explosion de violence avait été ma propre ponctuation à un conflit aussi long qu'irrésolu.

Que s'était-il passé à la galerie après mon départ ? me demandai-je.

J'allumai mon ordinateur et je me connectai au site du

New York Times, puis je cliquai sur la rubrique Arts. Je trouvai un article complet sur l'exposition de Cole.

Si je m'étais inquiétée d'avoir gâché sa soirée, je pouvais me tranquilliser. L'exposition recevait une critique dithyrambique et « l'incident », pour reprendre les termes de la critique, permettait de comprendre, disait-elle, « à quel point les photos de nus érotiques de Cole Ballinger pouvaient être incendiaires ».

La veille, j'aurais peut-être été en colère à l'idée que la célébrité de Cole soit montée d'un cran. Mais ça m'était plus ou moins égal à présent. Ses images fragmentées de moi n'étaient que le reflet sur le papier d'une jeune fille qui avait été amoureuse de lui, à sa façon. Elles n'étaient rien d'autre qu'un enregistrement du passé.

Bien sûr, j'avais perdu ces bouts de moi. Mais pas parce qu'il me les avait volés. Parce que j'y avais renoncé. Je m'étais dissociée de cette jeune femme libertine et prête à tout, qui aimait avant tout l'idée de l'amour et qui était plus excitée par le désir lui-même qu'elle n'avait bien voulu le comprendre.

J'avais essayé d'être avec d'autres hommes depuis Cole. J'avais essayé d'avoir avec eux une relation émotionnelle profonde. Bien sûr, je n'y étais pas parvenue. Pas même avec Kenneth. Comment aurais-je pu ?

Une partie de moi avait été mise à l'écart. Oubliée. Cachée. J'avais désavoué mon moi sexuel.

Je n'avais pas voulu que la femme passionnée que Cole avait connue se manifeste avec les autres hommes avec lesquels j'avais eu une relation, après lui. Je ne voulais pas qu'elle me cause davantage d'ennuis encore.

Mais cela n'avait pas été très efficace. Elle s'était tapie au fond de moi et elle s'était cachée au fond de mon cœur, comme une graine empoisonnée. Tant que je n'avais pas été prête à l'accepter, j'avais été incapable de ressentir quoi que ce soit.

J'avais même commencé à comprendre pourquoi j'avais presque réussi à revenir à la vie avec Gideon. Il n'avait jamais eu de réalité à mes yeux. Il était avec une autre femme, et ce depuis le premier instant où je l'avais rencontré. Je n'avais donc pas à m'inquiéter qu'il finisse par se lasser de moi et qu'il me rejette.

Je me servis une autre tasse de café.

Gideon voulait que je l'appelle mais je ne pouvais pas parce que j'avais peur qu'il sache, en entendant ma voix, ce que je ressentais. Je craignais qu'il utilise son fichu sixième sens et qu'il devine. Et ensuite j'aurais été contrariée, parce que je ne voulais pas être une femme mélancolique à la voix nostalgique, qui se languit d'un homme qui était déjà avec une autre femme.

Chapitre 46

Je dînai avec ma mère et Tyler.

Au début, nous étions tous un peu gênés. Tyler ne savait pas quoi dire ou comment se comporter, jusqu'à ce que je lui dise que je n'attendais pas de lui qu'il s'excuse pour son fils. La situation se détendit progressivement au fil du repas, et, une fois arrivés au dessert, les choses allaient mieux. Je savais qu'il nous faudrait davantage de temps pour être apaisés, mais je savais que nous allions y parvenir.

Une fois rentrée chez moi, j'étais fatiguée et je n'allumai même pas les lumières. Je me déshabillai dans la semi-obscurité, je me mis au lit et c'est à ce moment que je vis la lumière du répondeur qui clignotait.

Il y avait trois messages.

— Marlowe, c'est Gideon. J'aimerais que tu m'appelles. j'ai besoin de te dire la vérité. Je n'ai pas été honnête envers toi, et maintenant je paie le prix fort. Je pense qu'en essayant de te donner — de nous — donner une chance… oh, c'est tellement ridicule que je dise tout cela à ton répondeur au lieu de te le dire à toi…

Il marqua une pause et le répondeur interrompit son monologue.

J'entendis un nouveau bip et le second message commença.

— Marlowe, c'est encore moi. Ecoute, je t'ai engagée pour écrire des récits érotiques pour une femme qui m'écrivait et dont les lettres me poussaient peu à peu à tomber amoureux d'elle. Et, ensuite, j'ai commencé à travailler avec toi, je t'ai écoutée à la plage inventer cette histoire…

Il avait arrêté de parler une nouvelle fois.

Le répondeur le coupa de nouveau, et je ne pus m'empêcher de rire, pensant à quel point cela avait dû être frustrant.

Le troisième message débuta.

— Je crois que j'ai compris. Je ne peux pas m'arrêter trop longtemps sur ton répondeur si je ne veux pas être coupé. Alors laisse-moi terminer — vite et brièvement. Alors, à ce moment-là, j'ai compris que c'était toi qui écrivais les lettres que Vivienne m'envoyait, et ce n'était pas une coïncidence si extraordinaire étant donné que j'avais vu ses photos de ton travail dans ce magazine. Alors, après cette journée à la plage, je l'ai appelée et j'ai mis fin à notre relation. J'allais te le dire au musée, mais je ne l'ai pas fait. Je ne sais pas pourquoi. Je pense que c'est parce que je voulais passer du temps avec toi, celle qui écrivait les lettres, la femme qui était derrière ces mots. Une douzaine de fois, j'ai eu envie de te dire d'arrêter cette comédie. Mais j'ai senti que tu ne me laisserais pas entrer dans ta vie si je te disais la vérité. J'ai pensé qu'ainsi nous pourrions apprendre à nous connaître sans tous les faux espoirs que le début d'une relation peut susciter.

Il y eut une autre pause. Et le répondeur coupa encore.

Même si j'étais en colère — non, furieuse — qu'il ait pu me mentir et jouer ce jeu, je souris dans le noir qu'il ait été coupé pour la troisième fois pendant qu'il déployait tant d'efforts pour essayer de m'expliquer ce qui s'était passé.

Puis je pensai au sens plus profond de ce que je venais d'entendre.

Gideon n'avait pas été infidèle. Il n'avait trompé personne en faisant l'amour avec moi. Et toutes les choses que j'avais ressenties, il les avait ressenties lui aussi.

Continuer à mentir en prétendant qu'il y avait une autre femme avait peut-être été malhonnête. Mais… je me rappelai soudain ce que j'avais essayé d'expliquer à Kenneth, des années auparavant. « Il n'y a aucune gloire à être honnête si c'est destructeur. Et il n'y a aucune honte à être malhonnête si c'est pour offrir la grâce. »

Le répondeur émit un autre bip, et la voix de Gideon retentit de nouveau.

— Je n'ai vraiment pas de chance avec ton fichu répondeur ! Alors je ne vais même pas essayer de t'expliquer la suite. Je vais juste te demander de m'appeler quand tu rentreras. Ou de venir au loft, l'un ou l'autre. S'il te plaît ! Oh, et, une dernière chose… Je ne sais pas si cela signifiera davantage pour toi, ou si cela fera une différence, mais je sais ce que les coquillages disaient sur la plage : « Je peux aimer ton côté sombre. »

Le bruit de Gideon raccrochant son téléphone résonna à mes oreilles.

J'étais allongée sur mon lit, réfléchissant à ce que j'avais entendu. Sans tout comprendre.

Je ne lui avais pas dit ce que j'avais entendu dans les coquillages lorsque nous étions sur la plage. Dans l'histoire, j'avais inventé autre chose.

Mais il l'avait deviné.

Je devais prendre une décision. Celle de lui faire confiance — de faire confiance à quelqu'un qui semblait me connaître mieux que quiconque, qui ne semblait pas avoir peur de me connaître, moi et toutes mes parts d'ombre.

Ou celle de l'éviter et de me protéger pour ne plus être blessée.

Je mis ma main sur le téléphone, je la laissai là pendant une minute, mais je ne l'appelai pas.

Je ne pouvais pas.

Au lieu de cela, je me levai et j'allai jusqu'à mon bureau.

Je regardai ma panoplie : le porte-plume ancien en verre que Kenneth m'avait envoyé de Venise il y avait si longtemps, le stylo Waterman incurvé laqué noir ou l'épais et élégant stylo Mont Blanc ?

Je choisis un simple stylo à encre que je possédais déjà avant de commencer à écrire pour des clients.

Puis je passai en revue les différents papiers que je possédais.

Ni le papier vélin, ni le papier de riz, ni le plus rare papier marbré ne convenaient.

Je voulais du papier blanc. Propre, pur et simple. Ce n'était pas pour un client. Ni pour un mari, une femme ou un amant. Ce n'était pas une histoire que je créais pour quelqu'un d'autre, en essayant de rester en dehors.

C'était une lettre que j'écrivais, moi.

Pour moi et pour l'homme auquel j'écrivais.

C'était mon cœur, sous forme de mots, sur le papier.

Une invitation adressée à un homme que j'avais rencontré, que j'avais dans la tête, et qui s'était glissé à l'intérieur de mon âme.

Et pour cela, je n'avais besoin d'aucun artifice, d'aucun procédé artistique et d'aucune couleur sophistiquée.

Je n'avais jamais écrit de lettre d'amour. Je n'avais jamais répondu à la lettre d'excuse de Kenneth. Je n'avais jamais écrit pour mon propre plaisir ou pour laisser libre cours à ma créativité. Chaque mot que j'avais couché sur le papier jusqu'à cette nuit-là avait été pour quelqu'un d'autre.

Je m'étais évanouie dans un érotisme qui ne m'appartenait pas tandis que j'essayais de faire comme si mon propre érotisme n'avait pas d'importance. Et que mes propres sentiments étaient immatériels.

Mais je m'étais menti à moi-même.

Je commençai donc à écrire ma propre lettre.

De moi.

A lui.

« Cher Gideon »

Je commençai ainsi, et les mots affluèrent sous ma plume.

REMERCIEMENTS

Je remercie Loretta Barrett, Nick Mullendore, Margaret Marbury, Dianne Moggy, Donna Hayes et toute l'équipe de Mira Books pour l'aide qu'ils m'ont apportée. Je remercie ici encore mes merveilleux amis et ma famille attentionnée pour leur soutien.

Composé et édité par les
éditions Harlequin
Achevé d'imprimer en septembre 2008

par

LIBERDÚPLEX

Dépôt légal : octobre 2008
N° d'éditeur : 13846

Imprimé en Espagne